LOS VERSOS SUELTOS DEL EDÉN

PALOMA RIVAS

LOS VERSOS SUELTOS DEL EDÉN

PLAZA JANÉS

Papel certificado por el Forest Stewardship Council®

Primera edición: octubre de 2024

Printed in Spain – Impreso en España

ISBN: 978-84-01-03515-9
Depósito legal: B-12691-2024

Compuesto en Mirakel Studio, S. L. U.

Impreso en Liberdúplex
Sant Llorenç d'Hortons (Barcelona)

L 0 3 5 1 5 9

A Roma, por ser el amor

De niño me sentía solo, y todavía me siento así, porque sé cosas e insinúo cosas que otros parecen no conocer y la mayoría no quiere saber. La peor soledad no es la de no tener personas a tu lado, sino la de no poder comunicar las cosas que te parecen importantes, o la de estar obligado a callar ciertos puntos de vista porque otros los encontrarían inadmisibles.

Carl Gustav Jung

1

Lunes, 2 de noviembre de 2009

Mimetizarse con aquellos que viven en un infierno no es tan complejo si tú misma lo has habitado.

La galerna de estas últimas jornadas ha arremetido con tanta violencia que parece haber quedado atrapada en esta costa que llaman Quebrada. El traqueteo del cielo cántabro provoca el estupor del vecindario; a algunos no nos afecta: ya llevamos dentro nuestras propias borrascas.

La espesa neblina de noviembre complica el último tramo de la ruta secundaria que me lleva hacia Santa Teresa.

Hoy doy comienzo a un novedoso itinerario laboral, que, sin embargo, no me supone un sendero desconocido. A simple vista, las rejas del hospedaje son doradas y están bien sustentadas, pero en sus entrañas se vislumbra el desconsuelo. El destino es caprichoso: distinto pájaro, misma jaula. Diría que el ambiente está aún más enrarecido de lo que recuerdo. Puedo sentir la densidad que gravita en el edificio y en sus alrededores, fruto del sufrimiento de aquellos que se han hospedado aquí a lo largo de la historia.

Respiro hondo, sonoro. Algo me ronda por dentro. Es la zozobra, que llama a esa puerta que intento no abrir cada día. Los monstruos que me acechan, salvajes, aguardan un resquicio de vulnerabilidad por el que colarse. Yo lucho siempre, a todas horas; lucho siempre, pero estoy cansada. ¿Quién puede mantener una batalla constante contra su propia naturaleza?

En cuanto pongo un pie fuera del coche, uno de los jardineros analiza cada detalle de mi aspecto. Más tarde, en la cocina, se burlará de la «nueva muñeca de trapo que han contratado las monjas».

Encaro el edificio, me detengo ante la colosal portalada que preside y custodia el interior de la residencia.

Arrète! C'est ici l'empire de la mort.

He sentido que una fuerza invisible tiraba de mí como si me impidiese acceder a las escalinatas. Es la ansiedad, compañera inseparable: intenta evitar que me enfrente a mis recuerdos. Una brizna de debilidad.

Reconozco el olor a incienso, a vino, a rancio. Santa Teresa resulta desapacible para cada célula de mi cuerpo.

El conserje, Sebastián, se alza en el pórtico de entrada, rígido, como quien espera una mala noticia: en estado de alerta. Hace años que yo lo hacía jubilado, pero aquí sigue.

—Buenos días —le digo—, soy Lis de la Serna. Estoy citada con la madre superiora.

—Sé quién es —responde—. Venga conmigo.

La residencia Santa Teresa es de una inmensidad apabullante, una pinceladita del poder descomunal que ostenta la Iglesia, ubicada en las cercanías de los acantilados y resguardada por un bosque de pinos.

Hoy es el Día de los Fieles Difuntos. Y aunque pudiese parecerlo, no es un día cualquiera en mi soporífera rutina. Hará unas tres horas recibí el albor de la mañana con las ideas revueltas y las manos sudadas, en sintonía con mis heridas. Al lavarme el rostro, quedé absorta al apreciar cada una de las imperfecciones que se reflejaban en el espejo. Blanqueador tras blanqueador dental, mis dientes continúan amarillentos y sin intención de mejorar. Es la secuela obligada tras años de anorexia purgativa a las espaldas o a los huesos. Mi frágil aspecto me asemeja más al de un ser de ultratumba que a uno rebosante de vida.

Residencia femenina Santa Teresa. Hogar idóneo para jóvenes estudiantes con problemas de conducta, leo al pasar junto a la cartelería de propaganda que adorna el vestíbulo. «¿Problemas de conducta?», me pregunto y sonrío con sarcasmo. Este venerable hospedaje no es más que un psiquiátrico camuflado, una morada para la castración de lobas.

Sigo al conserje por el prolongado y oscurecido pasillo en dirección al despacho de la madre superiora. Como es su costumbre, el dragón no sale de su guarida para recibir a un invitado, por lo que debo suponerme su presa.

La mujer tras la puerta también sabe quién soy; y yo, quién es ella: el factótum de la Iglesia. Ambas nos curtimos entre muros y adoctrinamiento.

Sebastián asoma la cabeza al interior del despacho, intercambia unas palabras con la mujer que está dentro.

—Hágala pasar —dice arisca la madre superiora, sor Brígida Berlanga.

Accedo al despacho con prudencia.

—Parece que fue ayer, De la Serna —añade la aciaga monja.

Hace doce años que no pongo un pie en estos lares. Me rasco los padrastros de los dedos.

El averno se ha representado a lo largo de los siglos de multitud de formas, pero de ninguna tan atroz como el avanzar indiscriminado del tiempo que abrasa a la existencia. Sala 67 del Museo Nacional del Prado.

Saturno, arrastrado por aquella sombría idea de que sus hijos lo derrocarían, arrebató del vientre de su esposa Rea a cada uno de sus bebés para devorarlos, uno por uno. Pero justo antes de engullir al sexto en discordia, su cabal compañera, encauzada por el amor y la valentía maternales, le ofreció un pedrusco oculto entre harapos y pañales. Gracias a aquel trampantojo, Rea engañó a su terco marido, a su terco dios. Y así, la mujer conseguiría poner a salvo al único vástago al que le restaban suspiros.

Francisco de Goya expuso la más cruenta versión del ser: al padre despiadado que estruja las asaduras de su prole para beber de su sangre y de sus juventudes. Una desgarradora belleza, siniestra, con el poder de destruirte, al igual que los días inmolan a las horas.

Sor Brígida repasa los documentos que tiene ante sí.

—He leído su currículum; es brillante. —Sin mirarme, continúa—: Matrículas de honor, cartas de recomendación, becas por excelencia académica...; incluso comenzó a ejercer antes de finalizar su formación gracias a sus estupendas calificaciones y a su determinación en el campo clínico. Ha trabajado en diferentes puntos de España, pero este... —Se detiene, está a punto de finalizar el largo preámbulo que la conducía hasta estas palabras—: Este parece ser el lugar ideal para usted, ¿verdad? Parece que su destino era terminar aquí.

Lo de «terminar aquí» me produce escalofríos. No estoy segura de con qué intención lo ha dicho y decido no replicar a eso.

La monja se encoge de hombros.

—Quiero decir que... parece comprensible.

—El qué, madre.

—Que persiga usted procurar la sanación de jovencitas ingresadas en la misma residencia donde lo estuvo usted.

Acallo lo que pienso y me mantengo en el mismo sitio, sosteniendo una sonrisa fingida, inalterable. «Si me escondo, no me harán daño».

Sor Brígida se pone en pie; con la mano me hace salir al pasillo y prosigue, severa:

—Seré breve: usted ya conoce bien nuestras instalaciones.

«Demasiado bien», pienso.

Y, tratando de ser graciosa, añade con mala intención:

—Bueno, las conoce casi todas si no contamos la capilla principal; esa la visitó usted muy poco en su época.

Señala hacia la puerta contigua, cerrada.

—El despacho de Psicología. Está donde siempre, ya lo ve: junto al mío. ¿Vamos? La acompaño.

—Gracias, madre.

—Tras el almuerzo le presentaré a sus principales pacientes; debe ponerse al día. Por desgracia, su predecesora nos dejó antes de lo previsto.

Recuerdo bien a la psicóloga del centro, ya me hizo la vida imposible aquel año.

—La señora Herraiz dejó en mí una huella bastante profunda.

—Que Dios la bendiga —dice la madre superiora y se persigna—. Fue una mujer impecable en el ejercicio de su profesión y de su fe.

Sor Brígida pareciese afectada al recordarla; las arpías simpatizan entre ellas, supongo.

—Herraiz no estaba preparada para estas... —divaga un momento— jovencitas. Estoy segura de que usted sí sabrá adaptarse. Al fin y al cabo, el caos fue su medio natural.

Eludo el retintín. Nada ha cambiado: ya entonces yo hacía oídos sordos a casi todo lo que salía por esa boca.

Nos acercamos al despacho de Psicología, el que será mi pequeño refugio dentro de este particular infierno. La madre superiora me hace entrega de un manojo de llaves adheridas a un llavero de san Judas Tadeo, patrón de los casos imposibles. He captado el mensaje a la primera.

—Acceda a su despacho —me ordena.

Obedezco: niña buena. Abro, enciendo la luz; con dos fogonazos un neón brilla en el techo. Los ficheros de las chicas de la planta de salud mental están dispuestos en la mesa.

Sor Brígida examina hasta mi pestañeo.

—Esa llave abre la puerta del sótano. No, esa no, la que pone Archivo. Esa. De todos modos, se le ha facilitado aquí lo que usted necesita para desempeñar su trabajo.

Tosca, incide en diferentes normas estrictas que debo cumplir: queda prohibido sacar de esta casa historiales y el manojo de llaves. «La intimidad de nuestras residentes es prioritaria», remarca. Bueno, eso y el recibir cada mes la elevada cuantía que los padres de muchas abonan a la congregación para que no se aireen los trapos sucios de sus hijas. «Orden mendicante», susurro y río.

—Todos esperamos mucho de usted, De la Serna. Mucho. Sobre todo, don Fausto, que la tiene en alta estima.

Esa mueca señala el evidente desacuerdo que la monja sostiene con el capellán.

—Espero que nos acompañe para los santos oficios navideños.

—Seguro que sí, madre.

—Acomódese. —La madre superiora deja traslucir su sorna hasta en la despedida, no puede evitarlo, y añade—: Suerte.

2

Lunes, 2 de noviembre de 2009

Comillas es una parte del paraíso, no cabe duda, y, como en cualquier edén, aquí también residen víboras al amparo de árboles frutales cargados de manzanas ponzoñosas.

El aura de la residencia femenina Santa Teresa se me antoja más lúgubre si cabe. El intenso aroma a incienso inunda los pulmones de santidad y beatificación.

Este manicomio es un cajón de sastre de cuatro plantas en el que se aloja a enfermas mentales, chicas con discapacidad psíquica o chicas procedentes de familias desestructuradas y disfuncionales. Cada una de las plantas está dedicada a las singularidades de las jovencitas a modo de *Manual diagnóstico y estadístico de las enfermedades mentales* edificable. Así las mantienen bien catalogadas y, por supuesto, controladas.

Suelto el maletín en la mesa escritorio. Del perchero cuelgan una acreditación con la antiestética fotografía de carnet que adjunté al firmar mi contrato y dos batas médicas con mis iniciales bordadas. Me visto con una de ellas para investigar el terreno.

Esta será la primera vez, y quizá la última, que acceda a la capilla. El retablo que la preside es dantesco. De madera negra, grueso y tosco, cubre toda la pared central. Justo encima del mismo, de forma superpuesta, se aprecia una descomunal imagen de Jesucristo clavado en la cruz. Pañuelo atado a la derecha, cabeza inclinada y girada también a la derecha, su sangre se derrama por el lado izquierdo del rostro. La posición de cada uno de estos detalles no es casual. INRI. Descansen en paz allá a donde vayan, porque este plano de la existencia pinta ajetreado. En los subsuelos de la ermita principal se encuentra una cripta con enterramientos de diferentes monjas pertenecientes a la orden de las carmentalias. Congregación que cuantifica treinta y un monasterios de clausura solo en este punto del país, por lo que dar con personal del ámbito religioso no es tarea compleja. El que soporten la labor que deben realizar en Santa Teresa ya es otro cantar. Entiendo que será un tanto más agradable hornear repostería para vender a los turistas de Santillana del Mar. Pero, a decir verdad, no todas las hermanas son desalmadas, muchas se entregan al bienestar de las personas a las que han jurado atender.

Ante el altar de mármol reposa la talla de madera de santa Teresa de Jesús: mujer pionera para su época, presa de sus propias costumbres. Las eclesiásticas parecen haberse acomodado a un rol de esclavas libre. Escogen con voluntad la sumisión a cambio de la promesa de amor eterno y fiel.

La alargada sombra del conserje lo ha delatado.

—¿Qué hace aquí? —pregunta Sebastián.

—Estoy haciéndome al sitio.

—No me refiero a la capilla —musita—: Al diablo y a la mujer, nunca les falta qué hacer.

—¿Perdón? —Simulo no haber escuchado.

El conserje mueve en pequeños círculos el dedo índice a la altura de la sien.

—Usted va a acabar igual que la otra.

Acaricio las paredes de mi despacho, hundo el pulpejo en el gotelé, donde el polvo se ha aglutinado, husmeo en los historiales depositados en la mesa. Al abrir los armarios salen un par de polillas disparadas y montones de folios caen al suelo. Quizá el amargo conserje tenga razón. «¿Qué estoy haciendo aquí?», me digo. Los traumas me azotan. Aun si soy sincera, experimento una peculiar y desapacible sensación de pertenencia. Sé que una parte de mí, aquella matrioska más pequeña del conjunto, nunca ha salido de esta ubicación.

Al poco de haber tomado asiento, dos golpecitos con los nudillos tocan a la puerta. La voz susurrante de la hermana Catalina, dulce de leche, atrae mi atención.

—Permiso —solicita la argentina y apunta—: Sos un soplo de aire fresco.

De un salto me pongo en pie para saludar a la hermana Catalina, cuando, entonces, otra de las monjas se interpone. Fuera adonde fuese reconocería el tono cálido de la mujer que tantas veces impidió que abandonase este mundo: sor Clotilde Castro.

—Un verso suelto del más bello romancero italiano.

—No pasan los años por ustedes, hermanas —respondo.

Los carrillos ya rosados de la hermana Clotilde se sonrojan.

—Ay, querida Lis —dice—, no blasfemes para contentarnos, sabes que no lo necesitas. Ver en quién te has convertido es la mayor recompensa para quienes te atendimos.

¿En quién me he convertido? En mis ratos libres, exenta del aparentar de la vida profesional, utilizo las mismas camisetas de Nirvana que vestía en la adolescencia.

Las monjas Catalina y Clotilde fueron y serán el alma cándida de Santa Teresa: la representación compasiva y benevolente de la Iglesia.

—¿Me acompaña, De la Serna?

Sor Brígida ha quebrantado el agradable ambiente que manteníamos en el despacho. Me hago consciente de la hora, el almuerzo habrá finalizado.

—Mejor no demorar el encuentro con sus pacientes —añade la madre superiora—. La paciencia no es una de sus virtudes.

—Sí, madre. Estoy preparada —respondo. Lejos de estarlo, fingiré que sí.

—No se entusiasme ni se relaje, De la Serna. Son seres incorregibles. Confío en que se recuerda a esa edad.

El área de salud mental es la joya de la corona en Santa Teresa; también su corona de espinas. Y es que, a pesar de que la residencia se promocione al exterior como un centro idóneo para jovencitas rebeldes, los *conflictos* que estas generan son difíciles de erradicar. No resulta, además, nada sencillo dar con chicas manejables para convivir en este hospicio de conocido talante inquisitorio.

Sigo los pasos de la mujer por la primera planta hasta llegar a La Campana, donde aguardan las chicas de la planta 4. En un mal día, quienquiera que fuese, decidió apodar así la sala multiusos. Posiblemente porque era el único lugar en el que las pacientes de salud mental podían hacer sonoras sus protestas.

El hartazgo de algunas de las residentes es perceptible a simple vista.

—Levantaos y mostrad vuestros respetos a la señorita De la Serna.

Sor Brígida ha transformado mi acto de bienvenida en una misa dictatorial.

—A partir de hoy, con la bendición de nuestro capellán y del arzobispado, ejerce como psicóloga jefa de nuestro hogar. —Con un ademán quiere dejar claro que no he sido seleccionada a su voluntad—. Por lo tanto, constituye vuestro máximo referente en lo que a salud emocional se refiere. Espero que la obedezcáis.

—Estoy encantada de acompañaros —corto a la madre superiora; las ridículas sandeces autoritarias que suelta por la boca suenan a sapos y culebras—. Lamento que la anterior terapeuta se marchase, pero os puedo asegurar que yo no lo voy a hacer.

Las jovencitas se ojean entre sí. Diría que mi disposición inicial les ha movido algo por dentro, algo que no sean los refritos que, de seguro, les habrán servido para el almuerzo.

—Mañana daremos comienzo a las terapias grupales en este salón. Se realizarán cada martes de cuatro y media a seis de la tarde. Hoy mismo os harán llegar un calendario con mi disponibilidad horaria para consultas individuales. En mi despacho encontraréis un espacio para expresar vuestras emociones, inquietudes y, bueno, para hablar de chicos... o de chicas.

En tanto que las internas esbozan una leve sonrisa, la madre superiora me lanza una mirada fulminante.

—La dejo con nuestras residentes, señorita De la Serna. —Sor Brígida susurra—: Recuerde, por favor...

—No humillar a la congregación, sí —musito en respuesta.

La madre superiora analiza a las muchachas antes de regresar a su escondrijo. En cuanto marcha, cierro las puertas de la sala y echo el pestillo. Qué paz deja su partida.

—Sentaos, por favor, antes de que os dé ciática.

Mi público ríe. Una de ellas, de melena rojiza alborotada y aspecto picarón, comenta:

—Por lo menos no parece una estirada.

Lleva un tatuaje en forma de cerradura en el pecho. Una ciclotimia. Según he leído en los expedientes; debe de ser Natalia Catela. Indisciplinada y tajante en sus sentencias, como si hubiese leído mis pensamientos, ella misma se presenta:

—Soy Nati.

Otra de ellas, una flor de rasgos gitanos, se dirige a mí:

—Parece usted moza, señorita.

—Tuteadme, solo Lis, ¿de acuerdo?

Algunas cuentan que no es su primer año en este «loquero». Otras, las más intransigentes, hacen alarde de los motivos que las han traído a Santa Teresa.

La desidia de una de las muchachas me ha eclipsado. «Ella es uno de los grandes retos», me digo. No he retenido su nombre, pero sí su trastorno y aquello que la señora Herraiz apuntó en su historial. La muerte no acudió en su busca en la madrugada en que su hermano falleció *in situ*. Sufrieron un accidente de tráfico tras regresar a casa de una juerga. Desde entonces es su cuerpo el que habla por ella, ese que hoy la mantiene en una silla de ruedas.

Esperaba algunas resistencias y, en efecto, las he encontrado. Ser psicólogo te proporciona uno de los más curiosos favores de los dioses: ver en la oscuridad lo que a otros deja ciegos. Y al observarlas, he comprobado cómo la gran mayoría no son más que adolescentes amordazadas, muchachas que no desean transitar por el mundano sendero que la sociedad les ha trazado. Se rebelan ante la idea de ser una fregona cuidadora y sumisa, una modélica esposa lavaplatos, un ángel del hogar con las alas cortadas.

3

En el vestíbulo de la residencia, la madre superiora se topa de bruces con el conserje. El hombre la observa por encima del estante de las llaves, no puede contener su disgusto.

—Suéltelo ya —insta sor Brígida a Sebastián.

—Han traído a una cría para amaestrar a unas rapaces, madre —replica el hombre—. Se equivocan.

La madre superiora resopla.

—¿Cree que no soy consciente?

—Aún quedan restos en el *empedrau*.

—Esta familia no puede permitirse más escándalos, Sebastián. Sabe usted de los sacrificios que procuramos para ahuyentar a los detractores.

—Siempre fui leal, madre. Y, además, ya es tarde para dejar de serlo.

4

Lunes, 2 de noviembre de 2009

Los ficheros del despacho se me vienen encima. El polvo acumulado en cada esquina me hace estornudar.

La muy grata señora Ana María Herraiz llevaba a cabo una psicología de subsistencia. La atención a las pacientes de la 4 era mínima, la de las muchachas de la 1, inexistente. Los historiales clínicos de cientos de residentes siguen apilados dentro de los muebles archivadores de la consulta, con las fechas y las plantas entremezcladas. Si el despacho es un auténtico caos de datos desde los años cuarenta, no quiero imaginar en qué espantosas circunstancias deben de custodiar las historias clínicas en la sala de archivo.

Herraiz debió de claudicar tiempo antes de abandonar este centro, con la dignidad de quien sabe que ha rebasado sus propios límites. Allá por 1997, la psicóloga ya sufría crisis nerviosas de galopantes caballos. Guardaba, sin pudor ni sigilo, una petaca con anís en el tercer cajón del escritorio. Disonancia mental: los impulsos más salvajes nacen de la represión del espíritu.

En fin.

Clarifico que una de mis principales funciones en este hospedaje será la de regularizar los datos de tantas y tantas vidas que se apilan sin control. Resulta peculiar que ninguna inspección haya impuesto orden. «Ay, Lis», me digo al tomar consciencia de que aquí, bajo el manto del Señor, se hace y deshace a gusto de los consumidores.

Durante la próxima semana daré inicio al protocolo evaluativo de las chicas de la 1. Y aunque este propósito no venga especificado en mis funciones, lo considero necesario para la correcta atención de las muchachas que presenten alguna discapacidad. Ellas son las más vulnerables a sufrir el mayor tiempo de encierro en la residencia. Muchas, de hecho, habitan desde hace décadas en este inframundo terrenal.

Alguien toca a la puerta, que chirría al abrir.

—Señorita, ¿puedo entrar?

—Pasa, Adara, te esperaba.

La historia previa de Adara Heredia oscila entre el mito y la tradición. Es el vivo retrato de la pintura del artista Julio Romero de Torres: mirada enigmática, casi pecaminosa, y de piel morena. Desprende un bravío talante; misticismo y belleza a raudales. Original del Sacromonte andalusí. Barrio de gentes bohemias que viven al son del compás de sus almas. Flamenco por bandera y Zambrana como marca identitaria. Quién sabe si pude toparme con la pequeña gitana en alguna de las pateadas que di por Albaicín y Sacromonte durante los años en que residí en la ciudad de la Alhambra. Tras mi estridente fracaso como estudiante de primer año de Derecho en Comillas, solicité plaza en la Universidad de Granada. Mudarme allí fue uno de los regalos con los que me gratificó la vida.

La joven toma asiento.

—Veo que no está casada, señorita —apunta con atino—, pero algún maromo la pretenderá. Es usted guapa y lista.

—A veces somos las menos demandadas.

Adara acomoda en la mesa un antiguo volumen de Melanie Klein, *El psicoanálisis de niños*, y una baraja de tarot de

Lenormand. A cualquier científico le escandalizaría esta declaración de intenciones, pero mis idiosincrasias personales me acercaron en más de una ocasión al mundo de las energías, a comprender a las personas a cierta distancia de la inherente rigidez que implica la lógica.

—¿Me da permiso? —solicita ella.

—Con una condición: tutéame, por favor.

A la zíngara parece abrumarla el afecto humano, sin mayores pretensiones ni exigencias a su persona. Hoy nadie espera que zapatee en lo alto de un tablao.

A la edad de cinco años quedó huérfana: su madre se fugó junto con un turista alemán encandilado por la gitana más hermosa del monte sacro. La matriarca del clan Heredia, su abuela, no solo le otorgó los apellidos, sino que la instruyó en aquello que sabía: valerse por sí misma.

Pregunto interesada:

—¿Por qué elegiste estudiar Psicología?

—A mí me ha *esfaratao* la penumbra, señorita.

Adara baraja, corta el mazo en dos y selecciona el situado a su diestra. Da cuatro golpecitos con el puño cerrado haciendo una cruz como código de acceso al rito. Levanta una carta: el arcano mayor número 1 de la baraja, el mago, y me lo muestra. Agente de la creatividad y el intelecto, artífice de la sanación del mundo emocional.

—Y además leo a las personas, veo sus adentros.

—Cuidado con eso —señalo enseguida—. Acercarse mucho al sufrimiento de los demás puede destruirte.

—Usted sabe de lo que habla.

Torna una segunda carta: la luna. Mensaje claroscuro, el relente de lo onírico, la luz tenue de la conciencia.

—Ya le dije que podía ver sus entrañas.

—Yo también veo las tuyas.

Ella queda meditabunda.

—Apuesto a que esas cartas —indico— son de lo poquito que has traído contigo a Cantabria, ¿verdad? El tarot te ofrece la sensación de control sobre tu propio destino. Nada de lo que te sucedió de pequeña ha sido controlado, mucho menos elegido por ti. De haber sido así, no esconderías tu cultura tras unas mechas californianas.

Una medio sonrisa se dibuja en su cara.

—Tiene razón, señorita —dice— es usted demasiado lista para estar casada.

Adara se ha marchado. A mi consulta llega el fragor del conflicto: la madre superiora discute a través del teléfono de su despacho, pared con pared con el mío. Siempre tuve buen oído, en especial para con aquellos de los que desconfío.

—No pienso ser la única responsable de este despropósito —expresa con entereza—. Es un suplicio, ilustrísima, tener que solventar las mismas incompetencias año tras año. —Se produce un silencio—. Le ruego que corten el paso a los periodistas. Esas rapaces desconocen el sacrificio que realizamos por perpetuar la palabra de Dios. —Silencio—. Vayan en gloria.

En su mocedad, sor Brígida no componía el vivo reflejo de la rectitud y, sin embargo, ahora ella sí la impone a las residentes. El desdén con el que la madre superiora trata a las internas solo puede tener una única y clara explicación: ha sido, y es, infeliz. Del tipo de infelicidad causada por el desasosiego de la que se creyó amada sin haberlo sido. Ninguna mujer nace para ser monja, y para la madre superiora beatificarse no fue más que una condena disfrazada de redención.

Las residencias femeninas que gestionan mujeres eclesiásticas se asemejan a verdaderos nidos de serpientes. Algunas religiosas parecen mostrar una energía infatigable en su lidia contra el mal. Advierten la patología mental como una posesión demoniaca, y a las pacientes, como al caos que desestructura sus dogmas.

Resuena mi BlackBerry:

—Buenas tardes, dígame —respondo.

5

Lunes, 2 de noviembre de 2009

Noviembre se vislumbra como un mes de cambios. Cambios que prometen desenredar los nudos enmarañados en el pecho de aquella niña que fui.

Ella está aquí. Por fin lo está. «Quietud para mi maltrecho corazón». Ha realizado un largo trayecto desde el sur de la península a Soto de la Marina junto a su compañero de batallas, el inspector Francisco Palacios. «¿Seré suficiente para ella? ¿Me recordará? ¿Me amará?». Yo ya lo hacía mucho antes de haberla conocido el pasado verano. Jamás podría haberla imaginado tan perfecta. Sin saberlo, ella compone y culmina uno de los grandes sueños de mi vida.

Indecible. Sabía que hoy no sería un día más en mi soporífera rutina, pero no esperaba proclamarme psicóloga jefa del área de salud mental de la residencia Santa Teresa, sino también madre. Los míos, mis padres, siempre me impidieron disfrutar del amor de unos pequeños ojos avellanas y de unas orejitas peludas.

Ella ha prestado servicio desde su nacimiento hasta los tres años de edad como K9 en la Policía Nacional. Era una de las principales encargadas del rescate de personas en las turbias aguas de La Línea de la Concepción.

«¿Los humanos nos los merecemos?».

El binomio ya disfruta en la playa de San Juan de la Canal: frente a la histórica casona familiar de mis abuelos maternos, el lugar donde crecí. Allí me encerraba en mi habitación a gestionar aquellos alaridos que enmudecía. A través de la escritura vomitaba las palabras, las trazaba en renglones torcidos, consumía mis horas más oscuras pensándome muy lejos de aquellos ventanales. Los acantilados tras la casona supusieron un cebo muy atractivo en mi juventud, una especie de llamada a la otra vida, una llamada a la que no sucumbí. Ezequiel, sin embargo... Bueno, lo cierto es que, desde entonces, yo evito visitarlos con la asiduidad que me gustaría.

Aparco tan rápido que subo el coche al césped que precede a la arena. Reconozco que mis impulsos son los que a veces conducen mi coche y, sin embargo, esto me hace sentir que estoy viva.

Fijo la vista en el rebalaje y allí la descubro, empapándose de la sal del norte. Ha trocado la calidez del Mediterráneo por incontables arrumacos en el Cantábrico. Brisa me ha mirado y ya me ha visto, por fuera y por dentro. La perrita pastora alemana acaba de aniquilar a una buena parte de mis demonios con su simple existencia.

Palacios se dirige a la perrita:

—Brisa, mi *shiquitilla*, vas a ser muy feliz.

—No le va a faltar de nada, te lo prometo.

—Estoy impresionado, Lis —expresa el inspector—. Al haberse criado conmigo es más receptiva al contacto masculino, pero tú le gustaste desde el primer día.

Conocí a la Asociación Patitas Jubiladas gracias a una noticia en el canal 24 Horas a eso de la una y veintiséis de la madrugada, mientras pretendía que Morfeo me ganase la batalla. La agrupación se compone de integrantes de los cuerpos y fuerzas de seguridad del Estado español. Buscan familias definitivas para agentes caninos relegados al finalizar su servicio en la Policía, la Guardia Civil y el Ejército. «Un hogar para estos héroes peludos tras prestar un grandioso servicio a la comunidad». Decidí indagar en la web de la asociación: siento que ella fue quien me escogió a mí.

Esta pequeña «brisa del sur» es casi una cachorra. Sus veterinarios decidieron jubilarla debido a unos poliquistes que desarrolló en las mamas. Es probable que el estrés de su labor influyera en la gestación de dichos tumores: somatizamos a una velocidad pasmosa.

El inspector Palacios incide:

—Brisa es un roble: una correcta alimentación y rutina de ejercicios serán más que suficientes, como te hemos enseñado.

—La cuidaré bien, te lo prometo.

Palacios no lo sabe, pero Brisa es mi entelequia hecha realidad.

—¿Te apetece tomar algo? —digo al inspector—. Así te muestro el nuevo hogar de la perrita.

El inspector silba para llamar a la loba azabache que, entretenida, remoja sus patas en las olas mientras explora inéditos territorios de juego.

Tras la firma del papeleo, Palacios escudriña la colección de solemnes fotografías familiares estratégicamente ubicadas en las estanterías del salón. Señala una de ellas.

—¿Juegas al tenis?

Yo ando hacia la cocina y así evito responder al inspector.

—¿Te quedas a cenar?

Durante la adolescencia me refugié en el tenis para poder subsistir a la desazón que me producía no ser integrada por mis iguales. Aprendí así que las principales batallas no se lidian contra los demás, sino contra uno mismo. Siempre preferí danzar con la soledad, e incluso la elijo a menudo, antes que a un compañero de dobles desacompasado.

—Mañana me esperan casi diez horas de *coshe* —responde—, pero por qué no.

Ofrezco al inspector una triste variedad de tés fríos, colas y agua con o sin gas. Descorcharía con gusto una botella de ribera, pero es *vedado de caza* para mí.

—Entonces ¿estás contento con tus nuevas funciones?

Palacios levanta las cejas.

—Mucha droga, mucha ruina —dice—. Pero alguien tiene que limpiar las cloacas, ¿no?

—Sí, alguien tiene que trabajar en la oscuridad para que se preserve algo de luz.

El inspector da un sorbo al té frío y se interesa:

—Y tú, Lis, ¿estás contenta?

—Es mi primer día, pero creo que sí. O sea, esto es lo que he escogido.

Palacios comprende los dislocados motivos por los que alguien querría volver a casa, pese a lo desordenada que la encontrara a su regreso. El inspector se formó como binomio de perros policía en Madrid. Al recibir la noticia de que Brisa precisaba la jubilación anticipada, decidió presentarse a un rango superior y así ejercer en su provincia de origen, allí adonde siempre hay una vacante. A muchos los supera la impotencia que supone confrontar con la podredumbre de espíritu.

—Nos va la marcha —añade.

—Sí, nos va la marcha.

Pasan los minutos, las horas, y, sin embargo, en su compañía, pierdo la noción del tiempo. Tras una extensa conversación sobre nuestros respectivos trabajos, empezamos a sincerarnos acerca de aquello que querríamos haber sido.

Retomamos el baile de tiras y aflojas justo donde lo dejamos en verano: adoptar a una experrita policía conlleva una formación necesaria.

Ante la sonrisa de Palacios emerge aquella antigua conocida: la vulnerabilidad ante el amor. Así que señalo a la perrita para escabullirme del carisma del policía y de mis turbados pensamientos.

—Las despedidas son... complejas.

—Estamos muy agradecidos a las familias que colaboran con nuestros héroes. Además —añade—, intuyo que este no es un adiós, solo un hasta luego.

Me froto el cuello. Brisa, por fortuna, me busca: sus ojos vidriosos me apaciguan.

—Lis, tienes mi número y mi correo electrónico... Los compañeros de administración harán un seguimiento a Brisa, sobre todo durante los primeros meses. No te ofendas por su empeño, es parte del protocolo.

—Lo que necesiten.

Francisco Palacios hace un último gesto afectuoso a su excompañera antes de marchar. El inspector pretende darme un abrazo que yo, patosa, rehúso al ofrecerle dos torpes besos en las mejillas. «Debe de pensar que soy una estirada», me digo. La verdad es que mi coraza grita que me proteja. Hace años que ningún hombre me aviva ningún interés. He mantenido relaciones íntimas, debo decir, pero el sexo sin amor se me antoja estéril.

Incapaz de conciliar el sueño, ni siquiera puedo apartar las retinas del morrito de mi loba azabache. Experimento unas sensaciones intensamente humanas, semejantes a aquellas que deben de suscitarse en las madres primerizas al desprenderse sus bebés de la protección del vientre materno. Un instinto animal se ha apoderado de mí. Temo amanecer y que Brisa no esté a mi lado, temo que me abandonen, una vez más.

Llevo veintiún días limpia, lo que no en vano percibe mi cuerpo. Recostada en el sofá jugueteo con los padrastros de mis dedos hasta hacerme sangre. Dejé la medicación a mediados de octubre sin el beneplácito de mi psiquiatra, justo tras recibir la llamada en la que el capellán me aseguró que la vacante en Santa Teresa iba a ser mía.

«¿Por qué se marcharía Ana María Herraiz?», me repito como un disco rayado. En el momento de mi elección, evité preguntar a don Fausto por las razones que llevaron a mi predecesora a delegar el cargo en otra profesional.

Mis neuronas se aceleran, son llamas titilantes, y entonces... *Él*, siempre *él*, se inmiscuye en mis ideas. En otros tiempos pretendí, sin éxito, apaciguar a un desastre natural consumidor de infinidad de narcóticos del mercado. Aquel rubio de ojos claros se convirtió en mi talón de Aquiles y en mi caballo de Troya, en mi fortaleza y en mi debilidad. *Amor vincit omnia*: construirte y destrozarte. Ezequiel. Siempre Ezequiel.

6

La noche ha caído. Aitor Alonso, el mayor narcotraficante de la zona, se juega la vida a los mandos de una lancha. Navega a través de las imponentes formaciones rocosas de la playa de la Arnía. Lo complejo de su acceso y el temporal propician la escena.

La lancha golpea contra una de las plataformas de piedra, zarandea a Aitor.

—La hostia, oh, está brava brava —dice.

En la arena, dos de sus esbirros se preparan para tramitar el desembarco de los fardos. El narco suelta el ancla a unos metros de llegar a la orilla. Del compartimento saca varios paquetitos rectangulares de importación americana.

Aitor se gira y vocea:

—¡Vamos, zagales!, ¿a qué estáis esperando? —ordena a sus camellos.

El traspaso se produce a una velocidad imperiosa. Los muchachos están bien aleccionados. Uno de los jóvenes se sube a una Ducati roja y se marcha con parte de la mercancía. Los restantes conducen en dirección contraria al motorista. Aquellos guardias civiles a los que tienen a sueldo les han indicado qué carreteras son favorables para el negocio.

Aitor retorna al puerto del que partió. Se aleja entre las rocas. Comprueba que en uno de los bolsillos lleva aquel encargo especial.

El narco se jacta de su cliente.

—Ese viejo nunca probó nada igual.

El cártel de Sinaloa ha facilitado la llegada de la sustancia por Marbella y por el norte de España. La oxicodona es un opiáceo el doble de potente que la morfina, de curso ilegal en grandes dosis en España.

Por los ochenta, el narcotráfico infectó el norte del país. En la década dorada del pop, los españoles entraban a los primeros tiempos de democracia tras cuarenta de dictadura y opresión.

Aitor Alonso se enaltece al pensar que fue uno de los primeros que, ya en la adolescencia, participó del próspero negocio de la droga. «Visión de águila, zagal», se dice: rememora las palabras de su padre. Se recuerda siendo no más que un chaval *espabilau* que comenzó a hacer recados a ciertos narcos de Cantabria; parte del trabajo era separar el material de los intestinos de los pescados. Se metió en barrizales importantes, pero supo mantener el pico cerrado. Tras su paso por la cárcel fue gratificado con más pasta de la que jamás pensó.

Aprovechó la coyuntura para hacerse propietario del ya muy frecuentado pub Trance, en la calle Cervantes, situado a tan pocos metros del ayuntamiento, que le asegura una clientela asidua entre los políticos. Y así, en trance, quedaron generaciones y generaciones que desgastaron su pubertad en aquel antro.

Desde sus inicios hizo uso de menores para llevar a cabo sus trapicheos; como antes harían con él. Aquellos críos inimputables le hacen de mensajeros a cambio de ofertas de una vida lejos del frío cántabro; promesas baratas que no son más que sueños sin cumplir.

Inmersa bajo el agua que le acaricia la tez, Adara Heredia ensaya lo que parece una narrativa guionizada. Las palabras que la gitana expresa suenan atonales, casi forzadas. Antes de entrar a la ducha ha apontocado una silla contra la puerta del dormitorio. Un móvil, entre las sábanas, vibra y repiquetea testarudo. Alguien trata de contactarla desde un número codificado.

Adara despotrica, se retira de su baño, aún enjabonada y desnuda. Agarra una toalla con la que seca las gotas que le caen por la espalda, adornada por el tatuaje de un Ojo de Horus.

Descuelga la llamada. La persona que le habla la reprende:

—¿Por qué ha tardado tanto?

—Me duchaba. ¿O se me está prohibido, señor?

—Ahórrese la ironía y hágame un perfil de ella.

7

Viernes, 6 de noviembre de 2009

Desde el día siguiente a su llegada, Brisa me acompaña a Santa Teresa. Acude en calidad de soporte emocional en las terapias grupales con las chicas de la planta 4, y así lo hace también en el día de hoy: va a participar en ciertas actividades con las integrantes del área de discapacidad intelectual.

Que desde el arzobispado aceptasen la propuesta de involucrar a una ex perrita policía en el proyecto terapéutico ha significado un verdadero milagro. Brisa supone una innovación en un sistema obsoleto. Tal y como era de esperar, su venida desencadenó la euforia de las jovencitas. Ella no precisa de florituras para ser aceptada. Además, su entrañable presencia ha mejorado la impresión desencantada que algunas chicas tenían de mí.

El capellán don Fausto se mostró halagado cuando le sugerí que supervise a Brisa en aquellas horas en que ella precise de un paseo al aire libre y yo me halle ocupada. A través del ventanal de mi despacho observo cómo la llamativa pareja pasea por el jardín. Brisa lleva menos de una semana en mi vida y ya la ha revolucionado. Casi podría decir que el desorden que me rodeaba se ha organizado por sí solo. Al amar a un perro entiendes que una parte de tu alma estaba silenciada. Los últimos estudios sobre la antropología del lobo demuestran que este evolucionó a animal de compañía a través de la estrecha relación afectiva que se propició entre él y la mujer; en un rol ancestral como Artemisa, se fundió con el lobo para generar un vínculo que perdurase en la eternidad.

Regreso a mis tareas pendientes, suspiro al contemplar las paredes de armarios y el papeleo que espera a ser informatizado.

—Me quieren de secretaria —musito.

He de reconocer que a mí también me gustaba más la vida cuando estaba escrita a mano.

En otro orden de cosas, he agendado un encuentro con los padres de Susana Sainz, histórica residente del área de discapacidad intelectual a la que guardo un especial cariño, para el próximo jueves 26. Quiero dejar cerradas este tipo de reuniones antes del lunes 30, día en que me hallaré incapacitada para dolores de cabeza. «San Andrés, nunca consigo salir ilesa de ti».

Siento gran inquietud por conocer a los padres de la risueña Susana. Y aunque nada me gustaría más que acusarlos de nefastos progenitores, haré un esfuerzo por mantener el cierto pundonor que mi cargo precisa: solo examinaré qué actitud mantienen hacia su hija.

Cruzo los pasillos que me llevan al jardín trasero. Mirar hacia atrás es en mí una constante harto conocida. Entre estos muros siempre percibí una vigilante mirada pegada al cogote, una que me ahogaba en reproches.

Las residentes de la primera planta desayunan en las mesitas blancas mientras la enfermera y las auxiliares las aprovisionan de los fármacos necesarios para arrancar el día. No existe medicación que aumente el coeficiente intelectual de estas jóvenes, pero la necesitan. Paso ante algunas muchachas tan adormecidas que las babas les bañan las piernas.

Ayer, sus cuidadoras enfrentaron la lamentable escena en que una de las chicas se lanzó, agresiva, a por el repartidor de postres: llevaba un palet de natillas.

En fin.

Es usual que, para paliar la frustración, muchas de estas jovencitas se inflijan autocastigos. De manera casi demoniaca, suelen pegarse cabezazos contra la pared o se muerden los brazos. Aun así, el verdadero hándicap contra el que lidian no es el de la minusvalía psíquica, sino el de un mundo hostil.

Las monjas se han convertido en las principales centinelas de las chicas del área de discapacidad intelectual y, de alguna forma, también en sus madres.

—¡Vendrá el *cuegle* a por las jovencitas que no se laven los dientes después de desayunar! —les dice sor Clotilde.

Las hermanas, muy afectas a los cuentos clásicos, se ayudan de los personajes del misticismo local para amedrentar a las jovencitas desobedientes.

Jamás conocí a estos personajes por mediación de mis padres. A papá le resultaba más apropiado recitarme vocablo a vocablo la célebre obra operística de Mozart *Idomeneo, rey de Creta*. Y, además, la vara inquisitoria de mi madre ya era más que suficiente para mantener mis pulsiones a raya.

Siendo niña soñé tantas veces con salir de este terruño que considero haberme convertido en una completa ignorante con respecto al lugar en el que nací.

Con cierta nostalgia, mis memorias han recuperado las cantinelas de Agustín Alonso sobre los despiadados seres que moran en los bosques de Cantabria. El pobre loco de

Agustín… Hace unos años se autoproclamó director de la asociación de ufología de Comillas.

—¡Contesta, contesta, contesta! —Susana Sainz de Espinosa ha correteado hacia mí, no sin antes agarrar de una de las patitas a su muy respetable sir Wellington. Su osito de peluche inseparable, su mejor amigo, es el *souvenir* de un viaje familiar a Londres. Los señores Sainz de Espinosa habían arrastrado a su hija a los neurólogos más prestigiosos de Gran Bretaña con la esperanza de que extirparan a Susanita aquella piedra de la locura.

A esta chica de sonrisa angelical yo jamás la olvidé, aunque en su familia sí parecen haberlo hecho. La muchacha cuenta con la edad en que Cristo fue ejecutado y todavía sigue aquí, en Santa Teresa, condenada al desarraigo. Ingresó a los veintiuno tras haberse agotado su tiempo en un centro asistencial madrileño para personas con discapacidad. Es hija de unos padres que nunca estuvieron preparados ni interesados en criar a una persona con sus peculiaridades. Para ellos, su descendiente es un castigo divino.

Susana me abraza como si hubiese recuperado, por fin, un objeto que había dado por perdido.

—¡Hola, tesoro! —exclamo—. Estás preciosa.

Introduzco un mechón de su cabello detrás de la oreja para despejar su rostro.

Las personas diagnosticadas de síndrome de Moebius parecen vivir ajenas al envejecimiento. Cuentan con una personalidad excitable y una sonrisa perpetua. Hace años ya debieron nombrar a Susana cronista oficial de la residencia. Es una noctívaga muy observadora que dispone de una capacidad soberana para almacenar en su mente cada entresijo de Santa Teresa.

—Veo que sir Wellington sigue en perfecto estado —añado.

—¡Recuerdas!

—Cómo no. Gracias a los dos pude ahuyentar muchas de mis pesadillas, hace años.

Susana da un par de saltitos de alegría.

—¿No morirte?

Sor Clotilde se ha percatado de la indiscreción de la chica.

—Vamos, Sainz, que te me despistas —dice la monja—. Termina el desayuno, que hoy toca lavandería.

La pregunta de Susana me ha cogido desprevenida. Pero no, ahora mismo, en este día, en esta semana, no, no quiero morirme. Comprendo, no obstante, que eso sea lo que Susana guarde de mi paso por Santa Teresa en su memoria.

8

Martes, 10 de noviembre de 2009

Las 15:42. Mi pierna izquierda parece dominada por la tarantela.

Las orejitas alzadas de Brisa me avisan de que alguien se acerca. Nati Catela, ayudándose del codo, abre la puerta que dejé entornada. Observo que tiene los nudillos en carne viva.

—¿Días moviditos? —le pregunto.

La muchacha emite una locución sensual y cautivadora. En ella despuntan rasgos dramatúrgicos, característicos de nosotras, las limítrofes.

—Sí, sí. No soporto a mi padre, sus ademanes de superioridad. Se cree mejor que yo.

—¿Cómo podemos mejorar esa relación?

—Cambiando de padre —responde burlona.

Le demuestro que me he estudiado su ficha.

—Tu padre es profesor de Filosofía en el seminario diocesano del Monte Corbán.

—Sí. —Suspira, hondo. Alarga las sílabas hasta su máxima capacidad—: ¿Has estado?

—Una vez; tú y yo somos casi vecinas.

—¿Ah sí?

—Sí. Soy de Soto de la Marina. Pero háblame de ti. Quizá tengamos más cosas en común.

—No te esfuerces, Lis, no vas a poder poner orden en mi cabeza —apunta insolente.

—Acepto el reto.

Consigo que mantenga contacto visual conmigo.

La jovencita cumplió la mayoría de edad el pasado septiembre, a pocos días de ingresar en la residencia. Sus informes médicos, psiquiátricos y psicológicos destacan sus altas dotes en expresión lingüística y talento lógico, aquellos arrebatos de odio hacia sí misma y un muy notable consumo de cannabis desde la preadolescencia. Nati encarna a Caperucita, al lobo, al cazador y a la abuelita en un mismo cuerpo.

—¿Puedes enseñarme los brazos? —le ruego.

La muchacha pelirroja hace evidente su obstinación.

—¿Vas a utilizar esta información en mi contra?

—¿Crees que estoy aquí para perjudicarte?

—Aún no lo sé.

Me recoloco en mi asiento.

—¿Sabes?, aproveché la visita al seminario en el que trabaja tu padre para vomitar el arroz con marisco que había almorzado.

—¿Te provocabas el vómito? —pregunta interesada.

—Durante años, sí.

Audaz, me reta:

—¿Y te gustaba hacerlo?

Vomitar puede llegar a convertirse en un placer insalubre. Limpias tu esencia, aunque esa limpieza suponga una paradoja: la purga te pudre por dentro.

—Igual que a ti hacerte daño. Tú decides si eso es poco o mucho.

La pelirroja calla. Diría que se ha valido de un destornillador para dibujarse escarificaciones en los brazos: cruces invertidas. Utiliza la simbología en sus castigos. Matar al padre, a la madre y al Espíritu Santo. Ambas somos el claro ejemplo de que el dinero, la aristocracia y una elevada posición familiar no aseguran la felicidad.

—Puedes marcharte, Nati; nos vemos ahora —le digo—. Y, por favor, que el doctor Zambrano revise esos cortes.

—El psiquiatra lleva dos semanas fuera. Zapico me curó con Betadine.

—¿Zapico? ¿La enfermera jefa?

La muchacha asiente. Debo ponerme al día con cierta fracción del personal; era de esperar que muchos de los sanitarios actuales no ejerciesen en mi época como interna.

—Hablaré con ella. —Apunto a sus manos—. Eso quizá necesite una radiografía.

Nati se vuelve hacia mí antes de despejar el despacho.

—Ah, y Lis...

—¿Sí?

—Aquí no eres muy popular.

Quien es el propio fuego no prende en cualquier hoguera. Al rozar la mayoría de edad, bordeaba el umbral de la decadencia cada sábado noche. El desenfreno me proporcionaba una sensación irracional de libertad, tan bella a mis ojos, que aliviaba mi sufrimiento, aunque solo fuera por unos instantes. Olvidaba todo, de manera literal. Padecí periodos de amnesia, lagunas durante horas completas. *Despertaba* sin saber dónde estaba ni quiénes eran aquellos con los que reía o lloraba. Séptimo círculo del abismo, anillo intermedio: los suicidas.

Damos comienzo a la segunda sesión de grupo con las jovencitas del área de salud mental.

El sudor me baña las manos. Veinticinco días limpia. La abstinencia se cobra su deuda.

—Buenas tardes, bonitas —les digo.

—¡Y etiquetan de sádicos a los mangas coreanos! —dice Nati, seguida por una carcajada casi general.

Aquella muchacha apoltronada en una silla de ruedas, Inés Bernat, hoy se traslada con una muleta. La *belle indifférence* la ataca de otra manera: más sutil, más letal.

Regreso al proyector: la imagen que les muestro las ha aterrorizado tanto como sorprendido. *Ace*, y punto de partido para mí.

—Vale, vale, que no cunda el pánico —les digo—. Bueno, este conmovedor fresco pertenece al mural de la basílica de San Petronio en Bolonia.

—¿Es el infierno?

—Eso es, Nati. El báratro y sus demonios según Giovanni da Modena. Una impactante fuente de indiscutibles terrores nocturnos.

Callo unos segundos para que se regodeen en la imagen.

—En el centro se destaca al profeta del islam, a Mahoma, torturado por las alimañas de Lucifer. Algunos extremistas afines quisieron destruir la obra sobre 2002 en señal de protesta, lo que habría supuesto una gran pérdida.

La pelirroja me tantea:

—¿Lo has visto en persona?

—¿Te refieres al mural o a Belcebú?

A la mayoría les divierte.

Satanás compone el mayor tópico de la religión cristiana y de las culturas que derivan y afloran de ella. El miedo a ser juzgados incide con más fuerza en nuestro discurso interno que el deseo de ser perdonados y elevados al cielo.

Nati insiste en cuestionarme.

—¿Y cuál es tu mayor miedo?

—El paso del tiempo —respondo sin titubeos—. Pero, sobre todo, malgastar los días que se nos han dado. Y también, ser mediocre, supongo.

—¿Mediocre? —pregunta la chica de rizos rojos.

—Vacía —digo observando al conjunto—. Las personas tenemos la obligación de cuestionar el mundo, de ponerlo patas arriba. ¿Sabíais que hace menos de cien años las españolas no teníamos derecho al voto? Si nosotros no transmutamos, nada cambia, nada evoluciona. Eso es el vacío.

Adara Heredia, la flor gitana, interviene.

—El vacío es quedarse apalancada.

—Apalancada en el descontento, sí.

Les reparto unos cuadernos de dibujo y les explico que ha sido gracias a la hermana Clotilde que hoy contamos con estos materiales.

—Bueno, ahora sí —añado—, dejad fluir vuestra imaginación. Pintad a ese monstruo interno que os aterra. Puede ser cualquiera... Incluso sor Brígida.

Las muchachas se relajan, ríen de nuevo. Parecen haber encontrado un oasis en el desierto. Un abrazo entre tanta rigidez institucional. Aquí no son pacientes, solo son personas.

Me arrimo a Adara para observar aquello que pinta. De la boca y los ojos de la mujer que ha dibujado sale un humo oscuro y denso.

—¿Esa chica eres tú?

—*Impregná* de negruras, señorita —responde la gitana—. ¿Puedo hacerle una pregunta?

Asiento.

—Ha dicho usted que tenemos estos materiales gracias a sor Clotilde...

—Sí.

La zíngara se muestra muy atenta a los detalles, diría que los recopila, como quien aglutina recuerdos antes de una despedida.

—La hermana conduce, ¿verdad? Me pareció verla en un Volkswagen escarabajo de color aguamarina y me recordó a sor Citroën.

—Así es, Adara, sor Clotilde es una mujer muy instruida para ser una monja: una biblioteca andante.

Una voz, aunque débil, me ha sobresaltado. Inés Bernat, la muchacha inmutable, ha dejado a un lado sus reservas al preguntar cómo las monjas decidieron llegar a serlo.

El grupo, muy metido en la conversación, espera mi respuesta. Ninguna comprende por qué una mujer decidiría perder la poca y falsa libertad que la sociedad tiene a bien concedernos.

Ligeramente dubitativa, respondo:

—En el caso de la hermana Clotilde, por lo que sé, las vicisitudes de la vida la llevaron a pensar que, para ella, ser monja sería lo mejor.

Nati incide:

—Sí, pero tú qué piensas.

—Pues pienso que para entender su elección habría que escarbar en la infancia de cada monja: llegar al origen.

—¿Qué origen? —insiste la pelirroja.

—Al de su rabia.

Al salir de La Campana, mi loba queda al cuidado de don Fausto. Yo debo reunirme con la madre superiora; guardo peticiones que solo ella puede concederme.

En un hondísimo suspiro, acopio fuerzas para tolerarla. La puerta de su despacho está cerrada, pero se intuye a otra monja dentro: escucho desde la retaguardia.

—El doctor Zambrano se ocupa de unos asuntos en Madrid —oigo decir a sor Brígida—. Vuelve la próxima semana, nadie tiene por qué saber nada más.

—Zapico y las auxiliares murmuran. —Identifico la voz del Sancho Panza particular de la madre superiora: es sor Petra—. Ciertas hermanas hacen preguntas, madre. Muchas jóvenes de la 1 necesitan supervisión o reajustar sus medicamentos.

—De ningún modo puede llegar a oídos de las familias que sus hijas están desprovistas de servicio médico, ¿me oye, hermana?

—¿Qué hacemos con el capellán? —apunta Petra.

—De don Fausto me encargo yo, como siempre.

Sor Petra abandona la habitación y a punto está de pillarme desprevenida. En un siseo me he colado en mi despacho, del que entorno la puerta hasta comprobar que la monja se aleja por el pasillo. El tenis me dejó buenos reflejos, además de un brazo más largo que otro.

Toco a la guarida de la madre superiora.

—Pase —responde sor Brígida con sequedad; muestra su escudo y su lanza. Sea lo que sea aquello que pasa en torno al médico, la mantiene tensa—. ¿Qué quería, De la Serna?

—Buenas tardes, madre. Verá, me gustaría conocer al equipo de enfermería.

—Claro, claro —responde condescendiente—. Al haberse incorporado con mes y medio de retraso, va usted unos cuantos pasos por detrás.

La mujer me resulta insufrible. Aprovecha cada oportunidad para recordarme que estoy aquí para tapar un agujero.

—Este viernes —prosigue—, sin falta, realizaremos los saludos pertinentes. Pase por la segunda planta a media mañana. Sea puntual.

Mi sola presencia le irrita. Soy consciente de que, si no fuese por el aprecio que don Fausto me profesa, sor Brígida jamás habría considerado mi candidatura. Para ejercer en una entidad de esta índole, es preciso formar parte de la secta.

9

Viernes, 13 de noviembre de 2009

La hermana Clotilde transmite sus conocimientos a las jovencitas que no disfrutan de formación fuera de la residencia. Enseña a leer a esas muchachas de la 1, de pensamientos un tanto limitados, pero de espíritu vital.

En tiempos de incertidumbre y desesperanza, aquellos que te acompañaron en la batalla deberían ser condecorados al alcanzarse una tregua. Esas personas constituyen el armamento más poderoso contra los pesares, y la hermana Clotilde es una de ellas. Atesora a las internas como a las hijas que nunca tuvo pese a que ansió ser madre desde la pubertad. Su cuerpo, no obstante, aunque de caderas amplias, no estaba preparado para engendrar a una criatura.

Durante mi estancia como residente compartí numerosos espacios de diálogo con la hermana Clotilde y con el capellán. Mis desregulados horarios de perturbada y la incapacidad para concentrarme en algo que no fuese mi propia destrucción me impedían asistir a clase a menudo. Por momentos, desconocía el día en que vivía. Respiraba por defecto.

Ambos eclesiásticos me prestaban sus hombros: un armisticio a la guerra fría que yo lidiaba contra mí. Pasé junto a ellos incontables ratos en el jardín de la residencia, un genuino espacio para la flora autóctona de Cantabria y estupendo retiro para trastornados.

El capellán solía contarme anécdotas sobre Comillas y sus paisanos. También acerca de sus años como académico en Roma, donde estudió Derecho Canónico. Se describía como un artista frustrado. Habría querido conocer las Bellas Artes, pero su padre opinaba que esa ciencia era obtusa e inútil.

Sor Clotilde compartía vivencias en el transcurso de su formación como monja. La mujer supo leer muy bien mis letras, pese a que mi mente fuese un libro de escritura cuneiforme.

Mentiría si dijera que yo no hacía cavilaciones en torno a sus vidas. Deseaba conocerlos más allá de aquellos retazos que compartían conmigo. Quedaba embelesada cual niña en etapa escolar.

Al levantar la mañana, mi vecino, el señor Cipriano, íntimo de mis abuelos en vida, recogió a Brisa para enseñarle el oficio de pastoreo de ovejas. Su *border collie*, Cumbre, ha hecho buenas migas con mi pequeña. Mi perrita socializa y aprende en las mejores manos, lo que me permite moverme en Santa Teresa con plena libertad. Mi loba torna la cabecita cuando marcho. Pretendí no extrapolar mi dependencia emocional en ella, pero ha sido inevitable.

Montones de ejemplares se apilan en las estanterías de la biblioteca. El mundo literario está pensado para engancharte gracias a sus realidades fascinantes tanto como desde los sentidos primarios. Vanilla planifolia, aldehídos y benzaldehídos, aquellos compuestos que conforman los libros, procuran al lector un impacto enriquecedor para su cerebro cuando pasan por el filtro del olfato.

Sor Clotilde suspira.

—Mi querida Lis, al verte revivo recuerdos que me entristecen —y añade burlona—: Aunque he de decir que ser esposa no difiere demasiado del celibato.

—¿Fue feliz durante su matrimonio, hermana?

—Éramos jóvenes, teníamos sueños —responde—. Yo era hermosa, curvilínea, ¡aunque bastante menos que ahora! —Sonrío ante su elocuencia—. Mis cabellos eran tan largos que casi podía sentarme en ellos.

—Su marido no pudo resistirse a sus encantos.

La monja expresa una carcajada ante mi comentario picarón. Si mi memoria no me falla, se casó a los dieciséis años, en cuanto su padre permitió que dejase el yugo familiar para atender a otro hombre que no fuese él mismo.

—Mi marido fumaba como un carretero. Ese vicio del demonio me lo arrebató. Ay, los caminos de Dios son...

—Complicados.

—Sí, querida, complicados.

La hermana reajusta la falda de su hábito.

—Tú siempre me recordaste a mí, querida —me dice—. No por tu rebeldía, por supuesto. Yo jamás fui capaz de mostrar el más mínimo desacato, pero aquella mirada perdida tuya, aquella mirada, era igual a la mía cuando perdí a mi marido.

Moza, viuda y sin descendencia, sor Clotilde supuso una deshonra para sus padres. Ante sus ojos dictatoriales no había cumplido con el propósito que Dios le encomendó al nacer mujer. Y es que la muerte no solo se llevó a su marido consigo, sino también las esperanzas de la hermana por dar a luz.

—Madre insistió en la idea de enlazarme en otro matrimonio —explica la monja—, pero yo sabía que ser viuda era el menor de mis problemas.

La biología de las mujeres supone un inevitable sacrificio del yo. Todo lo demás son eufemismos. Al aceptar el celibato, la hermana Clotilde podría cuidar a hijas descarriadas ofreciéndoles un motivo y una familia, o, al menos, lo más parecido a ello.

—Pero no hay mal que por bien no venga, ¿no es así, querida? —dice ella—. Mírame ahora, soy la reina de las pastas pasiegas.

Por su aspecto, y por sus buenas dotes con la cocina, infiero que, desde hace años, acalla al estrés con la repostería.

Susana irrumpe en la íntima conversación que la hermana y yo mantenemos.

—¡Hermana!

—¿Sí, Sainz?

—Sir Wellington, pis —dice la muchacha.

—¿El señor Wellington y tú habéis terminado el resumen?

—¡Pis!

—Está bien, Sainz.

La monja levanta sus voluptuosas caderas y se torna hacia mí.

—Llevas apenas unos días, querida, pero cuídate —añade—. Tus monstruos siguen hambrientos, me lo dicen tus ojeras.

Sor Clotilde jamás dio puntada sin hilo. Ella ve a la impostora bajo la bata médica, a aquella que se dedica a sanar a otros para no enfrentarse a las oscuridades que porta dentro.

La salud mental es una profesión a la que romanticé con creces mucho antes de desempeñarla. Esa idea de salvar a tus pacientes se convierte en un estímulo adictivo para aquellos que también somos pacientes, enfermos. Desarrollas un fatigoso complejo de semidiós. Con sinceridad, llegué a confundir las voces de otros con las mías. Esos susurros me hacían sentir menos sola en esta vorágine de despropósitos a la que llamamos vida.

El reloj del vestíbulo marca las 11.57. Acudo a la cita con la madre superiora.

—Llega pronto, De la Serna —dice sor Brígida.

Ni el más nimio de mis actos agrada a esta mujer, que consigue sacudirme y conectarme con mis complejos.

Sigo sus pasos con actitud firme hacia la segunda planta, destinada a aquellas jovencitas llegadas por la mediación de los servicios sociales. Procuro no emitir sonido que pueda molestar a la venerada madre. ¿Cómo es posible que cada rincón de esta residencia huela a incienso? Giramos a la derecha para llegar a la sala de curas.

—Zapico, esta es la señorita Lis de la Serna, la nueva psicóloga. Confío en que no la entretengas.

—Sí, madre —responde la enfermera.

—Les recuerdo —insta sor Brígida— que deben consultar con el doctor Zambrano cualquier cambio en los protocolos de intervención de las internas.

—Sí, reverenda madre, lo que usted mande.

La madre superiora suspira.

—Continúo con mis quehaceres: esta casa no se gestiona sola.

Sor Brígida sale de la habitación.

—¡Es tremenda esta vieja! Soy Idoia Zapico —dice la enfermera, que mastica chicle, soez—. No sé si darte la enhorabuena o el pésame. Ahora estás atrapada aquí, como lo estamos las demás.

Dejo los saludos a un lado y no pierdo la ocasión de preguntar:

—Zapico, mi predecesora, la señora Herraiz, ¿por qué se marchó?

—De la Serna, ¿no?

—Sí.

—En los últimos meses estaba como... pirada —cuenta Zapico—. Se encerraba en el sótano y en su despacho. No sé qué hacía allí; bueno, aparte de beber whisky. La madre superiora le criticaba que debía dedicarse más a la terapia de las zagalas.

—¿Crees que la prejubilaron?

La duda arruga la frente de la enfermera.

—A ver, zagala, quiero que empecemos con buen pie, pero no me malinterpretes...

—Tranquila, soy una tumba —replico enseguida.

Zapico, algo chabacana, se regodea y ríe.

—Pues justo de eso se trata.

—¿Qué?

—Tu antecesora, doña Herraiz, se mató.

—¿Ha muerto? ¿Cómo?

—No te han contado nada, ¿eh, *chuli*? —se jacta—. Herraiz se tiró al jardín desde el ventanal de su dormitorio. Cayó de cabeza: se reventó los sesos contra los adoquines.

—¿Y las chicas?

—Pasó el lunes 12 de octubre. Nadie vio nada. La mayoría andaban por Santillana del Mar. Había unos *conciertus* o no sé qué, ah sí, y la jornada de puertas abiertas en la colegiata, creo. Y menos mal, porque si no, se habría liado una buena.

—Joder.

—Que sepas —susurra— que muchas hermanas ni siquiera lo saben. Tengo entendido que los de arriba lo decidieron así.

—¿Y quién la encontró?

—El conserje, claro.

—¿Y don Fausto?... ¿Él lo sabe?

La responsable de enfermería parece más dispuesta a cuestionarme que a ofrecerme abrigo.

—Eres algo así como su protegida, ¿verdad? ¿Habrías aceptado el puesto si él te hubiera contado lo que le pasó a Herraiz?

—Por supuesto.

Hago un ademán por salir de la sala de curas, pero me detiene la voz de Idoia Zapico:

—De la Serna, una cosita...

Vuelvo hacia ella. Me previene:

—No te quiero añadir presión, pero el área de salud mental ha perdido su buena reputación entre la diócesis, y tú, según se rumorea, eres una apuesta... arriesgada.

Asiento a la enfermera jefa.

—Me lo puedo imaginar.

—Te he contado esto para que empecemos con buen pie, pero..., si me entero de que has abierto la boquita, yo misma te tiro por el balcón.

10

Sábado, 14 de noviembre de 2009

Loreto se ha empeñado en que esta noche escapemos al *pueblu*.

—Estoy desfasada —replico yo, al teléfono.

—Desde que eres *madre* estás irreconocible.

Mi amiga me saca una sonrisa. Echo un vistazo a Brisa, que anda tumbada panza arriba en el sofá.

Pero Loreto no acepta un «no» por respuesta.

—¿Desde cuándo no andas con ningún zagal? Te va a venir bien.

—Lo, no vas a emparejarme con nadie como has hecho con tus conejos de Angora.

—Los he adoptado y traído a casa para que tengan un nido de amor.

—¿Por eso les has comprado una cama rosa con lacitos?

—¿Vamos a salir o no? —insiste—. Mi chico está viendo al Racing, así que he decidido arrastrar a mi amiga solterona a una noche de desenfreno.

—Qué remedio.

«Si conduzco no puedo beber, si conduzco no puedo beber», repito este mantra para que la idea se grabe en mi sesera. Haber dejado la medicación no es excusa para tener manga ancha con el alcohol.

Recojo a mi amiga en el Mercedes Benz 280, también herencia de mi abuelo materno. Nada de lo que me rodea me pertenece. Hasta mis taras llevan insignias transgeneracionales.

—Das asco —dice ella al subir al coche.

—¿Por?

—Estás deslumbrante.

—La belleza ciega al hombre, Lo.

Resopla y añade guasona:

—Tía, qué rara eres.

Durante el trayecto a Comillas, Loreto me aturrulla con sus reniegos: la convivencia con su novio está resultando desastrosa. Llevan más de diez años juntos, desconozco qué tipo de anclaje soporta a esa relación, más allá de un miedo instintivo a la soledad.

Tras varios intentos fallidos, conseguimos aparcar en los alrededores del palacio de Sobrellano. Me desmotiva el no poder tomar ni una minicaña. Esa ansiedad social que va conmigo me permite dar una charla sobre la comorbilidad entre el trastorno límite de la personalidad y la bulimia nerviosa en cualquier congreso nacional, pero me incapacita cuando me descubro rodeada por chacales hambrientos de carne fresca en cualquier discoteca.

En cuanto nos sentamos en torno a un barril ya quiero huir.

—No puedo marchar muy tarde —digo a mi amiga—. He quedado con don Fausto mañana temprano.

—¿Quedar con él te viene bien? —pregunta.

—Es el capellán de la residencia y le aprecio: ha apostado mucho por mí.

Loreto da un sorbo prolongado a la cerveza.

—Ya vas a pasar en la residencia de lunes a viernes —consigue decir.

—Quiero recuperar el vínculo con él.

Su mirada compasiva me saca de quicio.

—Qué —replico.

—A ver, cuánto tiempo llevas sin autolesionarte, sin inducirte el vómito. Cuánto. Te conozco. Volver a Comillas, a la residencia... A todos nos preocupa.

—Qué os preocupa.

—Que vuelva aquello, Lis, lo de Ezequiel —responde Loreto enseguida.

—Joder, no lo culpes a él.

Toco mi cara con ambas manos.

—Perdona, Lo. Estoy un poco nerviosa —le digo—. Es que quiero cuidar de esas chicas.

—Ese es el principal problema: no cuidas de ti como lo haces de los demás. Vives con ese complejo extraño... —Y añade con burla—: En otra vida debiste de ser monja de clausura o algo así.

—¿Beata yo? ¡Jamás!

Reímos.

Loreto sujeta el tercio de cerveza con las dos manos y lo levanta como un sacerdote consagra el vino de misa.

—Oh, néctar de los dioses, sírveme como somnífero para calmar mis deseos de asesinar a mi jefe.

Se nos escapa una carcajada y aclaro:

—Veo que no soy la única que debe cuidarse.

Mi amiga es periodista en *Las Crónicas de Comillas*. Contrato precario, sueldo irrisorio.

Pienso en mi antigua psicóloga, la señora Herraiz. Su aparatoso fallecimiento bien podría haber abierto cualquier noticiario nacional, y, sin embargo, solo quedó registrado de forma anecdótica entre los sucesos del periódico local. La Iglesia es única ocultando la verdad. A plebeya muerta, plebeya puesta.

Al cabo de unos segundos, musito:

—Se comenta que la anterior psicóloga de la residencia... En fin, que el conserje encontró su cadáver en el empedrado del jardín. Según cuentan, se precipitó desde su habitación en el Día de la Hispanidad.

Loreto da el último arranque a su jarra.

—Mandaron a uno de mis compañeros a cubrir la noticia y la madre superiora lo atendió con una espantada. —Suspira y continúa—: Es normal que no quisieran dar bombo al asunto. ¿No crees?

—Así que lo sabías —replico molesta.

—Todo el *pueblu*, Lis. Bah, una mujer borracha, cansada y ya. Trabajar durante décadas con chicas con discapacidad y enfermas mentales puede ser algo demoledor para cualquiera.

—Don Fausto tampoco me contó lo de Herraiz, ni la madre superiora, ¡ni mis padres!

—Pero ¿eso importa? Habría dado lo mismo: tienes la cabeza cuadrada. Estabas empecinada en firmar ese contrato.

—Claro que lo habría aceptado —replico, firme.

—No le des más vueltas a lo de Hernández.

—Herraiz. Ana María Herraiz.

—Eso. Bueno, voy a preguntar a mis fuentes, quizá alguien sepa algo más, pero tú ya sabes lo que significa toparse con la Iglesia.

Sumida en las profundidades de mi vaso, ya sin sustancia, propongo aquello que, de seguro, Loreto deseaba evitar:

—¿Podemos andar por la calle Cervantes?

—Por el Trance, dirás —responde ella—. Para qué. Es un antro de corruptos y drogadictos, y de corruptos drogadictos.

—Eres tú la que me has obligado a salir, ¿te acuerdas? Vamos, va.

Unos escasos cincuenta metros separan la calle de los Arzobispos del pub en cuestión. Al adentrarnos en el ambiente nocturno, pareciese que nos hemos trasladado al Madrid de mediados de los ochenta. A determinadas horas, tanto el local como sus inmediaciones se convierten en escenario del punk-rock cántabro.

—¿Siguen poniendo porno? —pregunto a Loreto.

—Siempre, a partir de las diez.

Droga, sexo y punk-rock. El *jarcia* de Aitor Alonso dio con la fórmula mágica para que ningún adolescente quiera moverse a otros lares.

Cuando yo iba al instituto, jamás me interesó el tumulto de la fiesta, pero era una de las pocas oportunidades que tenía para integrarme con Ezequiel Otero.

Me abrumó aquel torbellino revolucionario, el personaje, muy bien trabajado, de joven indisciplinado, al que le aburría lo vulgar. Fanático de Bukowski. Noctámbulo. Al conocer a Ezequiel sentí que había encontrado a la mitad que me faltaba, a esa alma que vagaba por el universo hasta nuestro encuentro, perdida.

Ezequiel subía la voz por encima de los bafles y me leía:

—«Dejé por ti todo lo que era mío —decía—. Dame tú, Roma, a cambio de mis penas, tanto como dejé por tenerte». Rafael Alberti.

Los ojos me centelleaban; yo reflexionaba.

—Abandonó todo lo que le daba sentido.

—O tal vez lo encontró —replicó Ezequiel—. Tú eres Roma, Lis, mi Roma.

—¿Tus ruinas en llamas?

—Bueno, mejor mi eternidad.

Aquellas noches recitábamos soliloquios sobre el sentido de la vida, del para qué. Charlábamos durante horas: de libros, de cine, e incluso fantaseábamos con viajar en su escúter a la Toscana o montar nuestra propia *galleria d'arte* en Roma.

Su línea de pensamiento era una auténtica genialidad macabra: estaba convencido de que a través de los psicotrópicos conectaría con la divinidad. Quería volar: Ezequiel quería volar.

El muchacho de sonrisa alicaída daba respuesta a aquellas inquietudes que yo era incapaz de saciar por mí misma. Los agujeros negros entre mi pecho y mis alas se esfumaban cuando él andaba cerca. Nuestra forma de querernos se asemejaba a una adicción. «¿A cuántas dependencias estoy abonada?», me pregunto hoy.

Ezequiel solo se permitía ser conmigo. Yo solo era con él, y, quizá, solo con él he sido. Textos incendiados. Cuando un lobo te hechiza, solo queda seguir su rastro. Veníamos de distintas guerras, pero ambos buscábamos la misma tregua.

Aitor Alonso, apoyado en el muro del Trance, me reta con la mirada, vanidoso. Fuma lo que de seguro será tabaco abigarrado con marihuana o hachís. Le rodean desarrapados y menores de edad a los que siguen vendiendo alcohol y droga sin ningún reparo. La *suburra*. Ocultamos nuestras vergüenzas en la lobreguez de la noche.

Loreto me pisa los talones.

—Lis, vámonos —dice mi amiga.

En la adolescencia experimenté cierto miedo a esos personajes de la escuela que hacían las veces de camellos y de matones por cuenta propia. Llegados a este punto de la vida, sin embargo, su fanfarronería barata no es suficiente para atemorizarme. Ahora soy un fuego controlado que nadie puede apagar sin mi permiso.

—Lis —insiste Loreto.

En la cara de Aitor se dibuja una amplia sonrisa que deja ver sus dientes en descomposición. Mi amiga pega un tirón de mi chaqueta.

—Nos vamos, ¡ya!

Acepto. Siento como un reflujo de aversión asciende por mi estómago al encarar a ese ser al que desprecio.

Loreto se deja caer en el asiento del coche. Descanso la frente en el volante un instante antes de poner rumbo hacia la CA-131.

—¿Me vas a llevar al mirador de Santa Lucía? —dice mi amiga—. ¡Qué romántico!

—No, tonta. De todos modos, con la tajada que llevas, no podrías disfrutar de las vistas.

Loreto se pone seria.

—Entiendo. Quieres verlo.

Me ha pillado. Deseo contemplarlo, sobrecogerme.

Ezequiel y yo llevamos al extremo una búsqueda constante para alcanzar la perfección, o nuestra idea de ella. Una desesperada letanía por toparnos con un estado de felicidad pleno. Esa ridícula lucha se asemejó más a un dolor emocional intenso, por lo que jamás alcanzamos el edén prometido, sino el infierno en vida, en este plano, en nuestras carnes.

Tantas fueron las horas que pasamos absortos contemplando a Abadón, el ángel de semblante enfurecido, un ser fiero y humano. Aquella escultura que Josep Llimona alzó sobre el antiguo camposanto del pueblo, una curiosa efigie representativa de un territorio celestial. Las historias cuentan que el ángel exterminador fue injustamente condenado a una vida en el averno, por lo que él mismo dedicaba sus esfuerzos a rescatar a almas puras convictas en el inframundo. Quizá ese infierno quede más próximo de lo que *a priori* pensaríamos. Para algunos, ya está aquí. O, al menos, lo estuvo.

Mi amiga se recompone en el asiento.

—¿Qué es eso? —pregunta atemorizada.

Divisamos un bulto en forma de cuerpo ante el majestuoso arco de entrada al cementerio.

—Espera aquí —le digo.

Echo el freno de manos. El Mercedes ruge, al ralentí.

Salgo del coche y me acerco con cuidado a la figura, hecha un guiñapo. Toco el bulto, que se gira.

—¿Agustín? —pregunto con un hilo de voz.

La apariencia del desdichado ha empeorado aún más si cabe con el transcurso del tiempo: Agustín ha perdido su cabellera y, por lo que observo, también lo que le restaba de juicio.

—Señorita De la Serna, dichosos los ojos. —Su peculiar dicción continúa siendo correctísima; pero su voz suena ralentizada.

—Este no es sitio para dormir, Agustín. Te vas a congelar.

—Descuida. —Se incorpora y susurra—: En estas noches tengo una misión.

—¿Una misión?

Agustín se acaricia la nuca para después señalar al cielo.

—Ellos me la han encomendado.

—¿A qué te refieres?

—Los ángeles me han pedido que vigile al demonio mujer, Lis —responde—. Hace años te lo advertí: esta tierra está maldita.

Sí que recuerdo la matraca disparatada que le acompañaba, pero si sigue a la intemperie morirá por hipotermia.

—Me oculto en las sombras, soy parte de ellas —dice.

Agustín Alonso me muestra una cámara analógica anticuada y de carrete.

—Aquí la espero, la fotografío.

—¿A quién, Agustín? ¿A quién fotografías?

—¡Sh! Baja la voz, ella los ronda, los vigila.

—Tienes que resguardarte, por favor.

Loreto vocifera desde el coche:

—¡Lis!

—¡Vete! —me ordena Agustín y añade—: Yo debo esperar, debo cumplir con mi cometido; los ángeles me eligieron.

11

La barahúnda habitual de Santa Teresa reposa sus miedos.

El capellán, don Fausto Aguilar, se abre paso por una de las alambradas derruidas en la linde del jardín trasero de la residencia. Torpe, se entremezcla con las enredaderas que cubren el vallado. Atrás queda una antigua caseta en desuso que perteneció a los vigilantes del sanatorio. El cura se zambulle en la lúgubre densidad del bosque hasta parar junto a un montículo de piedra y cemento recubierto de vegetación.

—Dios Santo.

El capellán don Fausto se queja: unos pinchos le han magullado la palma de la mano derecha.

—¿Se hizo *dañu*, padre?

El cura alza la barbilla al encontrarse con Aitor Alonso. De su rostro férreo cuelga una lágrima de tinta, obsequio de su estancia en la prisión de El Dueso.

—Terminemos con esto —dice don Fausto.

El narco sonríe y le hace entrega de una bolsita repleta de pastillas blancas y ovaladas.

—Esto es fuerte, padre. Lleve cuidado con la cantidad, o con esta mierda acabará dando mordisquitos a sus pellejos.

Hace más de quince años que el capellán, en su desconsuelo, lidia contra la dolencia que afecta a cada uno de sus músculos y sus huesos. Por aquellos tiempos, y en un grave desacierto, ya rechazó la ayuda que los médicos le ofrecieron, y, sin embargo, incluyó en su dieta la ingesta de sustancias como el cannabis para aletargar la enfermedad que lo mortifica. Lo que suponía una artrosis precipitante en sus inicios ha acabado por trocarse en una diagnosis demoledora: esclerosis múltiple. Los neurólogos dictaminaron un reducido pronóstico de mejoría. El único motivo por el que la patología se ha ralentizado es por el propio envejecimiento de las células de su cuerpo. El reloj juega en su contra y va ganando la partida. Hoy, ahora, el capellán prefiere poner en riesgo su vida en manos de la oxicodona a seguir coexistiendo con el calvario que padece.

Don Fausto da a Aitor un sobre con el sello de la hermandad.

—Aquí tienes lo tuyo, como siempre, está todo.

—Esto, y su religiosa discreción, ¿no?

El cura, en un halo de resignación y enfado, asiente.

Aquel pacto que firmó con el narco incluía la aceptación de unos términos nada rigurosos: ocultar el consumo de drogas entre algunas de las residentes en Santa Teresa. Esta peligrosa permuta envuelve a don Fausto en mayores problemáticas de las que hubiese deseado. Jamás confesó a nadie que le empujara de manera tan evidente a la propia degradación.

12

Domingo, 15 de noviembre de 2009

En el soportal de la iglesia parroquial de San Cristóbal, Brisa y yo esperamos la salida del capellán.

Con una sonrisa infantil, recupero las historias que me contaban mis abuelas sobre esta iglesia y sus parroquianos. Ellas decían que nuestros antepasados estuvieron condenados, que la gente de Comillas fue excomulgada. Hubo una época en la que los feligreses, cansados de pagar diezmos a la Iglesia, se sublevaron contra ella. La coyuntura la aprovechó la Inquisición para quemar en la hoguera a decenas de mujeres: las almas femeninas pagaron por la oposición de sus maridos a la Iglesia. Ese fue el castigo impuesto por Roma como condición imprescindible para la purificación de los pecados de la población.

Consulto la hora. Hace solo unos minutos que la misa finalizó en esta gélida mañana.

No dejo de pensar en la señora Herraiz. Me atormenta la información que me proporcionó la enfermera Zapico. Recalcó que, si yo abría la boca, ella podría perder el trabajo. ¿De verdad Herraiz se suicidó? Si fue así, divago sobre qué la llevaría a desear morir. He buscado en internet: la directiva de la residencia ha esquivado hacer cualquier referencia a la profesional fallecida. Ni siquiera han tenido la deferencia de escribir un post de condolencia en la recién estrenada página web de Santa Teresa. Resulta lamentable.

Estoy bastante segura de que el capellán ha omitido la noticia de la muerte de la psicóloga porque me considera sensible al tema. Suspiro. Abordar a don Fausto con miles de preguntas o señalarlo con el dedo acusador puede poner en tela de juicio mi reciente nombramiento, por lo que, muy a mi pesar, debo guardar cautela. No quisiera defraudar al hombre que ha depositado su confianza en mí para acceder al puesto que hoy ostento. Encontraré la ocasión adecuada para comentarle lo que sé sobre el escabroso suceso; esta no lo es.

—Buenos días, jovencitas —nos dice don Fausto—. ¿Alguna vez os voy a ver por misa?

—Sabe que no, padre.

—Una lástima. Los fieles se beneficiarían de vuestra asistencia.

—Cierto —suscribo—, seguro que aprenderían mucho de Brisa.

—Y de ti, no lo dudes. Tienes un don para vincularte con los desamparados.

Esbozo una leve sonrisa y añado:

—O ellos para dar conmigo.

—¿Conservas el librito que te regalé?

—«Yo quiero ser para mí, vivir para mí; no quiero que nadie entre en mi vida, aunque sea como esclavo».

—Veo que sí.

—*Palabras y sangre*, de Giovanni Papini.

Don Fausto ríe y comenta:

—Siempre tuviste delirio por todo aquel que fuese... controvertido.

—Nunca le pregunté, padre.

—¿Por qué un cura leería a alguien como Papini?

—Algo así.

El hombre alza la vista y toma aire.

—Yo también soy un romántico, Lis.

—¿Y se escuda en el alcohol y en las prostitutas florentinas?

Quizá su historia previa a la castidad fuese un tanto turbulenta, quién sabe.

—Ustedes, los eclesiásticos, son un verdadero misterio por descifrar, padre.

—Bueno, quién no guarda secretos para sobrevivir —replica—. Y dime, ¿cuándo piensas inaugurar por fin esa *galleria d'arte* en Roma?

—Me parece increíble que lo recuerde.

—No estoy tan viejo como aparento, Lis, y aún tengo sueños.

Agarro del brazo al capellán; parece tener dificultades para mantener la estabilidad entre tantos adoquines.

—Ups, ya está —le digo.

Envejecer puede suponer una represión contra tus ilusiones de vida. Con el paso del tiempo nos enfrentamos a un presente nada estimulante en el que nos cuestionamos lo que podríamos haber sido si no fuésemos quienes somos.

—Quería comentarle algo, padre.

—Sí, Lis.

—Anoche vi a Agustín, a Agustín Alonso, derrengado en la puerta del cementerio.

—Vaya —lamenta el capellán—. Se ha vuelto a escabullir.

—Por eso le comento: tengo entendido que ha heredado el puesto de su padre como jardinero en Santa Teresa.

—Sí, así es, sí. Pero me temo que la residencia le queda muy pequeña a una mente inquieta.

Desde que el loco Agustín ejerce de jardinero, reside en la planta 3, aquella destinada al personal. «Cómo soportan enclaustrarse allí», me pregunto, incrédula. E insisto en mi preocupación.

—Agustín deliraba, padre.

—Gracias, Lis. Daré aviso al doctor Zambrano. Comprobaremos que haya regresado a Santa Teresa.

El puesto que ostenta Agustín, más que un empleo de inserción social, significa un acogimiento por mera caridad. Nadie contrataría a un hombre que abandona su puesto para llevar a cabo misiones encomendadas por los ángeles.

La panorámica desde el palacio de Sobrellano a la fundación es un deleite para los sentidos. Necesitaría varias vidas para estudiar las diversas referencias involucradas en la arquitectura de este palacete, de tintes venecianos y mil quinientos metros cuadrados divididos en cuatro pisos, al igual que Santa Teresa. ¿La mayoría de sus huéspedes también estarían alienados?

Tras unos veinte minutos de subida llegamos a la entrada del seminario pontificio. La artrosis del capellán no nos ha permitido acelerar el paso.

—Le esperamos aquí, padre —comento al capellán.

El verdor y el aroma a césped recién cortado capturan la atención de mi pequeña.

—No tardo —dice don Fausto y añade—: y, por lo que veo, Brisa no va a reparar en que me he ido.

El capellán planifica excursiones educativas para las internas de cara al mes de diciembre. Una de ellas tiene como destino el seminario pontificio en el que nos encontramos. El edificio ha sido reconvertido en centro de estudios lingüísticos; allí residen los profesionales adheridos a las distintas congregaciones con representación en la villa y profesores universitarios llegados de diferentes puntos del país.

Con su buen hacer, don Fausto desea acercar a las jovencitas al mundo de la fe desde una perspectiva cultural y pedagógica. Por Navidades, muchas de ellas volverán a casa, como el turrón; otras, sin embargo, se quedarán en la residencia con su *familia* hospitalaria. Prefieren la seguridad incómoda que les proporciona Santa Teresa a la muy conocida insatisfacción de rodearse de parientes desapegados.

Mi loba y yo nos sentamos en el décimo y último escalón frente a la puerta de las Virtudes. Maravillosa representación de las siete bondades femeninas alzadas sobre los siete pecados capitales.

—Calladita está más guapa, De la Serna —me decía sor Brígida durante mi ingreso—. No sea usted soberbia.

«Le dijo a la sartén al cazo», pienso y río.

Contemplo la fastuosa puerta, donde la bondad y la soberbia de las mujeres se dan la mano en una misma obra.

Brisa ladra bravía. Se ha tensado y ha erguido la cabeza hacia la cristalera a nuestra izquierda. Hay alguien ahí. La silueta de un hombre nos observa. Un seminarista o un profesor, tal vez. Algo en él causa desagrado a la perrita. El contraluz no me deja ver su rostro. Quizá a ese hombre no le gusten los perros, o las mujeres.

—Está bien, pequeña —tranquilizo a Brisa.

Me acerco, sigo instrucciones del inspector Palacios, le acaricio detrás de las orejas y a lo largo del cuello. Brisa se acalla enseguida. Está muy bien instruida; es mucho más disciplinada que yo.

El capellán ha regresado.

—Uy, Brisa está inquiera —dice agradable—. Sí que me ha echado en falta.

Vuelvo la vista, compruebo que la figura se ha desvanecido.

La noche asoma.

Brisa y yo paseamos por los alrededores de la casona: la farmacia y el ultramarinos han cerrado.

Me concentro en esos pequeños recordatorios de estar vivo: me descalzo y piso el césped, la lluvia me moja la cara.

En estos lares, entre el arenal del Jortín y el molino de San Juan de la Canal transcurre un riachuelo que desemboca en el mar Cantábrico. La perrita ha ido directa, río arriba, en busca de sapos.

No hace tantos años, Ezequiel y yo nos reuníamos aquí protegidos por el túnel del puentecito que sirve de pasarela entre una orilla y otra. Juntos cicatrizábamos nuestras heridas más profundas a través de aforismos y alegorías. Los relatos acerca de los demonios que llevábamos dentro alimentaban nuestra rebeldía. Juntos, también podábamos el árbol genealógico de nuestras respectivas familias.

Éramos uno, pero algo nos diferenciaba: el consumo de tóxicos. Ezequiel se abandonó a aquella chavalería canalla del instituto San Celedonio que conformaba su rutinaria compañía. Discutíamos a menudo sobre el porqué de rodearse de esa gentuza para sentirse validado. Las drogas y aquella enquistada y enfermiza necesidad de pertenencia a algo tenían potestad sobre él.

«Cuánto nos asusta mostrarnos a las personas», pienso. En esta premisa queda implícito el pavor que nos ocasiona el rechazo y, por tanto, la capacidad que damos a otros para controlarnos.

Él, en ocasiones, rebatía mis argumentos destrozándome con palabras. Con palabras que salían de la misma boca con la que luego me besaba.

Una tarde, Aitor Alonso nos asustó.

—¡Buh!

—Eres un *carajón*, Aitor —le reprendió Ezequiel.

Aitor era una polvorilla nocturna, un hijo de los bajos fondos de Cantabria. En aquellos días ya sabía hecho sus primeros pinitos trapicheando para unos tipos que movían cocaína y hachís. El fantoche insistía en ridiculizarme:

—¿Otra vez por aquí con la aspirante a tenista?

—¡Déjala ya! —Agustín Alonso se abrió paso entre las sandeces de su primo Aitor—. Buenas tardes, Lis.

Por aquel entonces a Agustín ya se le conocía como el loco del *pueblu*. Era asiduo al pub Trance y un politoxicómano reconocido, lo que le había provocado un daño cerebral más que perceptible. Agustín suplió con Ezequiel la falta de su hermana mayor, quien lo repudió excusada en la notoria diferencia de edad que existía entre ambos.

—Lis —me dijo el muchacho—, ¿sabías que estoy formando una asociación?

—Ah sí —respondí—, ¿de qué?

—Ufología —y entusiasmado añadió—: Ya somos cuatro socios.

Ezequiel intentaba frenar la cantinela de su amigo:

—Ella tiene que entrenar para los torneos de primavera.

—Eso, primo —dijo Aitor a Agustín—. No hables con esa *lumia*.

Mi rubio saltó como un resorte. Agarró a Aitor de la sudadera y lo estampó contra la pared del pasadizo.

—No vuelvas a llamarla así.

—Tienes a otras zagalas en bandeja y pierdes el tiempo con esta cría —replicó Aitor—. Eres un puto sensiblero.

Ezequiel pegó un puñetazo al cemento y se dejó los nudillos en él.

—¡Parad ya! —grité asustada.

Agustín exhaló una risita absurda y comenzó su verborrea disparatada:

—Esta tierra está maldita —decía mientras movía los dedos como si fueran garras de águila.

—No está maldita, joder —corregí—. Es la droga que os metéis en el cuerpo, que os pudre el cerebro. Vamos —insistí a mi rubio; aferré su brazo—. ¡Vamos!

Ezequiel anduvo hacia mi casona, cabizbajo, sin volver la vista al plantel que dejamos a nuestra espalda.

—Aitor es un descerebrado —dijo—, pero es mi colega.

—Eres su cliente, Ezequiel.

—Cállate, Lis.

—Aitor no es más que un chucho que saliva cuando se lo ordenan esos narcos.

Mis palabras parecían hacerle reflexionar, pero la realidad era que mi rubio se iba tensando con cada una de ellas.

—Que te calles.

—Va a acabar fatal.

—¡Te he dicho que te calles!

Me fulminó con la mirada. Ojalá entonces hubiera apreciado aquel nivel de irritabilidad de mi rubio, desconocido hasta ese momento. Ojalá hubiera yo sabido adivinar dónde llegaría, cuánto habría de perder el control sobre sí mismo.

—Lo siento, Lis. Ando un poco *alterau.*

Se arrimó a mí y me besó con suavidad en los labios. Quizá para silenciarme, quizá porque yo lo deseaba. Fue efímero y, a su vez, eterno. Una pizca de ternura ante un panorama juvenil demoledor.

Mi madre había contemplado la escena desde la cristalera del salón. Salió de la casona y se acercó a nosotros; contoneaba las caderas con cara de desaprobación.

—Lis, entra en casa, voy enseguida.

—Buenas tardes, señora —dijo Ezequiel.

En tanto él pronunciaba esas palabras, mamá ya había examinado de arriba abajo al muchacho.

—Entra, Lis —insistió mi madre.

—Estamos hablando, mamá.

Mamá nunca necesitó alzar la voz para arredrarme.

—Te he dicho que entres.

Ezequiel me hizo un gesto cómplice, por lo que obedecí a las exigencias de mi madre. Ella esperó a que yo me encerrase en la casona para increparlo. Desde el salón escuché gran parte de la incómoda conversación que mantuvieron.

—Vamos a ver, Otero —dijo mi madre—. Respeto la labor que llevan a cabo tus padres y la excelente carrera de tu hermana.

—Eso he oído—replicó Ezequiel—: que cuando acabe su máster en Salamanca ustedes piensan contar con ella en su bufete.

Mamá dio una calada al pitillo.

—Eso es. Pero todos sabemos que en cada cesto hay manzanas podridas, y en el de tu familia eres tú.

Ezequiel alzó la barbilla, digno, pero mi madre no había terminado todavía:

—Puede que Lis parezca una mujer, es una gran oradora, su padre y yo hemos procurado instruirla en unos conocimientos dignos, pero no es más que una niña que romantiza tus atenciones.

—Señora...

—No —interrumpió mi madre; lo señalaba con el dedo de la misma mano con la que sujetaba el cigarro—. No te acerques a ella, Otero. Porque si no..., en cuantito cumplas los dieciocho te voy a meter un paquete por venta de tóxicos que se te van a quitar las ganas de seguir jodiendo.

—Yo no vendo drogas, señora.

—La que seguro que no las vende es mi hija. ¿Te ha quedado claro lo que te acabo de decir?

—Sí.

—No te oigo, Otero.

—Que sí.

Ezequiel se marchó sin decir más. Santander conocía y conoce la ferocidad de los Muguiro. Años atrás, mi abuelo materno había ejercido como diestro letrado vinculado al franquismo. Y aunque de aquellos polvos apenas quedaran lodos en los noventa, el poder de nuestra familia llegaba a lugares donde la benevolencia no alcanzaba.

13

Viernes, 20 de noviembre de 2009

Mensaje de Loreto a mi móvil:

Sin más datos sobre tu psicóloga
Herraiz. Sigo

Los días en Santa Teresa se consumen a una velocidad pasmosa.

En poco más de una semana he conseguido evaluar a las jovencitas de la planta 1 que residen en este hospedaje por primera vez o tras haber pasado años sin que la señora Herraiz lo hiciera. Esta es una labor que considero necesaria para asegurar una buena asistencia a dichas muchachas. A pesar de que el área de salud mental deba suponer mi máxima prioridad, el bajo número de residentes con las que contamos en este curso me ha dado alas para emplearme en otras tareas. Llevo días escudriñando los ficheros del resto de las internas de la residencia y, además, he comenzado a digitalizar los historiales clínicos de las chicas de este año. Escudarse en la hiperproducción es un método nefasto para rehuirte: mi vida no es más que un cúmulo de desaciertos.

Reviso mi cuaderno de notas: ayer pasé la mañana con Susana Sainz. La documentación que su familia facilitó en su día procede de centros hospitalarios de carácter privado. «Ni un solo informe viene de la pública», pensé.

—Oye, Su —dije a la muchacha—. Se rumorea que sir Wellington se ha vuelto un poquito... revoltoso.

—Mentira.

—¿Estás segura? Dicen que, cuando las chicas duermen, el osito de peluche enciende y apaga los interruptores.

La chica de sonrisa angelical ríe. Aprovecha el silencio de la noche para recorrer a placer los pasillos de la residencia. A esta noctámbula le divierte generar una cierta intranquilidad en sus compañeras.

—También cuentan que cantas —insistí—, y que lo haces muy bien.

Susana tarareó una cancioncita de la que rescaté las palabras *angelito*, *cuna* y *mamá*.

—¿Le cantas a sir Wellington?

—A sir Well-Well, no.

—Entonces ¿a quién?

La muchacha cogió los pósits de la mesa de mi despacho y un lápiz, y se puso a dibujar flores. Parecía ensimismada.

—Bueno, Su. Y tú, ¿cómo estás?

Respondió a mi pregunta con otra:

—¿No morirte?

—No, tesoro —le dije—. No voy a dejaros.

Susana quedó contenta.

Cada día me supongo una paracaidista en una franja de guerra. Con las manos pretendo abrir el paracaídas a la vez que reparto alimentos para los habitantes del pueblo masacrado. Siento que, a pesar de los malabarismos que conlleva la tarea, nadie valora el arte que significa mantenerse en el aire esquivando el bombardeo.

Ahora mi loba gruñe. Alguien abre la puerta tras dar dos toques con los nudillos. Brisa se tensa y ladra con la misma vehemencia que lo hizo frente a la puerta de las Virtudes.

—¡Mantenga a esa fiera alejada de mí! —exige el doctor Zambrano.

Me levanto tan rápido como puedo, me arrimo a Brisa y pongo la mano detrás de su oreja. Consigo que la perrita deje de ladrar, pero insiste en gruñir.

—Disculpe su comportamiento. Se ha enfrentado a numerosos cambios en las últimas semanas —digo en su defensa—, el proceso de habituación es difícil.

El doctor Zambrano escanea mis piernas.

—Pues usted, De la Serna, parece que jamás nos dejó —dice—. Uno nunca olvida los lugares en los que fue sumamente feliz o infeliz, ¿verdad?

El psiquiatra alarga el brazo para estrecharme la mano. Que me toque me pone los vellos como escarpias.

—Me alegra volver a verlo, Zambrano —miento—. Comentan que ha estado muy atareado.

Señala al cúmulo de informes sobre la mesa.

—La gestión de un hospedaje como este —replica engreído— conlleva una enorme burocracia, ya se habrá dado cuenta.

Expreso un gesto vago de conformidad.

—¿La enfermera la ha tratado bien? A esta no la conocía.

—Sin ningún problema —respondo.

—Excelente. Zapico tiene un... curioso mundo interior, quizá pueda escandalizarla.

—Trabajo en salud mental: nada me escandaliza.

El psiquiatra esboza una leve sonrisa mientras asiente. «¿A qué diantres huele este hombre?», me pregunto. «¿A azufre?».

—De la Serna..., ya sabe dónde encontrarme.

Suspiro. Durante mi estancia como residente *lo encontré* más veces de las que hubiese debido.

—Que tenga buena tarde, Zambrano.

El psiquiatra ojea a Brisa antes de abandonar la consulta. Conforme el hombre se aleja por el pasillo, mi loba reduce la tensión de su musculatura. El doctor causa en ella un efecto similar al que Brígida produce en mí.

Tras la partida del doctor Zambrano, mi perrita y yo andamos hacia la capilla con intención de marchar a casa, pero nos llegan alaridos que parecen proceder del comedor. Los metales de los que están hechos los cachivaches de la cocina hacen que el sonido se multiplique. Algo grave debe de haber sucedido.

—¿Algún problema? —pregunto al llegar.

Sor Petra muestra a la hermana Catalina una caja de zapatos llena de residuos alimentarios.

—He encontrado esta porquería bajo la cama de Natalia Catela, ¡es repugnante! —exclama la hermana Petra—. Esta joven es incorregible.

En la planta 4 son habituales los registros en las habitaciones. Para los que no han sufrido un trastorno alimentario, esconder comida debe de parecer un comportamiento inmaduro y poco reflexivo. Para las pacientes, sin embargo, es común tirar alimentos por el retrete, recurrir a escondrijos de lo más variopinto y ocurrente con tal de eludir el alimentarse.

Los dormitorios de las muchachas carecen de baño, solo disponen de una ducha compartida. Estas pasarelas han sido y son el dolor de cabeza de las monjas año tras año, sobre todo de las encargadas de la planta de salud mental. Mediante las duchas las chicas bailan de un cuarto a otro, allí consumen estupefacientes o mantienen relaciones sexuales.

Replico a sor Petra:

—Nati es una paciente grave, hermana.

—Necesita mano dura —insiste ella.

—Ser demasiado estrictas la va a alejar de nosotras. *In medio virtus*, sor Petra. *In medio virtus*.

La hermana Petra hace alarde de su mal genio.

—Ah. Y dígame, señorita De la Serna, ¿usted ha encontrado su *centro*?

Marcho sin mirar atrás ni musitar palabra alguna.

Estar encerrada en un centro como Santa Teresa supone una vergonzante regresión para las internas: aquí retornan a la niñez. Las chicas reciben el mensaje de que necesitan de alguien que las supervise, ya que por sí mismas son disfuncionales. Muchas de las monjas, diría que casi todas aquí, utilizan esa ventaja para hacer las veces de madres inquisidoras. Ellas son la ley, y sus voces, la verdad.

14

Adara Heredia e Inés Bernat terminan su cena. La gitana se pone en pie.

—Voy yo, paya —dice a su inhibida acompañante.

Hoy Inés cojea: su pierna izquierda ha desistido de sus funciones.

Mientras Adara guarda fila para entregar las bandejas y los cubiertos, pone la mirada en la cocina: la pelirroja Natalia es la única responsable de la limpieza este fin de semana. Ese es el castigo impuesto por sor Petra tras haber sido descubiertos aquellos restos de comida en su dormitorio.

Las jovencitas salen del comedor. Adara sienta a Inés en las escaleras del vestíbulo frente a la capilla central. Ahí esperan a que su amiga termine de cumplir condena.

Al cabo de una media hora, Natalia aparece con las palmas cuarteadas por los potentes productos friegaplatos.

—Vaya *lache*, paya —dice Adara—. Sor Petra tiene mala sombra.

—Imagínate lo que me harían si me conocieran de verdad —replica Natalia—. Me expulsarían por degenerada.

La gitana cambia de tercio:

—¿Creéis que la señorita Lis sabrá lo de la anterior psicóloga? —Vacila ante lo que está dispuesta a compartir—:

Hay rumores en la 1 de que Lis estuvo interna en Santa Teresa antes que nosotras.

Se produce un silencio momentáneo que Natalia interrumpe con una carcajada seca.

—Eso explicaría por qué es la única que no nos repudia.

—Bueno —dice Adara—, solo son habladurías en las fiestas del té de Susana Sainz.

—Y tú —cuestiona la pelirroja—, ¿por qué pasas tanto tiempo con las de la 1?

Inés comparte miradas con Adara: las palabras son innecesarias. La apocada muchacha empatiza con la gitana. Entiende los motivos que la llevan a buscar el candil que le ofrecen las chicas de la primera planta.

Los halógenos del vetusto ascensor de la residencia titilan.

Los dedos de Inés indican que es momento de retirarse: los tiene agarrotados.

En su habitación, sus dos amigas la ayudan a desvestirse y la acuestan en su alcoba. Adara introduce un par de dedos en aquel pequeño hueco de la mano que la enfermedad de Inés le permite. La gitana pretende apaciguarla.

Natalia se rasca las palmas: el sufrimiento de aquellos a los que ama le genera un mayor abatimiento del que expresa a su psicóloga, Lis.

Tras acostar a Inés, Natalia y Adara se reúnen en la habitación de la gitana. Esta pregunta para dar comienzo a una nueva lectura de tarot.

—¿Me das permiso?

Natalia quiere conocer lo que el futuro inmediato le tiene preparado.

—Sí.

La zíngara baraja y pone la carta sobre el mantón morado que utiliza como tapete. Para dirigirse a la pelirroja recurre a un lenguaje ancestral y alambicado que ha aprendido de sus mayores:

—El tres de espadas marca tu pasado —dice—. Abandono, pérdida, martirios y engaños.

Adara saca la segunda carta y levanta la vista hacia su amiga.

—La torre rige tu presente. Tus bases están construidas sobre arenas movedizas.

—Mi abuela está enferma —comenta la pelirroja—, se apaga como una vela.

La gitana voltea una tercera carta, no evita el mohín: se persigna con la mano izquierda. Natalia, estremecida, se tambalea en su asiento improvisado en el suelo.

—¿Qué has visto, gitana?

Adara le muestra la carta, la deposita en el pañuelo y dice:

—El arcano mayor número quince, rey entre las tinieblas: Lucifer. Él marca tu futuro.

—¿Qué significa eso?

—Pensamientos negativos, vicios desbocados, obsesión dañina por la búsqueda de una verdad lóbrega y difusa.

¡Zas! Un aire violento cierra de golpe la ventana del dormitorio. La pelirroja se estremece, pero la gitana permanece inmutable, concentrada en barajar para cerrar la tirada.

—Santa Teresa esconde terribles secretos debajo de su brazo auxiliador.

15

Sábado, 21 de noviembre de 2009

Las maderas de la casona crujen. El ábrego clama en los cielos.

—Buenas noches, inspector.

—¿Cómo estás, Lis? —pregunta Francisco Palacios—. ¿Y mi *shiquitilla*?

—Recostada al *airín* de la chimenea.

—¿Estáis solas?

—¿Qué has encontrado? —Me muestro impaciente.

En mi búsqueda de referencias sobre Ana María Herraiz contacté con el Colegio Oficial de Psicología de Cantabria. Por desgracia recurrieron al socorrido argumento de la confidencialidad para negarme cualquier información sobre una de sus integrantes. De manera que solicité la ayuda de Palacios, a lo que él aceptó enseguida.

El inspector corrobora que el nombre de la psicóloga consta en los listados de defunciones del Instituto Nacional de Estadística. Pero no pudo acceder al motivo de la muerte y tampoco a informes médicos que clarifiquen si le practicaron autopsia o no.

—La enterraron en Alarcón, Cuenca —dice el inspector—. En su pueblo natal.

—Un segundo.

Por pura curiosidad tecleo en mi portátil: «Alarcón, Cuenca». El buscador me ofrece una respuesta inmediata. Alarcón es un municipio de no más de ciento cincuenta vecinos al sur de la capital de la provincia.

—Ya, disculpa —continúo—. ¿Sabes si estaba casada?

—Ni marido ni hijos.

—Lo imaginaba. Me habría gustado contactar con alguno de sus allegados para saber qué le pasó.

—Me comentaste que bebía.

—Sí, estaba deprimida —suspiro al recordarla—, pero la señora Herraiz era una mujer dictatorial y fiel a las normas, a las normas de su religión.

Palacios reflexiona.

—¿Qué quieres decir?

—No estoy segura de que alguien con sus creencias se suicidara. Para la gente así, fanáticos, quitarse la vida es un grave insulto a los sagrados mandamientos.

—Ya. Entiendo lo que quieres decir.

—Es... triste, ¿sabes? Aquí parece que la mujer nunca existió.

—Seguro que ocultan la causa de la muerte por su reputación y por la de la residencia, claro.

—Sí, ya. —Cavilo y lanzo una interrogante a Palacios—: No sé, ¿y si Herraiz andaba metida en algo escabroso?

—¿Escabroso como qué?

—No lo sé —respondo—. Pero podría ser, ¿no?

A Palacios se le escapa una risita.

—Supongo que sí. Pero si así fuera, Lis, y por tu bien..., te recomiendo que no hables con nadie de esto.

Sé que él piensa que conjeturo, pero yo insisto.

—Tengo un contacto en Sanidad —digo, luego reflexiono—: pero no, olvídalo, además ya solo ejerce en la privada.

—¿Un médico?

El inspector gaditano me inspira una sensación familiar, por lo que respondo sin tapujos:

—Mi psiquiatra.

Palacios ni siquiera ha reparado en preguntar por qué acudo a los servicios de un profesional en psiquiatría, tal vez haya dado por sentado que para soportar el ejercicio de la salud mental es necesaria la prescripción de analgésicos. Deja caer una propuesta:

—Lis, había pensado en visitar a Brisa, bueno, a ambas, a finales de febrero. ¿Te parece bien?

«¿Es una declaración de intenciones?», me pregunto. Mi corazón se acelera, palpita. ¿Estoy viva?

—Estaremos encantadas de recibirle, inspector —digo en tono jocoso.

—Genial, no sabía si te parecería... No sé... Un poco invasivo. —Al inspector se le dificulta salir del embrollo en el que se ha metido y da por terminada la conversación—: Cuidaos —dice. Y añade—: Cuídate.

—Gracias, Palacios. Igualmente.

—Francisco —replica él—. Francisco o Fran. Como prefieras.

Recupero las normas que un día redacté en mi fuero interno, aquellas que me recomiendan no acercarme demasiado a ciertos fuegos, por si me quemo.

Aquella tarde era viernes, 15 de marzo de 1996, por lo que mis padres me habían dado permiso para tener tiempo libre, dato que Ezequiel había calculado para ejecutar su plan. Esperó a que saliese de clase de Biología aquella niña pusilánime, dulce y atolondrada, con su acné revoltoso y su pelo empobrecido por la falta de ferritina en sangre.

—Lis —musitó al tantear mis caderas—, llevo días sin verte. Te echo un poquito de menos —añadió burlón.

—¿Te has metido algo? —le pregunté con guasa. El guantazo de marihuana que desprendía me molestaba.

—¿Tan poco esperas de mí?

Sacó un trozo de papel del bolsillo de su sudadera.

—Toma.

Al desenvolver ese papel manido por el tabaco de liar asomó media ánfora resquebrajada. En ella se mostraba el rostro de un hombre, en clara alusión al *David* de Miguel Ángel.

—Es para ti —añadió.

Ezequiel me convenció para seguirlo; él sabía que necesitaba poco para hacerlo. Estaba descarnadamente enamorada de aquel adolescente errático que aparecía y desaparecía de mi vida como por arte de magia, unas malas artes que me llevaron a perder la cordura.

Subí a su moto, una escúter blanca automática, icónica en los años noventa. Me llevó de Soto de la Marina a Santillana del Mar por la carretera nacional a una velocidad endiablada: poco nos habrían salvado los cascos de haber tenido un accidente.

El tiempo se frenaba cuando estábamos juntos, tanto que Saturno no precisaba engullir a ningún hijo para saberse vigoroso. Los brazos de Ezequiel eran mi hogar, y sus distintas voces, mi familia. Diría que viví un cliché adolescente, pero ni Ezequiel ni yo éramos unos jóvenes al uso, ni queríamos serlo.

El atardecer llegó apresurado. Aparcamos la moto cerca de la torre del Merino y nos escurrimos por las callejuelas medievales de la población. Íbamos cogidos de la mano, el amor nos desbordaba.

—Es aquí —me indicó—. Ya verás, te va a encantar.

Bajamos unas escaleras y nos adentramos en una sala inhóspita, poco iluminada y sin ventanas. Dirigí mis ojos hacia él, perpleja. Aquel sótano era semejante a un garito punk de Berkeley. Allí tatuaba un desgreñado al que apodaban Felino, embriagado por una atmósfera de marihuana.

—Zagal, prueba esto —dijo a Ezequiel—. Aitor ha traído una nueva partida; no te vas a arrepentir.

Empapelaban las paredes pósteres de Green Day, Sex Pistols, The Prodigy. Mientras mi rubio manipulaba la marihuana, yo aprovechaba para indagar en aquella sala cochambrosa de estatuas imposibles, incongruentes. «Qué capacidad tienen los tatuadores para convertir sus estudios en centros de arte contemporáneo», pienso hoy.

Felino preguntó a Ezequiel por mí.

—¿Es tu chica? Creía que andabas con esa zagala de los Bocarte.

—Lis y yo somos... amigos.

—Lo que tú digas —replicó el tatuador—, pero nadie mira así a una amiga.

—¿Así cómo? —apuntó Ezequiel.

—Como si estuvieses en el mismo cielo.

Felino me hizo un gesto cómplice con la cabeza.

—Zagalilla, ven, empezamos contigo. ¿Es el primero?

—Sí.

Yo no podía esconder el nerviosismo. Me quité la chaqueta vaquera y señalé la parte trasera del brazo izquierdo.

—Ahí —dije.

Esa media vasija quedaría grabada en la piel toda la vida, al igual que lo haría ese instante..., al igual que hoy lo hace Ezequiel.

No recuerdo si pasaron una o dos horas. Felino terminó el tatuaje y me sonrió con cierta ternura.

—Muy bien, preciosa. Ahora ya eres una doble obra de arte.

Se dirigió a Ezequiel:

—Zagal, tu turno.

Mi rubio apagó el canuto en un cenicero de hojalata fabricado con los restos de una Coca-Cola. Sacó otro papel de su sudadera y lo desdobló para mostrarle a Felino la otra media ánfora.

—En el mismo sitio que ella, pero en el brazo derecho. —Y, sonriéndome, añadió—: Este es nuestro regalo de cumpleaños, *pajarillo*.

En el tatuaje de Ezequiel se dibujaba el rostro de la diosa Venus que un día trazó Sandro Botticelli.

Platón acuñó diferentes teorías sobre el alma gemela y la necesidad intrínseca en los humanos de buscar y encontrar la suya. *Cerca e trova.*

Cuentos griegos referían que el espíritu era un único constructo atesorado en un ánfora y que, al fragmentarse, dividía esa alma en dos partes. Aquel quiebre a partes iguales conformaba un dúo de ánimas idénticas, vinculadas de forma sempiterna. «Ni aunque la muerte nos separe», pensé.

Salimos de aquel lugar coronando una victoria, una cúspide. Acabábamos de enlazarnos en una ceremonia mucho más potente que el matrimonio. La tinta que corría por nuestra sangre era el sello de un amor entre dos desestructurados que nunca tuvieron tan unidos sus pedazos.

—¿Qué hora es? —recuerdo haber preguntado.

—¿Ya tienes que irte, Cenicienta? ¿O vendrá tu malvada madre a raptarte?

—Mira que eres imbécil. —Sonreí.

Era mi imbécil y podía hacer conmigo lo que quisiera. Lo que tardé años en entender es que yo era quien podía hacer lo que desease con él. Y ahora comprendo que me pidió ayuda más veces de las que supe entender. Acaso no estuve a la altura de su enfermedad porque la mía andaba consumiéndome. Quién sabe. Procuro no pensar mucho en estos días: intento evitar el dolor que me despiertan.

Aferré su mano; él sabía qué significaba eso.

—Venga —le dije.

Volvimos a la carretera, subidos a la moto, tan juntos que parecíamos uno. Me agarré a su espalda para que nunca se fuera. Ese viernes desplegamos nuestras alas sin levantar los pies del suelo.

Ezequiel quería volar. Y un día lo hizo.

Condujo hasta nuestro lugar secreto, aquel en el que podíamos perdernos, lejos de los ojos inquisitivos de la gente. Los que nos rodeaban no podían deleitarse con la serenata que Ezequiel y yo componíamos.

Dejamos atrás la moto, nos adentramos en la oscuridad. Mi rubio se acercó a mí de manera delicada, yo temblaba. Si pienso muy fuerte aún puedo oler su perfume y contar las galaxias que formaban sus lunares. Ezequiel me acarició el pelo y, cómplices, nos fundimos en uno.

Esa no fue su primera experiencia; sí la mía. Y, a pesar del dolor, de la oquedad que en mi pecho dejó su partida, no cambiaría nada de aquello que vivimos, ni de aquello en lo que morimos juntos.

El bosque de secuoyas acogía nuestro amor y nuestra locura. Chispeaba.

16

Jueves, 26 de noviembre de 2009

Margaritas de los prados, bergenias invernales. Los psiquiátricos y sus jardines esconden un resquicio de paz en la psicosis.

A veces me pregunto si debemos sanar a las jóvenes para devolverlas a las vidas que las han enfermado. ¿A quién se le ocurriría curar a un afectado de metralla para que pueda volver a la guerra? Y, sin embargo, ¿no es eso lo que hacemos aquí cada día?

Frente al pórtico que da al Jardín de las Delicias de Santa Teresa se levantó una escalinata que conduce a una plazoleta desde la que se puede disfrutar de casi cualquier recoveco de su flora. La vista, no obstante, escapa a los extremos del jardín. Don Fausto me contó que estos, al ser Santa Teresa un sanatorio perteneciente al Patronato de la Mujer, se vallaron con la finalidad de que ninguna supuesta enferma se escabullese.

Con los codos sobre el balcón, sujeto una taza de café y me permito admirar el universo apacible dentro de este centro. Aún se discierne la mancha en el suelo; resulta sencillo imaginar el cráneo fracturado de Ana María Herraiz.

Me pierdo en mis pensares y me sumerjo en ese sueño que reproduzco desde que estuve interna.

En mi sueño, mis pies caminan por un suelo adoquinado: las tempestades cántabras han hecho caer las hojas secas. Algo me llama; una pulsión dirige mi cuerpo. Encuentro una puerta de madera robusta, revestida de acebos en su plenitud. Me acerco enlentecida. Quiero saber a dónde lleva la puerta, qué aguarda dentro. El pomo de hierro está oxidado por el salitre. Tiro de él con intención de abrirla y descubrir sus secretos. Sin éxito y cansada, desisto.

Otra pulsión me llama entonces. La grotesca aldaba representa a un monstruo con sutiles rasgos femeninos. Me horroriza. La acaricio con cautela para comprobar si desea comunicarse conmigo. Me invaden sus ojos enfurecidos y despierto.

Si este sueño fuese real, ¿qué secretos custodiaría el pasadizo en su interior? ¿Se encuentran mis traumas apilados tras la puerta?

La puerta de la 103 se halla entreabierta. El jolgorio ya ha comenzado; Susana y otras de sus compañeras de la 1 parlotean. Adara Heredia se encuentra entre ellas. Por lo que puedo comprobar, no soy la única invitada distintiva de esta tarde a la fiesta del té.

—Hola, señorita —dice ella.

La gitana tiene un carácter piadoso y afable, por lo que no resulta extraño que haya aceptado colaborar en los enredos de Susana.

Las chicas se sientan haciendo un corro. El dormitorio de Susanita difiere bastante del resto de las habitaciones: la ostentosidad de la decoración se asemeja a la de cualquier casita de cuento de hadas.

Trabajar con personas con discapacidad produce en mí una gran dicotomía interna: me alegro al pensar que siempre serán jovencitas despreocupadas de tareas u obligaciones adultas. Por otro lado, me invade un enorme pesar: la seguridad de un mañana incierto.

La inocencia de la que hacen gala las chicas de la 1 es enternecedora. No atienden a rencores: en ellas, la picardía brilla por su ausencia. Como si fuesen niñas hacen trastadas sin ser conscientes de que dejan cientos de miguitas de pan por el camino. En sus imaginarios cuentan cuentos de aventuras kafkianas, las hay tan bien hilvanadas que me hacen dudar de su supuesta falsedad. Algunas de las muchachas, autistas, y, alentadas por Susana, se esconden del capellán don Fausto, como si se cruzasen con el mismo demonio. El sacerdote las excusa sin dar más importancia a sus comportamientos. «Se protegen de la vejez —dice—, antes de que las agarre de improviso».

Los padres de Susana, esos que apenas se dejan ver por Santa Teresa, la tienen bien agasajada. Intuyo que así consiguen que su hija no demande sus cuidados; demasiado incordio para ellos.

La anfitriona me llama.

—¡Sienta, sienta!

Adara me hace un hueco al lado de Susana en la preciosa alfombra de diversas tonalidades.

Es mi primera vez en este dormitorio. En mis tiempos como interna, era Susana quien solía venir a mi habitación a comprobar si su compañera de la 4 aún respiraba o si ya podía dar aviso para que tramitasen el entierro.

—Qué maravilla, Su —exclamo—, ¡cuánto colorido!

—Lavar alfombra, Pelayo, gorrino.

—¿Pelayo quién es?

Susana señala al muñeco. Pelayo es un peluche Monchichi, un monito mullido con cara de bebé humano.

Impresiona la colección de peluches y muñecos que atesora Susana. Y algunos tan antiguos; incluso descoloridos, desgastados. Muñecas peponas, señoritas de cerámica con vestidos de la edad de oro británica...

—Oye, Su, ¿quién te ha regalado todo esto? —le pregunto—. Son muchos. ¿Han sido los Reyes Magos?

—No, ¡no! —tajante responde, como si la pregunta le hubiese ofendido.

La muchacha regresa a lo que estaba haciendo; por alguna razón, se siente atacada.

Sor Catalina entra al dormitorio con una bandeja de pasteles de calabaza. Se homenajea la fiesta de San Andrés, que se celebra cada 30 de noviembre en Trasvía.

—Como manda la tradición, estos días veneramos al trigo —me dice la monja— para que traiga prosperidad y abundancia a esta casa. Tomá un cachito, mina.

—Gracias, tienen una pinta deliciosa, son unas artistas de la masa madre.

—La hermana Clotilde lleva desde las seis de la mañana encerrada en la cocina para prepararlos. Ya la conocés, mina: sor Clotilde es muy exagerada para todo.

Reímos.

—Cojo uno y marcho, hermana. Tengo cita con...

—Papá, mamá —interrumpe la anfitriona disgustada—. Susana, mala. Susana, mala.

—Ah, no, no, tesoro. Quédate tranquila, solo es una reunión para conocernos.

Le acaricio la mejilla. Y, además, es cierto: no ha hecho nada malo; en todo caso, la vida ha sido injusta con ella.

—Marcho, chicas —digo.

Pero algo o alguien me impide incorporarme. Es Susana, que agarra con fuerza mi bata médica y me tira hacia abajo.

—No digas —me ruega.

—¿El qué? ¿A quién?

—Secreto.

La muchacha me desconcierta.

—¿Qué secreto, Su?

—¡Que no!

De camino a mi despacho tiro en la papelera del vestíbulo la porción de dulce que sor Catalina me ha dado. Tenía muy buena pinta, demasiada.

La puerta de mi consulta está entornada. A varios pasos todavía, discierno tres voces dentro. Los padres de Susana Sainz han tomado asiento. La madre superiora los escolta: tiende a desvivirse por ofrecer la mejor de las atenciones a sus pagadores.

—Buenas tardes —digo al entrar—. Les agradezco que hayan venido a esta reunión desde Madrid. Les puedo ofrecer agua, café.

—Descuide —responde el padre de Susana—, vivimos en Santander desde que trasladaron a Susana aquí.

Esto me sorprende. Los hacía en la capital debido a la poca frecuencia con la que visitan a su hija.

Cumplidos los saludos protocolarios, tomo asiento.

En cuanto sor Brígida nos deja solos, es el padre de Susana quien habla primero.

—¿Susana ha hecho algo malo? Sabemos de su carácter infantil.

—Su conducta es ejemplar —respondo en calma.

—Entonces ¿por qué motivo nos ha hecho llamar, doctora?

—Quería entregarles los resultados de la exploración que he realizado a su hija.

Él pregunta con sorna:

—¿Debemos abonar un extra o hacer una donación a la congregación?

—No, en absoluto. Esta evaluación corre por mi cuenta.

Tomo aire y aprovecho para estudiar los gestos de la madre de Susana.

—La verdadera razón por la que les he hecho venir es porque quiero conocer un poquito más sobre su hija.

La mujer hace una mueca de descontento a su marido, parece incómoda. Recalculo enseguida.

—Es decir, en la anamnesis recogida por la señora Herraiz solo quedaron reflejadas algunas rutinas y manías que ya presentaba en Santa Teresa. Apenas hay información sobre su infancia o adolescencia.

—A doña Herraiz le dimos el informe neurológico del St. John & St. Elizabeth Hospital.

—Sí, lo he leído.

—Nos gastamos una millonada en terapias experimentales, pero ya ve que no sirvieron para nada.

Doy un sorbo a mi taza de café.

—Lo que yo querría saber de Susana —digo a sus padres— es cómo han transcurrido sus relaciones sociales, las dificultades de aprendizaje a las que se ha enfrentado y demás; me gustaría conocerla más allá de su diagnóstico.

El padre divaga.

—Bueno, Susana es... distinta. Ya sabe que es como una zagala a las puertas de recibir la sagrada comunión, aunque sea una mujer.

—¿Cuándo supieron que su hija presentaba anomalías?

—Creo que con certeza —dice él— sobre los veintidós meses. La niña tuvo convulsiones y ni siquiera balbuceaba, aunque ya habría debido hablar con algo de soltura. Sus hermanos fueron buenos estudiantes.

—Ah —replico yo—. No sabía que tuviesen más hijos.

—Dos varones, mayores que Susana. —El hombre aferra la mano de su mujer—. Íbamos buscando una niña.

Me dirijo a la madre de Susana.

—¿A usted le hicieron alguna prueba durante su embarazo? ¿Algún seguimiento posparto?

Una gotita de sudor corre por la sien de la mujer, pero es él quien parece más ofendido.

—Algo le harían —responde el hombre—, pero esos papeles deben de estar en Madrid, digo yo.

—¿Dice usted?

—No hemos venido a que nos dé lecciones, señorita. Si no necesita nada más, hemos terminado.

El hombre toca la rodilla a su mujer, que se ha quedado petrificada en la silla, para que se ponga en pie.

—Muy bien —digo a la pareja—. Les agradezco que hayan venido. Imagino que están deseando ver a su Susana; ha pasado tiempo desde verano.

La madre parece haberse perdido en la conversación. Acaso crea que sus vergüenzas han salido a flote: las negligencias hacia su hija.

También yo me pongo en pie.

—¿No se llevan el informe?

17

Ana María Herraiz se dirigía hacia su habitación. La psicóloga se tambaleaba pasillo adentro. Supo que había llegado a la tercera planta por los crucifijos sobre los marcos de las puertas. Los números le bailaban en las pupilas, dilatadas.

Alguien la seguía.

La señora Herraiz pedía auxilio: nadie respondió a sus súplicas. La mujer creía gritar, pero aquellos quejidos no alcanzaban la suficiente dimensión.

Una vez en su dormitorio, olvidó cerrar la puerta. El mundo le daba vueltas y debía ayudarse de las paredes para mantenerse en pie. Sacó el móvil del bolsillo de su falda, las manos le temblaban. En un esfuerzo titánico consiguió marcar aquel último contacto con el que hubo mantenido una conversación.

—Fa-Fausto —dijo Herraiz en un balbuceo.

Su móvil, con la llamada en activo, cayó para rebotar en el suelo. Al otro lado de la línea suplicaba el capellán: «Señora Herraiz, qué le pasa. ¿Oiga? ¡¿Me oye?!».

Aturdida, Ana María Herraiz abrió una de las hojas del ventanal. Necesitaba que el aire entrase en sus pulmones.

Quiso chillar, pero aquellas voces internas se entremezclaban con los pasos que la habían seguido.

Fue como un cañonazo: alguien la agarró por detrás y apretaron su cuerpo contra la ventana abierta. La mujer apenas tuvo fuerzas para forcejear con su agresora.

Lo siguiente que pudo advertir su mermada consciencia es que la empujaban por la ventana.

El cráneo de la psicóloga Ana María Herraiz se estampó contra los adoquines. Al cabo de unos segundos, su sangre y sus sesos se desparramaban por el jardín de Santa Teresa.

18

Martes, 1 de diciembre de 2009

Una ráfaga de viento atlántico me azota el rostro. La bruma escala la cornisa y me cubre los pies. Somnolienta, me hallo al borde de una pesadilla que un día fue de otros y hoy he hecho mía. Los pelos de mi loba me rozan las piernas. Aúlla. Despierto. «¿Qué hago aquí?».

Me hallo en la cama de mi dormitorio. Rebusco en mis últimas memorias: banderines y farolillos, gaitas y folklore. El municipio barquero de Trasvía festejó ayer el día de San Andrés. Cientos de habitantes cercanos, estudiantes y algún que otro turista despistado se reunieron para la procesión en honor al patrono.

Mis colegas de juventud no podían permitirse faltar a una fiesta, por supuesto, allí se regalaba comida y alcohol. Esto sirvió de pretexto para reunirnos tras un par de años sin haber mantenido demasiado contacto.

Desde mi regreso a Soto, yo había conseguido pasar bastante desapercibida, hasta que Loreto, una vez más, me persuadió para asistir a la quedada de antiguos estudiantes del San Celedonio.

Por más que Brisa quede bajo los cuidados de mi vecino, desprenderme de ella me hizo sentir culpable e incompleta. Ojalá los perros tuviesen una vida más larga. Llegan a ti para enseñarte el amor ilimitado, aquel tan escaso en esta sociedad piraña. El no presenciar cada una de sus respiraciones se me antoja tiempo malgastado. Esa inquina contra el reloj, esa lucha que mantengo... En ausencia de mi loba nada me resulta emocionante, y los huecos que dejó Ezequiel se tornan más oscuros, me absorben.

«¡Joder!», exclamo dentro de mí.

Ayer por la tarde, antes de marchar a Trasvía, besé a mi loba en el morrito y le dije que la quería. De alguna manera pareciese que anticipé el que regresaría descompuesta.

Chispeaba. Recogí a Loreto y a su novio en el Mercedes. Por dentro, repetía mi mantra: «Si conduzco, no puedo beber».

—Tu jefe se ha esmerado con el *merchandising* —dije a mi amiga.

—Estamos graciosilla, ¿eh? —respondió ella.

—¿Viene alguien más a la fiesta?

—El de siempre: Alejo.

El novio de mi amiga no abrió la boca. La conversación entre su pareja y yo no parecía interesarle.

—No sabía que el doctor Alejo Guevara estaba en casa, lo hacía en Navarra —apunté.

—Ha pedido el traslado a Los Mártires —dijo Loreto. Y añadió—: Le apetecía volver, como a ti. ¿Cuánto hace que no habláis?

La misa había finalizado. El bullicio que provenía de la parroquia me salvó de responder a mi amiga.

«¿Por qué somos tantos?», me pregunté. Banderines y farolillos vestían las fauces de Los Picayos. Una coral femenina cantaba al son de panderetas y castañuelas para acompañar a San Andrés.

Realicé una panorámica visual mientras me arrancaba el pellejo de los dedos. Santa Teresa organizó una excursión conjunta con la Universidad Alfonso XII. Allí, en la aldea, andaba parte del personal en la supervisión de las chicas que acudieron al evento.

Los asistentes a la velada disfrutaban despreocupados. Pocas personas, pero demasiadas máscaras. Me arranqué varios padrastros.

Nos reunimos con Alejo, que me sonrió, tímido. El hoy doctor, Alejo Guevara, era vecino de Ezequiel y representaba a uno de los pocos jóvenes que no se drogaban. Fue, y es, un buen amigo, leal. Reconozco mis errores con facilidad, pero hasta ahora, sin embargo, no me había percatado del evidente fallo que supuso desvincularme de mi colega. Fui yo quien dejó sin respuesta aquellos correos electrónicos que me enviaba.

Tras el baile y la procesión, se procedió al reparto de caldos, huevos, pan y, para mi desgracia, vino del peleón. Varias copas después, entiendes el mundo desde la exaltación de la amistad. He olvidado a la psicóloga fallecida a la que suplo, he olvidado el Santa Teresa y los desaires de la madre superiora; ya no recuerdo esa lista interminable de vaivenes varios con los que convivo.

Cohetes y más cohetes, risotadas, escándalos. Aborrezco los ruidos fuertes.

Agustín Alonso apareció de la nada. Vagaba a una cierta distancia de nosotros, ataviado con un sombrero tipo gángster, una sudadera gris que le colgaba ancha por su visible delgadez y unos vaqueros negros descosidos. Esperpéntico. Sostenía un libro del que arrancaba algunas de sus hojas para lanzarlas al aire. La escena era más que llamativa, incluso para los que estamos acostumbrados a sus excentricidades.

—¡La devoradora está aquí! —exclamaba Agustín—. ¡Está aquí!

Ante el canturreo del trastornado, Alejo y yo compartimos miradas.

—¿Llamamos a la ambulancia? —me preguntó.

—Tú eres el médico.

—Pero tú lo conoces mejor que yo.

Dudé.

—Lo conocía —le dije.

—¿Crees que es agresivo?

Me puse de pie y así evité responder. Al levantarme del taburete tuve la sensación de que iba a caer hacia delante, pero conseguí recobrar el equilibrio. Noté gotas de lluvia en las mejillas y arrancó a llover.

Había prometido no tomar alcohol, a sabiendas de lo que me perjudica, pero no había contado con mi poca voluntad. La cabeza me daba vueltas, la tierra se movía bajos mis pies. Hacía mucho que no lamentaba esa sensación de haber perdido el norte. Me abrí paso entre la marabunta que había formado un pequeño corro alrededor de Agustín. Ni los más cristianos de ellos se preocuparon de atenderlo. Preferían no arrimarse, temerosos de ser contagiados por el virus de la locura, como si de la peste se tratase, o algo mucho peor.

—Les prevengo de la mujer demonio, Lis —dijo el muchacho al verme—. Ella está aquí: escondida entre las gentes, es una más de ellos.

Agustín buscaba a alguien por encima de las cabezas de los asistentes a la fiesta.

—Hoy es un día importante para ella —decía el loco—. Por eso sé que ella está aquí.

—Vale, vale —repliqué—. Dime quién es esa mujer. Voy a hablar con ella: la convenceré para que se marche.

—¡No! —gritó Agustín— ¡Ella es el demonio!

Cogí a Agustín del brazo.

—Entonces vámonos, Agus. Ven conmigo.

Él rechazó mi acercamiento con aspavientos.

—Yo tengo una misión, ¡una misión!

El escándalo, la música elevada y los cohetes parecían incrementar sus paranoias.

—¡Vete ya! ¡Márchate! —me ordenó— ¡Tú tienes que irte! Tienes que irte tú mientras puedas.

Don Fausto alejaba a las chicas de la residencia, que, curiosas, querían comprobar qué le sucedía a uno de los jardineros de Santa Teresa.

Alejo daba aviso a los servicios de urgencias. Agustín necesitaba un buen chute de haloperidol en vena.

Sentí cómo una mano me arropaba por la cintura: sor Clotilde había intuido mi embriaguez. Otras hermanas la escoltaban varios pasos por detrás. La cercanía de las monjas finalizó por desatar la hecatombe.

—¡No os acerquéis a ella! —ordenó el pobre loco a las monjas para después dirigirse a mí—. Te quieren hacer daño, Lis.

—Nadie me va a hacer daño, Agus, y a ti tampoco.

Ya se escuchaban las sirenas de la ambulancia. Agustín proseguía en su retahíla sin atender a razones.

Entre sus desvaríos, llegaron los sanitarios, que lo inmovilizaron con inyecciones y una camisa de fuerza. Asumí que lo trasladarían al hospital Los Mártires.

Segundos antes de quedar planchado por los antipsicóticos, Agustín Alonso fijó sus ojos sobre mí en busca de cierta complicidad.

—Ezequiel lo sabía, *él* lo sabía todo. La ojáncana lo mató, Lis.

El alcohol me pegó un subidón del doscientos por cien. Los ruidos del ambiente aturdían mis sentidos. Algo dentro de mí sonó a rotura.

—¿Por qué no paran? —grité.

Mi amigo, el doctor, me preguntó si lo oía, y sí, lo oía, pero no lo escuchaba. Quedé absorta, ajena a todo lo que no fuera el recuerdo de mi rubio de sonrisa triste. La voz de la hermana Clotilde me resultaba muy lejana pese a pronunciarse solo a unos centímetros de distancia.

—Me voy —dije a Alejo.

—De eso nada —replicó mi amigo—, no puedes coger el coche, has bebido.

Intenté deshacerme de él con dos empellones. La vista se me emborronó. Jodida tensión baja. Un pitido agudo se me coló en los oídos. Todo se movía, mi realidad volvía a hacerse añicos.

Lavanda marina. Mis pies descalzos pisan el césped mojado. Tengo las piernas magulladas por la maleza.

Brisa aúlla. De un bocado, mi loba me arrastra de la camiseta larga que llevo puesta hasta retirarme del despeñadero. Caigo de nalgas, levanto la mirada: la isla de Castro. «¿Qué hago aquí?», grito por dentro. Llevaba años sin visitar la ubicación posterior a la casona, años desde que él decidió volar, desde la noche de aquel 30 de noviembre de 1996.

Amanece. Mi loba se recuesta en mis piernas. A los perros de rescate los adiestran para salvarte de accidentes y catástrofes, pero también de tu propia persona. Me he disociado. No sufría este proceso desde el curso en que estuve interna en Santa Teresa. La disgregación psicológica significa una huida kamikaze. Tu mente se quiebra en dos, en tres, en cuatro mil millones. Sea quien fuese nuestro creador, tuvo la ocurrencia de inventar este botón del pánico.

Aquella tarde del 30 de noviembre de 1996 los jóvenes del Celedonio salimos a embriagarnos de la festividad de San Andrés. Él estaba allí en compañía de sus colegas.

Yo lo castigué dañando a lo que él más quería: a mí. Me atiborré de alcohol con bebida estimulante y antidepresivos tricíclicos. Me desboqué como una yegua en celo. Me restregué el cuerpo con cualquier universitario que se me acercaba. Escogí a uno, como quien elige a un peón para sacrificarlo con la intención de amenazar al rey. Arrastré al zagal a uno de los costados de la parroquia de Trasvía para mantener relaciones con él. Así demostraría a Ezequiel que me estaba perdiendo, aunque eso, por cierto, fuera imposible: él jamás me perdería. Quise provocar una reacción en mi rubio, y lo conseguí.

A pesar de las lagunas, me sería imposible olvidar cómo Ezequiel, de una bofetada, le partió la boca a aquel estudiante contra el muro de ladrillos de la iglesia. Los gritos de Aitor llamándome «psicópata» aún me rechinan en los tímpanos. Yo había llevado a mi rubio al extremo.

Las sirenas de los coches de policía se acercaban. Mi rubio se largó y yo fui tras él; no logré alcanzarlo. Se subió a su moto y le perdí la pista.

Mi madre llegó en el Jaguar que aún conservan. Me arrastró hasta el interior del coche para llevarme a casa. Yo estaba anestesiada.

Al entrar a la casona descubrí a mi padre, que fingía revisar el teletexto. De tal modo fingía que su hija no existía, y los problemas, tampoco.

Subí al baño para vomitar hasta las tripas.

Si mis padres hubieran podido desheredarme, lo habrían hecho.

Entré en mi habitación y me desvestí. Seguía aturdida por los tóxicos.

Contemplé las olas que rompían en San Juan de la Canal y ahí lo vi. Él me devolvía una mirada ilegible. Sus facciones eran como un espejo, uno desquebrajado en el que me contemplaba a mí misma, marchita, como una margarita deshojada.

Ezequiel subió el risco que lleva a los acantilados detrás de mi casona. Yo ya sabía entonces que él avanzaría hacia el precipicio. ¿No lo había hecho siempre, caminar a las puertas del abismo?

Un escalofrío me caló hasta los sesos. Aquel presentimiento aciago me aseguró que iba a perderlo para siempre.

Salí tras él y aquí lo encontré: al borde de la cornisa en la que me mi perrita y yo nos hallamos.

—¿Qué haces ahí? —exclamé—. Apártate del filo, por favor.

—Yo te he hecho esto, *pajarillo*.

—¡Apártate de ahí!

—¿Es que no lo ves?

—El qué, qué dices.

—Te he destruido.

Ezequiel abrió sus brazos como si fuesen las alas de un ángel caído. Me sonreía, inundado de tristuras, pero seguro de su decisión. Se precipitó de espaldas al mar. Nunca encontraron su cuerpo. Mi amado rubio se diluyó entre el oleaje.

Desde ese mismo instante me convertí en una ventana hacia ninguna parte. Sentí el necrosar de cada una de mis neuronas. Su suicidio generó una brecha entre la sociedad y mi persona, una brecha que no hizo sino ahondar la que ya había. La capacidad de amar a las personas me fue extirpada de cuajo.

Ha pasado más de una década y la herida sigue abierta, no cicatriza. Cuando se fue, comencé a odiarlo. Su ausencia me resultaba y me resulta indigerible. Siempre pensé que me abandonaría, pero no quise creer que lo hiciese de tal manera.

Suspiro entre congojas. Pienso en que no hay amor tan intenso como el que se profesan dos personas de pensamientos desordenados. Oscuridad, vacío.

«Voy a tener que volver a *ser* sin ti», digo a Ezequiel en mis pensamientos. «Pero todavía no. Aún no quiero. No puedo soltarte».

19

Viernes, 4 de diciembre de 2009

Tiendo a rehusar cualquier cuidado lastimero que me haga sentir vulnerable, pero, a decir verdad, ¿qué habría sido de mí sin ellos?

El capellán aceptó mi indisposición con la máxima discreción y, además, me consta que acalló las voces de la madre superiora y sor Petra. Le debo una asistencia a la eucaristía. Él es el abuelo que nunca tuve. Los míos estaban demasiado ocupados e inmersos en una humareda de puros y machismo.

En cuanto pude organizar mis ideas, contacté con mi psiquiatra de referencia para retomar el tratamiento. Otra derrota que debería añadir en la cuenta de fracasos vitales. Lo he intentado con todas mis fuerzas, pero el trauma ha ganado esta batalla.

Mi psiquiatra me prescribió sertralina por las mañanas y librium para las noches. Es evidente que el alcohol queda restringido, y, según su recomendación, asimismo deberían quedar los estresores.

En fin.

Brisa y yo debemos, debo, compensar los dos días de baja médica por un supuesto cólico nefrítico. El haber perdido una sesión grupal con mis chicas del área de salud mental supone un fallo en la escrupulosa fidelidad que les había prometido. Las muchachas aceptaron mi propuesta de demorar la terapia conjunta a este viernes 4 de diciembre sin reproches a mi ausencia, lo que es de agradecer.

Las monjas han querido recalcar la llegada de diciembre adornando con flores de Pascua el gran pórtico de la entrada. De esa forma colorean y disimulan las tinieblas que se hallan dentro.

Los montones de papeles podrían lapidarme. He trasladado una desproporcionada cantidad de historiales desde la sala de archivo a la mesa escritorio de mi consulta.

¡Pum! Un golpe recio proviene del despacho de la madre superiora. Brisa ha gruñido: es muy probable que el doctor Zambrano esté involucrado en esa discusión. Cuando este hombre anda cerca, mi loba manifiesta tensión; entiendo que, en parte, a causa del hedor que él desprende. ¿Cómo es posible que nadie lo huela? Deben de tener las pituitarias colapsadas por el incienso.

Abro mi puerta con cautela, pretendo entender qué sucede.

En su despacho, sor Brígida se expresa con aplomo:

—Este escándalo es innecesario.

—¡Páreles los pies o se los paro yo! —responde el psiquiatra—. Si no dejan de meter las narices, pueden ser un incordio para todos, ¿no cree?

—Usted fue quien se reunió con el arzobispo hace pocas semanas, Zambrano. Quizá debería cuestionarse si su familia y usted gozan del suficiente respeto de nuestros superiores.

—Estoy cansado de recomponer los platos rotos de esta residencia, Brígida.

La madre superiora suelta una carcajada hueca.

—Humberto, no se haga el mártir, no le pega. Es usted mayorcito para comprender las complejidades a las que nos enfrentamos.

—No soy tan mayor como usted, madre, pero sí, sé que nos observan sin descanso.

Sor Brígida, molesta por el descaro del psiquiatra, sentencia:

—No nos sacrificaremos ni por su padre ni por usted, Zambrano —dice la mujer e insta—: Puede marcharse.

El catolicismo lleva en pugna desde sus inicios, siendo sus fieles sus propios y mayores enemigos.

Me pregunto si discuten por lo sucedido a la señora Herraiz. Aquí pareciese que la mujer nunca hubo existido.

Un velo de olvido se cierne sobre cientos, miles de historias que han pasado por este hospicio.

Cierro la puerta con cuidado de no hacer ruido. Escucho cómo el doctor Zambrano abandona el despacho de la madre superiora. Brisa gruñe de nuevo y retrocede como si escapara de aquel hedor, hasta que topa con la mesa.

Un aluvión de folios y carpetas cae al suelo. Refunfuño.

Mi perrita olisquea con fuerza algo que ha quedado sepultado.

—¿Qué has encontrado, pequeña?

Retiro hojas hasta dar con una esclavita de oro. En ella están grabados un nombre y una fecha: MARINA DOÑA MARTÍN, 1987.

—¿Qué hacía Herraiz con esto?

Me reincorporo. Hago hueco en el teclado del ordenador, que también había quedado cubierto. Busco el nombre de la muchacha en la base de datos, entre los archivos que ya he digitalizado. Nada. Me pongo en pie, busco entre los ficheros que ya he ordenado en los muebles archivadores del despacho. Nada.

—Qué raro —digo.

Si la tal Marina nació en el ochenta y siete, solo ha podido ser residente de Santa Teresa en los últimos tres cursos o en este actual.

Voy a tener que revisar en el sótano. Quizá, por un casual, su historial se me haya traspapelado. Aunque no, no lo creo. En congruencia con la saboteadora que me habita, cuido el ser correcta en cada detalle, porque el que me quieran, el que me validen, depende del número de aciertos que contabilizo.

¿Es Marina Doña una familiar de la señora Herraiz? ¿Una prima o una amiga?

En un impulso, agarro mi móvil para escribir al inspector Palacios. Tal vez él pueda ayudarme a dar con la chica, a descubrir quién es o qué parentesco guarda con Herraiz. O quizá esto sea una burda excusa para que Palacios y yo nos mantengamos en contacto.

Recuerdo unas palabras de mi padre: la explicación más simple suele ser la más probable; la navaja de Ockham. Quizá aquí no haya demasiadas evidencias, ni claridad, pero es que, en Santa Teresa, la luz no abunda, muy a mi pesar.

Mi fiel compañera y yo llegamos con unos minutos de margen a La Campana. Coloco las sillas en forma de media luna, aguardo a que las muchachas se sienten para dar comienzo a la sesión.

Adara traslada a Inés, hoy en silla de ruedas, y con unos visibles temblores que han desencajado su bello rostro.

La pelirroja, Nati, enreda alguno de sus rizos entre los dedos.

—Tenemos que contarte algo, Lis. Es urgente.

—¿Qué le pasa a Brisa, señorita? —pregunta la gitana—. ¿Nos protege?

La loba azabache se ha posicionado firme de cara a las puertas de la sala. Desde que las he cerrado, no se ha movido.

Es Nati quien responde por mí:

—Se ha dado cuenta de que aquí las locas no somos nosotras.

Tras una risotada general, retomo la conversación por el principio.

—Bueno, contadme. ¿Qué es tan importante?

—Las cartas, señorita —dice Adara—, han hablado de secretos, de destrucción y de muerte bajo estos techos.

—Mi lectura de tarot fue terrible, Lis —añade Nati.

Respiro.

—Vale, vale. —Llamo a la calma—. Vamos a ver. Sabéis que el esoterismo solo es una... guía.

—Lis —dice la pelirroja—, este sitio ya era siniestro, pero, desde que volvió el psiquiatra, es aún peor.

El doctor Zambrano no tendría ni cuarenta años cuando inició su trayectoria laboral en Santa Teresa. Se sabía un atractivo Robinson Crusoe, lo es, y también se sabía impune a los coqueteos varios con las residentes.

Nati insiste, iracunda:

—Nos registran las habitaciones a diario.

A pesar de que a las chicas las avasallen día tras día con las mismas normas, eso no disminuye el malestar que padecen por ser desprovistas de su intimidad.

La gitana cambia el rumbo de la conversación. Muchas incógnitas le rondan por la cabeza.

—¿Usted conocía al jardinero, señorita? ¿Al que le dio un *volunto* en las fiestas de San Andrés?

—Sí, Agustín es alguien a quien conozco desde pequeña.

Inés Bernat se atreve a preguntar:

—¿Es-está enfermo?

—Digamos —respondo a la muchacha— que Agustín ha maltratado mucho su cerebro.

Nati exhibe otra más de sus impertinencias:

—Y tú, Lis, ¿te has recuperado de la resaca?

20

Sábado, 5 de diciembre de 2009

Las residentes de las áreas de discapacidad y de salud mental tienen cierto aspecto en común que no comparten con las hospedadas en la segunda planta: son pacientes. Las etiquetas de «disminuidas psíquicas» y «grilladas» suponen un agravio para establecer relaciones sociales.

Me consta que muchas de mis chicas del área de la 4 saldrán de marcha en este puente de la Inmaculada a explorar el terruño y a sus habitantes. Aitor Alonso en la puerta del Trance me viene a la cabeza. Siento náuseas.

Nati Catela me preocupa. Las monjas han retirado los productos de limpieza del cuartillo de escobas de su planta. En materia de supervivencia, no parecía una buena idea el combinado de medicación antipsicótica con lejía al que la muchacha se había aficionado. Bajo su apariencia de jovencita contestataria, la pelirroja esconde una caja sobrada de complejos.

Suena la cantinela de mi móvil.

—Buenas noches, señorita —dice el inspector Palacios.

—Así me llama Adara.

—¿Adara? —pregunta.

—Una de mis pacientes. Es de Sacromonte.

—Granaína.

Francisco Palacios me saca una sonrisa estúpida.

—Cuénteme, *inspector* Palacios —digo burlona.

—He pedido algunos favores... No han encontrado nada. —Palacios hace una breve pausa antes de continuar—: Ana María Herraiz no tenía ni una multa de tráfico.

—¿Y qué pasa con Marina Doña?

—Eso es otra cosa.

Me recoloco en el sofá.

—¿Por qué? —pregunto sorprendida.

—Lis, todo esto huele a cañerías. —El inspector habla con mesura—. En el Registro Civil no aparece ninguna Marina Doña Martín nacida en 1987.

—¿Cómo puede ser?

Reflexiono unos instantes y pregunto:

—¿Crees que Marina es una chica en situación protegida?

—Bueno, fíjate en lo que me contaste de la monja argentina.

Sor Catalina fue bautizada como Benjamina Flores en Rosario, Argentina. Hija desasistida de una mujer inhabilitada por bipolaridad y un padre del que no se tenían referencias, la inocencia le fue arrancada de cuajo. Era adolescente cuando se unió a un grupo de voluntarios para, más tarde, ingresar en la policía local para restablecer el orden a través de la caridad en los barrios desfavorecidos de Alameda y Lihue.

—Sin ir más lejos —añade el inspector—, le proporcionaron una nueva identidad a ella y a su hijo. Aun así, es raro que mis compañeros del equipo de investigaciones tecnológicas no hayan encontrado ni rastro de la chica, son los mejores en su terreno.

Palacios tiene razón: la Iglesia zurce encajes de bolillos imposibles para el resto de los mortales.

21

La música retumba en el pub Trance; recuerda a los truenos de una tormenta.

La mayoría de las pacientes de la 4 se han engalanado para disfrutar de una velada lejos de la persistente vigilancia de las monjas. Hasta la una de la madrugada no volverán a la residencia. Inés Bernat se ha abstenido de salir de fiesta.

Adara Heredia ha peinado de enredos su espeso cabello. Su apariencia, semejante a la de aquella madre que la descuidó, le hizo detestar cada lunar de su cuerpo. En esta noche, sin embargo, se ha mirado al espejo y se ha reconocido ante él. A sus pensares llegan los recuerdos de aquellos turistas que pagaban por verla sacudir sus volantes. Cómo la miran ahora en el pub esos buitres le genera repugnancia. «Ay, *güela*», musita y se toca la muñeca. Su abuela y matriarca la enseñó a encomendarse a la sororidad como defensa; acaso eso explique el rápido y estrecho vínculo que la muchacha ha generado con Lis de la Serna. A pesar de que su madre la abandonó, la zíngara confía en las mujeres que, como ella, han sido dañadas.

Natalia ha sacado la artillería pesada: muestra con honores los pechos ensalzados por el corpiño de lencería fina. A pesar de sus esfuerzos, la pelirroja prevé complicado dar en ese antro con aquello que su corazón anhela: un romance con una igual.

Adara avisa a su compañera:

—Voy al baño.

—¿Te acompaño? —pregunta Natalia.

—No, paya —responde Adara tajante—. Vuelvo enseguida.

A la pelirroja le contraría la reacción de su compañera, pero, sin más, baila y da un sorbo a su copa.

Adara se aleja del resto entre la muchedumbre que llena la pista de baile. Comprueba que no la siguen. Echa un vistazo hacia la barra y se encamina hacia ella. La gitana anda firme al encuentro con un joven de perilla y una chupa de cuero negro resplandeciente.

—¿Julio's1200? —pregunta la gitana.

—El mismo, *chuli*. —El joven la escanea de arriba abajo—. ¿Adarita?

—Vienes a conjunto de tu Ducati Multistrada.

—Así es. —Julio sonríe y guiña un ojo a la chica—. Veo que me has estudiado bien. ¿Qué bebes?

—No bebo alcohol.

—Pero hoy es un día especial, nos hemos conocido. ¡Venga! Date una alegría. No creo que en ese psiquiátrico tengáis mucha diversión.

—Nos entretenemos a nuestra manera.

—Bueno. —Julio torna la vista hasta la pista de baile y añade—: Desde luego, tus amigas sí que saben aprovechar sus permisos penitenciarios. ¿Y tú?

El chaval de la chaqueta de cuero arrima a Adara uno de los dos rones con cola que ha pedido al camarero. Ella acepta.

—Por supuesto.

La noche embriaga al desamparado: Natalia no añora a su amiga. La pelirroja contonea sus carnes al son de la música.

Las muchachas de la 4 son el centro de la admiración. Trance llevaba tiempo sin cobijar a unas jóvenes mujeres tan cautivadoras en su salvajismo.

El charloteo entre Adara y el tal Julio no cesa. La gitana se pellizca los mofletes. «Espabila», se dice.

El joven de la chupa de cuero deposita la copa en la barra y le hace una propuesta:

—Vamos a dar un paseo.

—Creo que he bebido demasiado —responde Adara.

—Venga, *ho*.

Adara tiene sus reservas, pero acepta. Necesita salir del pub para refrescar sus ideas.

Juntos abandonan el tugurio, pasan desapercibidos a los ojos de los que allí quedan. Ella se mueve patosa, se tambalea hasta chocar con alguna que otra persona en la entrada.

—Vuelvo con-con las payas.

—Relaja, *chuli* —apunta el muchacho, pícaro—. Yo te devuelvo a la residencia en cuanto se te baje el subidón. No querrás que las monjas te vean así, *ho*.

La zíngara parece remolcar sus palabras.

—Ya... Sí...

Adara siente cómo la han desprendido de la entereza para resistirse a la de Julio. Callejean por las profundidades del pueblo y dejan atrás la plaza Corro de San Pedro.

—Has preguntado mucho por el *pueblu* y sus mierdas, *chuli* —dice el muchacho—. Voy a enseñarte uno de mis secretillos: te va a gustar.

La muchacha tropieza con los adoquines en mal estado; Julio la agarra por la cintura. Los jóvenes bordean la plaza de la Constitución para que Adara no caiga desplomada contra el suelo.

—No-no me encuentro bien —susurra ella.

Un pasillo arbolado precede al rimbombante palacete en el que han aparecido.

—¿Qué te parece, *chuli*? —dice Julio, chulesco.

—Quiero marchar-me.

—Venga, *ho*. Yo sé que no eres tan *milindris* como aparentas, ¿verdad?

Es en este instante que la gitana corrobora lo que sospechaba: su acompañante la ha engañado.

—¿Qué me-me has dado?

Se hallan en el Duque, un palacete de asimetría victoriana a unos pasos del cementerio gótico de la villa y ubicación de visita indispensable para los amantes de la literatura de terror. Adara hace uso de las pocas fuerzas que le quedan para subir por uno de los costados que engloban la edificación. Su acompañante la agarra por la cintura para que se sostenga en pie. Su vista se ha perdido en el infinito.

Julio recuesta a la joven en el césped, justo en un punto ciego para las cámaras de seguridad. No es primerizo en cometer este delito. La chica sabe que unas copas no pueden haberle producido ese efecto. La mandíbula se le ha desencajado, está paralizada.

El muchacho de Aitor Alonso le levanta el vestido de florecitas. Brusco, fuerza los pantis que viste ella hasta romperlos y deshilacha las costuras de las braguitas. Algunas lágrimas querrían brotar de los ojos de la joven para recorrer sus pómulos y sus mejillas, pero su rostro se mantiene inexpresivo, agarrotado. El chaval de la Ducati culmina la atrocidad: penetra, con dos de sus dedos, la intimidad que la chica bien custodiaba. El alma de Adara se ha quebrado.

Las chicas de la 4 dejaron de beber alcohol hace rato. La una de la mañana se aproxima, la hora límite para regresar a la caverna de la que en esta tarde se les permitió salir.

Natalia Catela toma conciencia de que Adara no ha regresado del aseo.

—¿Y la gitana? —pregunta a dos de sus compañeras.

Las muchachas se encogen de hombros.

La pelirroja anda al baño del local e inspecciona el lugar, abarrotado de borrachos. Adara no está allí, desconoce su paradero. ¿Será posible que la hayan perdido? Los efectos del alcohol desaparecen de su organismo en un periquete. Se apresura al mostrador para preguntar al camarero de turno.

—¡Hola! ¡Hola! —insiste Natalia—. ¿Has visto a una morena con un vestido de flores?

—Bah, no sé, zagala.

—Es importante, ha bebido.

El camarero ríe y añade:

—Como todos aquí.

Natalia pierde los nervios:

—Haz un esfuerzo, hostia.

—Vale, vale. —El tipo vacila antes de dar respuesta—. A lo mejor la he visto con uno de los chaveas de Aitor, el de la Ducati roja. Pero yo no os he dicho nada, ¿eh? No quiero movidas.

La pelirroja corre hacia el exterior, pregunta frenética a todo aquel con el que se tropiezan. Vocifera el nombre de la zíngara, pero nadie responde. La gente cuchichea sobre el comportamiento desbarajustado de la loca de Santa Teresa.

Piensa que Adara no la habría dejado sola, no sin avisarla: la gitana sabe lo que su compañera la necesita.

Natalia piensa, piensa muy rápido. Pregunta a unos chavales apoyados en los muros del garito contiguo al Trance y, sin pestañear, sale disparada hacia los arcos del Ayuntamiento a personarse en la comisaría de la policía local.

—¡Señor, señor! —exclama sofocada mientras golpea la puerta—. ¡Señor! ¡Mi amiga!

Asoma un policía.

—Cálmese, señorita. ¿Qué pasa?

—A mi amiga —dice Natalia—. Creo que se la han llevado.

22

Miércoles, 16 de diciembre de 2009

Serían alrededor de las dos de la madrugada cuando una pareja de la policía local encontró a Adara inmóvil, descompuesta, mustia. Diferentes patrullas se habían puesto en marcha bajo las demandas de una perseverante Nati. La ambulancia llegó minutos después al lugar del crimen. Trasladaron a la agredida a los servicios de urgencias de Los Mártires en Torrelavega bajo la supervisión de una sor Brígida horrorizada. En su habitual cara de gestos mezquinos se adivinó misericordia al conocer el estado de Adara Heredia. La madre superiora lamenta más que nadie lo que le ha sucedido a la joven.

La rabia gobernó mis pensamientos, tanto que, al anunciarme don Fausto el incidente, necesité tomar varios calmantes para evitar autolesionarme. Ese enfado desmedido se incrementó al conocer que no me está permitido hablar con los padres de mi paciente. El capellán decidió que serían el psiquiatra, como máximo representante del servicio de salud en Santa Teresa, y él quienes llevasen el caso. La impotencia me invade. Dudo de que Humberto Zambrano sea el profesional adecuado para consolar a una familia destrozada.

Tras lo ocurrido a Adara, la gran mayoría de las chicas se han desbarajustado. El doctor ha incrementado las dosis a aquellas que ya contaban con asistencia psiquiátrica. Incluso hemos atendido varios ataques de pánico por parte de residentes de la segunda planta, que no suelen precisar de apoyo emocional.

En esta esperada tarde de 16 de diciembre, los médicos conceden el traslado a la residencia a una Adara a la que ni a sus compañeras ni a mí nos han permitido visitar durante su ingreso hospitalario.

Yo, por supuesto, no cumplí con las órdenes del capellán. En cuanto me pusieron al corriente de la situación, me personé en el hospital.

—Tengo que verla —dije al policía que hacía guardia en la puerta de la habitación de Adara.

—No puede entrar nadie que no esté autorizado, señorita —respondió el agente.

—Soy su psicóloga.

—No está autorizada.

—Autorizada por quién. No voy a irme hasta que no hable con ella.

—No se puede quedar aquí —replicó él con buenos modos, pero de la manera más firme, y me indicó el fondo del pasillo—. Por favor.

El empeoramiento de Nati suma angustia al conjunto. Algunas hermanas e internas cuentan que en las noches andorrea por los pasillos y balbucea incongruencias. De alguna forma, la pelirroja se siente responsable de lo sucedido a su compañera. Adara e Inés se han convertido en un anclaje, en su familia en la residencia.

Las ideas de la pelirroja libran una ardua batalla entre la pretensión por crear una familia propia, estructurada de forma tan distinta de la que ella proviene, y la fobia atroz de perder aquellos vínculos que tanto esfuerzo le cuesta mantener.

Inés, como cabía esperar, también ha sufrido un retroceso notorio en su sintomatología. Aquellos con tendencia a morar en la tristeza, como la rubia, tienden a encerrarse en sí mismos, incapaces de percibir la autodestrucción que los consume.

Avistamos un panorama nada fascinante para el cierre de año, en el que, además, Brisa y yo descansaremos durante dos semanas y en el que las hermanas se turnan para irse unos días junto con sus familias. En la residencia dejamos un campo de batalla bastante aguerrido, pero necesito respirar, juro que lo necesito. Me queda el consuelo de que el capellán permanecerá en la residencia durante las Navidades. Él no tiene hogar al que regresar, su casa es Santa Teresa.

Coloco las últimas guirnaldas pre-Nochebuena subida a una escalerita desde la que Susana Sainz a punto está de provocarme un batacazo.

—Lis —dice desde abajo—. Lis, contesta, contesta.

—Dime, tesoro.

—Monja, ¡mala! No sir Well-Well belén.

Su ingenuidad me provoca una sonrisa.

—Bueno, cielo —respondo con calma—, es que el belén tal vez no sea el mejor lugar para sir Wellington, ¿no crees?

—¡Ella mala! —insiste.

—¿Por qué?

La muchacha comprueba que nadie nos escucha y susurra:

—Dice Susana roba peluches.

Se me ocurre entonces que esos muñecos de su habitación quizá iban destinados a la caridad.

—¿Y es verdad?, ¿los has cogido? —le pregunto.

Susanita cruza los brazos, agacha el mentón y se enfurruña.

—Ella da. ¡Ella da!

Bajo de la escalerita para ponerme a su lado.

—¿Quién te los da, Su?
—¿Secreto?
—Sí, claro.
Toca su oreja como invitación a ponerme a su altura.
—Oreja —dice.
En ese momento una de las monjas, la más anciana de la residencia, grita desde el fondo del pasillo:
—Sainz. —La mujer viene hacia nosotras con tanta diligencia como le permite su edad—. Por fin te encuentro. Llevas más de media hora ausentada del grupo, te he buscado por todas las habitaciones.
—No puedes alejarte del grupo, Su —le digo a la muchacha—, mucho menos tras lo que le pasó a tu compañera Adara.
Susana parece no escucharnos; sigue empecinada en verbalizar aquello que la ocupa.
—Secreto. ¡Secreto!
La hermana solicita mi complicidad con un gesto de cabeza.
—En marcha de inmediato, Sainz —le dice.
—¡Secreto! —exclama la chica de sonrisa angelical.
Tras la intensidad con la que Susana ha demandado mis atenciones, salgo al jardín en busca de una tranquilidad que corrompe el desasosiego del capellán. Un enrojecimiento le recorre el cuello hasta subirle a la cara.
—Lis, te buscaba —masculla, exhausto—. Solo me senté un momento, yo, solo...
Viene solo, la perrita no le acompaña. Mis pulsaciones se aceleran.
—¿Dónde está Brisa?
—Lis, yo..., mi vista ya no es lo que era.
De mi loba azabache no hay rastro. Me dirijo imperativa al capellán:

—¿Desde cuándo?

—Yo solo...

—¡Fausto!, ¿cuánto hace que la ha perdido?

—Hará una media hora.

Un impulso salvaje pone en funcionamiento mis sentidos. Escudriño cada rincón, cada bardal y enredadera.

—¡Brisa!

La bruma invernal no favorece mi búsqueda. Evito oír aquello que no sea su aullido, su llamada. Grito su nombre otra vez. Un calabobos fino me atrapa poco a poco. Me he enganchado con las zarzas, pero ni siquiera me percato de los pinchazos.

—¡Brisa, ven!

Subo a la plazoleta del jardín interior que, pese a su magnitud, presenta unos límites claros por los muros que bordean el hospicio y las alambradas de seguridad. No alcanzo a vislumbrar a mi loba. Ella no está aquí. «¿Por qué se ha alejado, joder?».

Desbocada, bajo la escalinata de mármol y cruzo los pasillos de la primera planta en dirección a la portalada presidencial.

Los jardineros, impertérritos, me contemplan al pasar ante ellos. Detecto cierta hostilidad en sus miradas. Murmuran que parezco una de las internas de la 4.

Me adentro en el denso bosque y dejo a la izquierda la carretera secundaria.

—¡Brisa!

Al fin: ahí está. Adivino su pelaje negro entre los arbustos. Me arrodillo en el suelo embarrado. Brisa corre hacia mí, jadea. Mueve el rabito, pide disculpas. Diría que es consciente del mal rato que me ha hecho pasar. Solloza. Estrecho su *cuerpuco* con mis brazos hasta que la sensación incómoda de unos pinchos nos separa.

—¿Qué tienes ahí? ¿Acebo? —le pregunto, desconcertada—. ¿Dónde has estado?

El cura se acerca a nosotras y alaba a Dios por que mi pequeña haya regresado de su aventura.

Desde la ventana de la sala de curas, Zapico ha preguntado qué ha sucedido.

—Madre mía, zagala. —La enfermera ha bajado al jardín alertada por mis reclamos—. ¿Qué eran esos gritos?

—Brisa se ha escapado —explico y señalo las almohadillas de la perrita, que sangran—. Joder, mira cómo viene.

—Relájate, *ho*, y mírate los apuntes esos de la carrera, que se te han *olvidau*.

Zapico es burda hasta decir basta, pero su mofa me es indiferente. Que ausculte a mi perrita es mi única prioridad.

—Marcha a casa y llama al veterinario —recomienda tras haber revisado las almohadillas—. Si se ha comido los frutos puede tener calentura.

Conduzco a Soto de la Marina, todavía sobresaltada.

Adara. «¡Joder!», digo. Hoy recibe el alta del hospital. Y aunque la muchacha no estará para demasiados festejos, quiero estar presente en su recepción.

Por el retrovisor central ojeo a Brisa: mantiene las orejitas gachas. En cuanto el veterinario la revise, dejaré a mi loba descansar a buen recaudo con mi vecino, el señor Cipriano, y regresaré a la residencia. Sí, eso haré. Sea la hora que sea. Tengo que ver a mi flor gitana. Esa pena que siento por ella me hace un nudo en la garganta. Tras un único episodio de abuso, la víctima puede permanecer aterida y en alerta durante el resto de sus días. Dar testimonio del delito es importante; recibir el apoyo adecuado es clave.

El conserje, con la simpatía que lo caracteriza, pregunta al verme regresar:

—¿Vuelve usted, De la Serna?

«Mi jornada terminó hace rato —respondo para mí—. Como si yo no lo supiera». No me detengo, ni siquiera me molesto en replicarle. La hora de la cena ya ha finalizado; Adara debe de estar en su dormitorio.

Tropiezo con mis propias piernas, que suben las escaleras apresuradas al cuarto de Adara. Lo que me faltaba hoy es una sor Petra que me amonestase por estos inoportunos horarios de visita.

Llego a la 4 y me dirijo hacia la habitación de la gitana. Tomo aire y pego unos golpecitos en la puerta antes de entrar. Inquieta, pretendo pasar a la habitación antes de que me dé permiso, pero compruebo que la muchacha ha bloqueado el acceso.

—¿Quién es? —pregunta Adara desde dentro.

Debe de estar arrebujada en la cama.

—Soy yo, Lis.

—Estoy cansada, señorita.

—Déjame verte, Adara, por favor.

Oigo unos pasos, la zíngara empuja el tirador hacia abajo. ¿Adara? Su alegre composición ha devenido en una irritabilidad fría, ¿calculada?

Amago por abrazarla, pero ella evita el gesto y se dirige a la cama; allí se sienta.

—¿Quieres que te pregunte por cómo te sientes? —le digo.

—Ya lo ha hecho —responde.

Hasta el tono de su voz se ha modificado.

—Siento rabia, Lis.

—Te drogaron, te despojaron de tus capacidades.

—Tenía que haberlo anticipado —susurra—. Qué crujíos me daban las tripas.

—No podemos saber qué intenciones tiene alguien que nos está engañando.

La joven se mantiene rígida en la autocrítica.

—¡Yo sí debí haberlo sabido!

Callo. Le doy espacio.

La zíngara me pone ojos de corderillo degollado; me fascina lo incoherente de sus conductas. El disloque eclosionado en una persona vulnerada.

—He sido una estúpida, señorita. —Resopla—. Yo sabía que ese payo trapicheaba, pero no imaginaba esto.

Cavilo sobre qué la llevaría a mezclarse con un personaje como Julio. ¿El deseo desgarrador de ser amada?

—Él es el único responsable, Adara —replico—. Es un... un monstruo.

Algo repiquetea en el cajón de la mesita de noche. Adara se percibe tensa. Lo abre y de él saca un teléfono móvil. Sin decir palabra lo bloquea y lo devuelve al cajón. Yo desconocía que Adara contase con uno y ella jamás lo comentó. El resto de las chicas de la 4 solo mantienen comunicación con sus allegados a través de los chats cutres de internet y de los teléfonos fijos de conserjería, donde Sebastián, el conserje, pone la oreja a las conversaciones que cruzan. Gestionar las llamadas implica otro método de castigo endulzado por la premisa de la reducción de distractores frente a los estudios.

—Adara, quisiera pedirte disculpas.

—¿Por qué?

—Lamento que haya sido el doctor Zambrano quien diese la noticia a tus familiares. Don Fausto me dijo que ese era el protocolo que se debía seguir. Puedo imaginar cómo...

—No tiene que excusarse, señorita —dice la muchacha—. Además, sé que estuvo en el hospital. La escuché enzarzada con el picoleto. Parecía usted una potra *desbocá*.

Tímidas, reímos.

Guardo mis ideas, pero habría preferido que me hubieran hecho a mí ese daño que le han producido. Cambiaría nuestros roles sin pensarlo un segundo si así pudiera evitarle los pesares ya vividos y los venideros.

Atrapo su mano entre las mías; ha permitido que la toque.

—No vamos a dejarte sola —le digo.

23

Lunes, 21 de diciembre de 2009

Son las 02.37 de la madrugada. Mis neuronas se burlan del librium que mi psiquiatra me recetó. Brisa duerme con la serenidad de quien se sabe amada.

Descorro la cortina del salón: una sutil luna en ascenso ilumina la playa de San Juan de la Canal.

La idea de perder a mi loba, de que desaparezca, de perder a Adara, ha traído a mí ciertos recuerdos que tenía aparcados en la recámara. Memorias a las que no accedo para evitar el dolor que me despiertan.

Aquella decisión, la más importante que he tomado en mi vida, ha sido la de querer vivirla. En el periodo que estuve interna, fueron muchas las madrugadas en las que ponía el sonido del *walkman* a todo volumen; pretendía acallar aquel ruido taladrante que se reproducía en mi cabeza. En mi desesperación, llegué a robar vino de la eucaristía y anís del despacho de la señora Herraiz cuando esta olvidaba echar la puerta con llave.

Mi compañera de ducha era musulmana. Al bañarme, yo la espiaba: la veía realizar sus oraciones en una pequeña alfombrilla de tonos rojos granates y flecos. Envidiaba su fe y la esperanza que depositaba en el futuro, porque, justamente, eso era lo que yo hubiese necesitado.

La Lis de antaño salía a quemar la noche en el empeño por incendiarme a mí. Luego, daba tumbos en mi habitación, daba tumbos por los pasillos, por todas partes; mi vida consistía en ir dando tumbos. Llegué a creer que unas sombras me vigilaban desde los fondos del pasillo: el hábito de una monja estaba allí para impedirme acceder a los váteres, para que yo no pudiera vomitar la cena. Así que empecé a devolverla en la ducha cuando mi compañera se dormía. Aquel hábito me amedrentaba, sentía verdadero pánico a darme de bruces con el fantasma de una de las monjas enterradas bajo la capilla central. Qué locura.

24

Días abruptos, sacudidos por eventos inquietantes han llevado a Adara Heredia a la cita con aquel misticismo que la acompaña desde niña. Guiada por el raciocinio brujo, prepara una ceremonia para esta noche de solsticio invernal.

En un acto de desobediencia, la gitana ha convocado a sus íntimas compañeras en el jardín de Santa Teresa. Escondidas entre hortensias, las jovencitas esperan a su abatida amiga en esta negra noche para poner rumbo al bosque cercano a la residencia. Natalia e Inés saben que la gitana sufre lo indecible: se dejan llevar por sus peticiones.

Adara esconde el dolor bajo el mantón morado que se ha anudado en uno de los hombros, y al otro, porta un bolso con los restantes utensilios para realizar el culto a los elementos.

Ayudándose entre sí, atraviesan una de las alambradas rotas de la residencia, una de las que se alzaron en su día para que los muros de Santa Teresa fueran infranqueables. Inés tiene la alarmante sensación de que sus piernas pueden fallarle. El estrés despunta las crisis que la convierten en una marioneta.

Caminan bañadas por el reflejo de la luna, que resalta la diversidad de sus cabellos. Tras la andadura entre robles, encinas y acebos, llegan a su destino previsto: los acantilados. Adara deposita sobre el césped el pañuelo y unas velas, que encienden con los mecheros. Así dan comienzo al ritual en ruego no solo por ellas mismas, sino también por su psicóloga.

—Hoy, aquí —dice la cíngara—, estas hijas de la tierra rinden homenaje a la eternidad del alma. Ofrecemos en sacrificio la sangre que recorre nuestras venas.

Acto seguido, la gitana saca del bolso una pequeña navaja; en la palma izquierda de su mano traza un corte por cada una de las mujeres por las que implora. Unas gotas de sangre brotan de su piel morena. Entrega la navaja a la pelirroja, que, en su terquedad, clava la hoja profunda y se produce un daño mayor que el de su amiga. Inés se arma de valor para proseguir con el ritual. Un gemido se escapa. Al penetrar la navaja en su palma, siente que la hoja no solo le corta la piel blanca, sino a la niña buena de la que nunca ha permitido despojarse. El pacto de sangre ha concluido. Las jovencitas son seres salvajes en su máxima expresión de libertad. En un momento de sorprendente revelación, esperan haber contribuido a reducir esas sombras que envuelven a la residencia.

Agustín Alonso merodea por los alrededores de Santa Teresa. Camina por una calzada romana, casi imperceptible por el musgo. El desventurado se oculta tras los bardales para capturar en su cámara el motivo de sus tormentos.

Adivina a una figura cerca de un montículo cementado y recubierto de enredaderas y acebos. El rostro de la silueta no se deja ver. Agustín intenta fotografiarla, pero de sus manos sudorosas resbala la cámara en el instante en que ha apretado el botón. Quien sea parece haber percibido el flash.

El loco se echa al suelo y se tapa la boca, temeroso de que le descubran.

Sería mediados de agosto del pasado año cuando Agustín inició su misión. En aquel tiempo bajó por primera vez del autobús urbano que lleva a la parada del camping de Oyambre. Ajenas a la realidad del muchacho, las familias disfrutaban en los bungalós frente a la playa. Un grupo de niños jugaba con una manguera. El sonido de sus risas chirriaba en los oídos del loco y Agustín se echó las manos a las orejas.

Aturdido, se dirigió a la cabina telefónica del camping, una de las pocas que funcionaban en el territorio. En voz baja repetía una secuencia numérica. Accedió a la cabina y ejecutó la llamada. Tras algo más de dos minutos concluyó la conversación. Marina le aseguró que, desde septiembre, ella estaría en Comillas para detener a la mujer demonio.

25

El capellán don Fausto Aguilar saluda al día con el primer cantar del gallo. Se lava el rostro sin fijar los ojos en el espejo del lavabo. Le pesan las arrugas.

La claridad se cuela sutil por el alféizar de la ventana en la pequeña capilla de la tercera planta y roza las mejillas de una humilde Virgen del Mar, que aguarda en soledad a recibir visita. El capellán hinca sus rodillas en el suelo para proceder a las súplicas cotidianas. Su vida entera se le antoja una peregrinación; el viaje hacia un destino al que nunca llega.

—Ayúdame, Señor —dice por lo bajo.

Se lamenta del dolor; pese a la droga que corre por sus venas, no consigue aplacarlo. La oxicodona le pasa factura, una que no sabe si podrá pagar. Por cada pastilla pierde lustre en sus carnes y en su ser: está marchito.

El mármol de la capilla refleja su rostro pétreo, recuerda a una estatua. Ni siquiera ese mármol es capaz de adivinar sus pensamientos. Don Fausto siempre ha sido hermético, nadie le conoce lugar de origen o parentescos. Sus colegas apenas saben de él que es un ermitaño de carácter templado.

El capellán ruega por Ana María Herraiz, entrelaza las manos.

—Acógela, Señor. Ten piedad de ella.

Simula haber olvidado que la psicóloga se precipitó por la ventana. Simula haberla olvidado por completo, como si jamás hubiese tenido un vínculo con ella, como si la pobre mujer jamás hubiese existido.

—Y ten piedad de mí.

26

Martes, 22 de diciembre de 2009

Intento abrir la puerta de mi despacho, pero se me caen las llaves. Estoy cansada pese a las tres tazas de café que he tomado en lo poco que va de mañana.

Alguien se agacha por mí para recoger el manojo y me lo entrega.

—Aquí tienes, Lis.

—Gracias, Nati.

Ahora sí, abro la puerta y entramos juntas a la consulta. Dejo el maletín sobre la mesa.

—¿Vuelves a casa por Navidad? —pregunto.

—No me queda otra. Es importante aparentar normalidad, ¿sabes?

Se refiere a su padre por su nombre de pila en señal de desprecio.

—*Pedro* —dice— no permitiría que la familia estuviese separada en estas fechas —y añade con retintín—: a pesar de que no nos veamos el resto del año. ¿Has hablado con él?

—Si te soy sincera, no. Pero sé que mantiene contacto con la madre superiora y, a veces, con el capellán.

—Te rehúye —dice sonriendo—. Típico en él, que desconfía de cualquiera que no sea de su camarilla.

Resopla y le pregunto:

—¿Qué te preocupa?

—¿Los has visto en persona, Lis? ¿Has visto a mis padres?

Niego con la cabeza. Quizá los vi de lejos en el vestíbulo de la residencia algún fin de semana que vinieran a visitarla, aun así, tengo mis dudas, y tampoco es que visiten a su hija con frecuencia.

En una de las charlas que he mantenido con sor Clotilde, la monja me contó que Nati fue una bebé muy esperada. Durante años, su madre buscó una y otra vez quedarse embarazada. Mientras, su devoto marido rogaba a Dios. Y tras una larga dilación, la rebelde pelirroja llegó a sus vidas. Desde bien pequeña mostró un carácter fuerte acompañado de una necesidad de atención desbordante. Sus padres pretendieron criar a una hija recta, cristiana, modosita y heterosexual, todo lo contrario de lo que su hija representa.

—No nos parecemos en nada, Lis —insiste Nati.

—Bueno, según me contaste, son personas de una edad avanzada.

—No es eso. Es que... Es que no se comportan como si fuesen mis padres.

Entiendo el sentir de Nati mejor de lo que ella pudiera imaginar. La pelirroja es una niña a la que no han visto de la manera en que ella ha necesitado ser vista.

—Eres una más —le digo—. Una más de esas chicas cuyos padres desearon crear a su imagen y semejanza. Ellos se excusarán en la premisa de tu protección para limitarte, para condicionarte. Pero ¿sabes una cosa, Nati? —La muchacha no me quita ojo—. Lo que les pasa a tus padres es que tienen miedo.

—¿Miedo? ¿A qué?

—A aquello que desconocen, les aterra lo que no comprenden. Sienten que se les escurres entre los dedos. Y eso, ese pavor, les impide ver las maravillas que tienen justo delante.

Nati parece haber accedido a un universo paralelo.

—De pequeña —explica— ya me amenazaban con ingresarme en Santa Teresa. —La muchacha deja escapar un sollozo cargado de una tristeza infinita—. Tengo pesadillas con esta jodida residencia desde que era una renacuaja, Lis. Hostia. Al final sus amenazas se han cumplido.

Solloza de nuevo y añade:

—Mi abuela es la única que me quiere de verdad.

«Tiene razón», pienso. Los abuelos son las únicas personas que nos quieren sin más pretensiones ni añadidos.

—¿Cómo está? —pregunto.

—Se muere, menuda mierda de días para hacerlo.

—Nunca es buen momento para eso —replico.

Advierto que Nati mima la pintura en su pecho.

—Háblame de ese tatuaje —le pido.

Ella baja la cabeza, lo observa.

—Es la cerradura de un joyero que me regaló mi abuela; pasa de generación a generación.

—¿Qué guardas dentro?

Expresa un resoplido burlón.

—Hojas de sacapuntas, cuchillas...

—Deberías vaciarla de dolor.

—Me imagino.

—Busca dentro de ti cada sonrisa y cada caricia que te dio tu abuela y quédate a vivir ahí por unos momentos.

Nati retira las ondas del pelo que le caían en el rostro.

—¿Tú echas de menos a tus abuelas?

Busco las palabras.

—Fueron brújulas —digo al fin.

—¿Brújulas?

—Mis brújulas morales. Me daban norte y sur; por suerte, sur...

—Ahora tú eres eso para nosotras, Lis.

Los días se suceden fugaces: las Navidades nos han cogido a pie cambiado.

Almuerzo junto con Adara. La gitana no regresa a Granada. Pese a lo ocurrido hace poco más de unas semanas, Santa Teresa es para ella lo más parecido a una casa.

Escribo mi número de móvil personal en una servilleta y se la entrego.

—Este es mi teléfono personal. Llámame si lo necesitas.

—Gracias, señorita. No quiero molestarla.

Adara se cubre la mano izquierda con la tela de su falda. ¿Una autolesión? La señalo y respondo:

—Nunca eres una molestia.

—Ah, no se preocupe, un pequeño corte con las matas del jardín.

Ya por el siglo XIX, Nietzsche expresó la recomendación esencial para cualquiera que ejerza en salud mental: «Quien con monstruos lucha cuide de no convertirse a su vez en monstruo. Cuando miras largo tiempo a un abismo, el abismo también mira dentro de ti».

La medicación no parece hacerme ningún efecto. «¿He tomado hoy las pastillas?», me pregunto. Tengo el pulso acelerado; mi concentración ya no es la que era. Hacía bastante que no andaba tan desregulada en la alimentación y el sueño. Despierto agitada por terrores nocturnos que se apoderan de mi cuerpo y de mis pensamientos. Pensaba salir indemne de esta aventura en el hospicio, sin recaer en antiguas dinámicas de inmolación; qué ingenua he sido.

Tocan a una de las hojas de la puerta de la habitación multiusos. En cuanto la chica entra, Brisa se le acerca moviendo ese rabito peludo. Adara se agacha para ofrecer mimos a la loba.

Un comité de bienvenida la recibimos en esta tarde con pancartas y dulces caseros que llevan el sello identitario de la hermana Clotilde. Es la primera sesión grupal de la gitana: desde su regreso del hospital ha querido pasar desapercibida. Pretendemos que esta reunión signifique un abrazo compasivo para nuestra apreciada paciente, amiga y compañera.

Nos abrazamos en un sosiego ensordecedor. Hoy los sentimientos sobrepasan a las palabras. Ella está de duelo, y todas lo estamos con ella.

Finiquitados los abrazos, y también las lágrimas, las muchachas se ubican en sus asientos habituales.

En el proyector les muestro un poema con el que acariciarlas, y leo en voz alta:

—«Esperando que un mundo sea desenterrado por el lenguaje, alguien canta el lugar en que se forma el silencio. Luego comprobará que no porque se muestre furioso existe el mar, ni tampoco el mundo. Por eso cada palabra dice lo que dice y además más y otra cosa».

Nati lee ahora.

—*La palabra que sana*, de Alejandra Pizarnik.

En los ojos chocolate de Adara intuyo demasiado horror que reparar.

Estas chicas no vienen de la misma guerra, pero sí aguardan la misma tregua.

Antes de partir a Soto, me despido de las monjas; en especial de sor Clotilde y de la hermana Catalina, a la que mando saludos para su hijo Benjamín, que pronto será nombrado sacerdote. Deseo al conjunto de las chicas unas felices fiestas a sabiendas de que, para algunas, el reto solo acaba de comenzar. Subo las escaleras en dirección a la planta 2 con la mirada hacia el suelo; evito los espejos: siempre aumentaron mis caderas. Giro a la derecha con la intención de encontrar al doctor en su suntuosa consulta.

La puerta está entreabierta, el psiquiatra lee en voz baja unos papeles, absorto. Al advertir mi presencia da un respingo en el sillón.

—De la Serna, ¿qué necesita?

—Buenas tardes, Zambrano. Solo quería desearle unas felices fiestas; espero que pueda descansar unos días y disfrutar junto con, bueno, sus seres queridos.

—No estoy casado.

«Lo imaginaba», pienso.

—¿Puedo hacerle una pregunta?

—Usted, siempre.

—¿Ahora trabaja en un laboratorio?

El doctor Zambrano se burla de mí.

—Oh, no recordaba que le molestase mi perfume. Es Varon Dandy.

—Ya, yo tampoco recuerdo muchas cosas de aquella época.

Él se sonríe.

—Pero sí, en efecto, De la Serna. Años después de que nos abandonara, me doctoré en Psiquiatría Forense. La ciencia nunca descansa, pero lamento disgustarla. Serán olores extraños para alguien que trabaja con... sentimientos.

Estoy segura: él componía aquella figura de rostro imperceptible a la que Brisa ladró en la puerta de las Virtudes.

—Bueno —rebato—, en Psicología también estudiamos al ser humano desde dentro. Al fin y al cabo, pensamos porque tenemos cerebro, o eso dicen.

Al doctor Zambrano le agrada que le siga la corriente.

—Bien, bien. Entonces sabrá que, en los primeros minutos de descomposición, los cuerpos emanan un aroma... dulzón —hace una pequeña pausa y sonríe—. Quizá ese olor sí sea de su agrado.

El psiquiatra evidencia cuán cínico puede ser su carácter, pero yo me muestro impasible antes esas chorradas.

Que él trabaje con cadáveres explicaría por qué Brisa ladra cada vez que se acerca: la adiestraron para identificar los 452 compuestos orgánicos volátiles que desprenden los fallecidos. Así encontraba a los desaparecidos.

—Despídase por mí del equipo de enfermería, por favor —añado.

—De su parte. Y De la Serna...

—Dígame.

Zambrano dibuja una sonrisa bobalicona.

—Alegre esa bonita cara. Verla triste es un desperdicio.

27

Miércoles, 30 de diciembre de 2009

Viajar aporta ritmo a la canción de la rutina. El inspector Francisco Palacios insistió en acompañarnos, a Brisa y a mí, hasta Alarcón. Quizá vayamos en ruta al desacierto, pero, sea como fuese, estas pulsiones han puesto en marcha mi reloj interno.

Mi loba y yo superamos una prueba de fuego en la cena de Nochebuena y en el almuerzo del día de Navidad: sobrevivimos a los ojos inquisitivos de mi madre; y eso que habíamos empezado mal, ya que, de entrada, había rechazado la asistencia de Brisa.

Mi padre se desencorsetó y se permitió elogiar mis logros, justo ahora que ya no necesito su aprobación.

Palacios había reservado una casita de campo con vistas al pantano de Alarcón, próxima a la vieja ermita de la Virgen de la Estrella, sepultada por el agua del embalse desde mediados del siglo XX.

Nadie mejor que un cura para conocer los tejemanejes de un pueblo pequeño: hemos organizado una cita con don Benedictino, párroco de la ermita que los autóctonos levantaron en honor a su santa anegada.

Mi vista alcanza a la Picasso de Palacios, que ha llegado desde la costa gaditana con mayor premura que nosotras. Las manos me sudan al volante. El inspector aviva en mí unas sensaciones que desterré hace años y que parecen haber resurgido de sus cenizas.

Aparco. Brisa no tarda en abalanzarse sobre su antiguo compañero, que la recibe desbordante de alegría.

—Llegasteis sanas y salvas, señoritas —dice el inspector.

De nuevo, dos besos torpes en las mejillas. «¡Qué estúpida!», me digo. Experimento un sentimiento de vergüenza entremezclada con la confortante impresión de estar donde debo.

Tras andar unos metros arropados por un bosquecito de pinos, avistamos los escombros de la ermitica sumergida. Brisa juega con las piñas caídas de los árboles.

Palacios advierte que debemos estar preparados para lo que el cura quiera compartir y para lo que no.

—Puede que no sepa nada, pero también es posible que no quiera contar lo que sabe.

«¿Conseguiremos que nos ponga en contacto con algún familiar de Ana María Herraiz?», me pregunto. Si la psicóloga fue una querida vecina de este pueblo, las noticias que don Benedictino nos posibilite pueden estar sesgadas.

Entramos a la nueva ermita de la Virgen de la Estrella. En el altar, de cara al retablo, el cura se percata de nuestra llegada y finaliza su rezo.

—Buenas tardes, padre. Somos el inspector Palacios y...

Don Benedictino es un jovial octogenario que nos ha reconocido por la descripción que le facilité por teléfono.

—Lis de la Serna, supongo.

Brisa se arrima a él.

—Veo que no teme a los perros —digo al cura.

—Soy hijo de cabrero, jovencita, los animales nunca me produjeron ningún temor; no puedo decir lo mismo sobre los hombres, sin embargo.

Palacios interviene.

—¿Podríamos hacerle unas preguntas?

—Claro, joven, han venido a eso, ¿no?

El octogenario lo tiene claro. Yo me sonrío.

—Como le conté, padre, la anterior psicóloga de la residencia y a la que yo relevo falleció de manera repentina. Se llamaba Ana María Herraiz; la enterraron en Alarcón. Tal vez pueda hablarnos de ella o ponernos en contacto con algún allegado.

El cura afirma con la cabeza y responde:

—Así es, Ana María fue vecina de Alarcón. Residió en el pueblo desde su infancia hasta su juventud, pero una vez que sus padres fallecieron no volví a verla. Y esos pocos familiares que vinieron a su entierro eran forasteros.

Esto último es algo que lamento.

—Esperábamos dar con alguno de ellos, nos gustaría saber más de la mujer. Su muerte pasó casi desapercibida.

El cura divaga.

Cuesta imaginar qué fue aquello que llevaría a Ana María a esa sinrazón.

Palacios se involucra en la conversación.

—¿Por qué lo dice, padre?

—Ana María era muy devota, de niña hasta fue mi acólita. Entonces, ¿usted trabaja ahora en la residencia Santa Teresa, Lis?

—Sí, eso es.

—La residencia pertenece a la orden de las carmentalias. ¿No es así?

—Exacto —respondo—. El capellán don Fausto Aguilar y la madre superiora sor Brígida Campos la dirigen.

—No tengo el gusto de conocerlos, jovencita —dice don Benedictino, pensativo—, pero sí he oído hablar mucho sobre las carmentalias.

Palacios intermedia:

—Y, por casualidad, ¿le dice algo el nombre de Marina Doña, padre?

El cura niega con la cabeza.

—Aquí no reside nadie con ese apellido, inspector. No, al menos, que yo sepa. ¿Por qué lo preguntan?

Meto la mano en el bolso y saco de él la esclavita de oro; se la ofrezco a don Benedictino.

—Encontré esta pulsera en el despacho de la señora Herraiz.

—Ya. Usted pensó que esta muchacha y Ana María podían tener cierto parentesco.

—Era solo una intuición.

—Siento no serles de ayuda —dice el cura, que me devuelve la esclava y añade—: Tomen unos morteruelos y zarajos en el pueblo. Confío en que su travesía no sea en balde.

El padre nos acompaña hasta la fuente que precede a la parroquia. Le agradecemos su tiempo, nos despedimos de él y subimos al coche.

—Sabe más de lo que cuenta —señala Palacios.

—Lo sé —respondo, muy de acuerdo.

Palacios arranca el coche.

—No mires por el retrovisor —avisa—. Nos observa.

—Quiere asegurarse de que nos marchamos.

El viento golpea los cristales de la cabaña en la que nos alojamos. Francisco Palacios ha servido dos copas de vino que he consentido pese a las estrictas indicaciones de mi psiquiatra. Sentados en el sofá, disfrutamos de la panorámica del río Júcar. La Lis del 2 de noviembre no esperaba pasar los últimos crepúsculos del año de esta guisa.

Frente a la chimenea encendida, Brisa descansa en la mullida alfombra que reviste la solería. La escena trae a mi mente aquella que cubre el suelo de la habitación de Susanita. Sonrío al rememorar sus pillerías.

—¿Te he hablado de Susana Sainz? —digo a Palacios.

—¿La del síndrome de Moebius?

—Estás aprendiendo neurología.

—Eso demuestra que te escucho.

El inspector consigue desbaratarme con su afirmación.

—Creo que roba juguetes a las monjas —replico yo—, los muñecos que recaudan para caridad, o algo parecido.

Palacios se echa a reír y añade que, si Brisa hubiese dado con ellos, también los cogería.

Pienso en voz alta:

—Muchas de las monjas son buenas mujeres. Sor María es tan anciana y ahí sigue, inmutable, cuidando a las chicas de la 1. ¿Sabías que una de las monjas fue madre? —Doy un sorbo al vino—. Y sor Clotilde, esa mujer, además, es tan culta e interesante... «Tienes que visitar las librerías Bertrand, Lello, Berceo...», me repitió mil veces cuando estuve interna. —Contemplo la copa y concluyo—: Esa mujer no tendría que haber sido monja.

—Habla con don Fausto. Creo que tú deberías dirigir la residencia —apunta el inspector.

—¿Tú crees?

—Bueno, apuesto a que eres más inteligente que la madre superiora. Y más guapa, eso seguro.

Reímos. Callamos. Nos leemos con la mirada y nos desnudamos con ella. Deposito la copa en el parquet, Palacios se acerca y me besa.

Me había prometido no volver a tomar alcohol, pero un día también prometí no enamorarme de nuevo, y parece que, sin querer, lo estoy haciendo. El inspector me acaricia el pelo y, así, también mis heridas.

28

Jueves, 31 de diciembre de 2009

Pese a su despoblación, Alarcón alberga un maravilloso conjunto histórico compuesto por unas cinco ermitas y un castillo fortaleza medieval. Las impactantes pinturas de Jesús Mateo revisten los muros interiores de la iglesia desacralizada del pueblo, la iglesia desacralizada de San Juan Bautista. En 1994, se plasmaron los primeros bocetos en el interior de la parroquia de la villa, que, a fecha actual, recibe el reconocimiento de la Unesco como Patrimonio Nacional. Los frescos son eclipsantes, enigmáticos, turbios.

Accedo a su interior y me sumerjo en las pinturas, en la libertad y la creatividad con las que el artista ha manejado los pinceles para dar forma a la oscuridad y también al fulgor que habita nuestros anhelos.

Que Brisa y Palacios recorran Alarcón por su cuenta me permite disfrutar de los frescos en la plenitud de la soledad elegida: una pausa del caos permanente en el que me muevo.

Reflexiono sobre cómo el arte parece gestarse en las entrañas de su artífice. La obra de la que ahora me empapo genera un impacto brutal en su espectador. Los demonios de la psique y aquel descenso a la locura que el pintor ha plasmado provocan despertares, rompen arquetipos.

Adara Heredia viene a mis pensares; ella y esos monstruos con los que está lidiando. Agarro el móvil y le escribo para felicitarle el final de año y el inicio del siguiente.

—Que se sepa querida, pensada —susurro.

La gitana transita una etapa de la que saldrá airosa, que no ilesa, pero resurgirá, lo hará, confío en ella.

«¿Quién anda ahí?». He sentido unos ojos observar mis movimientos.

—¿Hola? —pregunto al aire.

Advierto un cuerpo, el de una mujer, a la entrada de la parroquia, que se aleja, veloz, al sentirse descubierta. Unos pasos corretean, la figura sinuosa es ahora una sombra.

Salgo tras ella, pero ya no está, no hay rastro. ¿Una chica desacostumbrada a los turistas?, ¿o alguien me vigilaba?

«Lis —me digo—, frena».

El binomio acaba de llegar por la derecha. Pregunto a Palacios.

—¿Has visto a alguien salir de la iglesia?

Él niega.

—¿Todo bien? —responde.

—Espera.

Ando diligente hacia un grupo de ancianos sentados a la puerta de un ultramarinos.

—Disculpen, hola. ¿Han visto a alguien salir de la iglesia?

Los señores parecen abrumados por el vigor con el que los he asaltado.

Alguien me agarra del brazo, suelto el codo hacia atrás para deshacerme de él. Es Palacios:

—Lis, ¿todo bien?

Brisa me devuelve una mirada de consternación. Su *madre* es una histérica.

—Sí, perdona, perdona —digo y excuso mi comportamiento—: Me había parecido...

—¿Quieres que tomemos un refresco?

—No, no, entra —respondo—. Brisa y yo te esperamos aquí.

—¿Segura? Podemos dar un paseo si lo prefieres.

—No, no, o sea sí: segura. Entra a la iglesia, los frescos son espectaculares, vas quedar encantado.

Palacios me besa en la frente.

—Ya lo estoy —dice.

29

La madre superiora porta la muralla de su Ávila natal allá a donde va.

En su fastuoso despacho y en la soledad que la acompaña, lee y relee unos versículos de la Biblia. Siempre ha vivido en los escritos aquello que no se ha atrevido a experimentar en vida.

La rigidez en la que se mantiene le impide empatizar con las internas a pesar de que en sus propias carnes quedaron marcados los estragos de su pasado.

Contaba quince veranos cuando a Brígida Berlanga la encontraron yaciendo junto a don Javier de los Monteses en la alcoba del mismísimo terrateniente. Militar de alto rango, casado y con hijos, de conducta irreprochable; el hombre de su vida. Las infidelidades de los altos cargos eran ocultadas por una gruesa manta. Su buen servicio a la patria solapaba cualquier error cometido. La familia era una empresa, una institución, que mantener viva como fuera. Aquel terrateniente no dio la cara por su amada, agachó la cabeza ante su esposa, asumió el hecho como un gran equívoco y, sin más, cambió de comandancia y trasladó a toda su familia a Valladolid. Allí le esperaba la penitencia: el militar habría de ser vigilado por su cónyuge a cada paso que diera durante el resto de sus días.

Peor suerte corrió la moza Brígida, que recibió una monumental paliza con la correa de piel de vaca de su padre. Peor suerte corrió, porque la encerraron en un convento de las carmentalias de Valladolid, donde redobló su calvario.

Al aceptar el celibato como modo de vida y medio de salvación, entregó todo su ser, otra vez, a un Dios masculino.

La madre superiora, asomada a la ventana, contempla el mar de árboles que rodea la residencia. Mira a un mundo que no le corresponde, un mundo que nunca habrá de pisar, para el que no es digna: está a sus pies y qué lejos queda la felicidad. Su devoción se ha convertido en su cárcel.

«Vivir a través de la mirilla, Brígida», murmulla.

La intransigente Natalia Catela, en su residencia familiar, aquella a las que sus progenitores llaman hogar, acaricia los pellejitos de la mano de su abuela. Intenta agarrar una parte de su ser para que nunca la abandone. Las formas del querer son tan diversas como diferentes somos quienes las experimentamos.

Su abuela se apaga a cada aliento. El viejo cuerpo reposa, inyectado en morfina, en la alcoba donde un día fue alumbrada. La anciana hace un último esfuerzo para compartir confidencias con su nieta.

—Ven —le dice.

Nati se acerca para recibir el mensaje que su abuela le musita al oído. La voz aterciopelada dispensa, a cuentagotas, palabras bien elegidas por ser las finales.

Remedios expira. Al tiempo, los ojos de Natalia se anegan en una cólera encabritada. Sale de la habitación al grito de: «Lo sabía. ¡Os odio!». Camina hacia al baño, enfurecida. «¡Lo sabía! ¡Es que lo sabía!». Abre la puerta con tal fuerza que la estampa contra los azulejos. Se encierra de un portazo. Llora. Llora desconsolada por una inmensa desazón. Se contempla en el cristal y grita a su reflejo.

Benjamín Flores ha causado furor entre las mujercitas de Santa Teresa. El gallardo hijo de la hermana Catalina asiste a la residencia como invitado de honor a la cena de Año Nuevo por su mentor, el capellán don Fausto.

El joven novicio toma asiento frente a Inés Bernat, que, a pesar de la abulia que la describe, podría cautivar al más devoto de los hombres.

La zíngara se ha percatado de la impresión que su amiga, hoy fijada a la silla de ruedas, ha provocado en el joven cura. Adara intercede:

—¿Sabía, don Benjamín, que el flamenco fue perseguido por la Inquisición?

—Sí, señorita Heredia —responde el novicio—. La Iglesia ha cometido actos que debemos enmendar.

—¿Usted baila?

Benjamín ríe:

—De ninguna manera, señorita Heredia. Dios no me ha concedido ese don.

Adara se refiere a Inés:

—Pues que no le engañen sus ojos, padre. Aquí mi amiga, la paya, es una virtuosa del taconeo.

Inés pellizca a la gitana.

El joven cura intenta despegar la mirada de la muchacha enmudecida, pero una pulsión, para él inédita, se lo impide.

Sor Catalina, advertida de los derroteros que ha tomado la conversación, deriva el diálogo por vías más protocolarias.

—Bueno, Benjamín, hablales a las hermanas y a las minas sobre tu misa de ordenación sacerdotal. Fue un momento muy emotivo después de tantos años de estudio y dedicación.

El novicio ojea la reacción de Inés y añade:

—Sí, madre, un gratificante acercamiento a Dios y al Espíritu Santo.

A los pies de la escalinata, Inés Bernat hace un amago por desprenderse de la silla de ruedas y subir por sí misma a la balconada.

—Eres idiota.

La muchacha se ha alejado de la reunión en busca de una intimidad que le es interrumpida por el hijo de sor Catalina. Benjamín la ha seguido, sigiloso, al edén de Santa Teresa.

—¿Me permite ayudarla?

Los ojos de Inés se mueven despacísimo. El novicio adelanta varios pasos, la sostiene del codo y ella se agarra al pasamanos. Juntos suben al altar de la residencia.

El joven cura ha sido informado por don Fausto de la extraña dolencia que padece Inés: trastorno conversivo severo. Su cuerpo está sano, es su alma la que permanece dañada.

Inés parece hipnotizada por los fuegos artificiales disparados al cielo para celebrar la llegada del nuevo año.

El sacerdote guarda una distancia con la muchacha: no desea importunarla, ni tampoco infringir aquel convenio que ha jurado.

Él contempla la noche y se ruega prudencia. «¿Qué me pasa?», se pregunta. Una curiosa pasión desborda sus venas.

Inés se tambalea al pensar en la tragedia que supuso arrastrar a su hermano a aquella fiesta. Los cohetes le recuerdan al crujido de la luna delantera al romperse ante sus ojos. La muchacha, sin embargo, se descubre sujeta por las manos de Benjamín.

Los labios de Inés se mueven, pero no dicen nada. Se siente sucia: el novicio evoca en ella algo que jamás hubo experimentado.

Ambos se intuyen, se palpan con una mirada que desgarra el deseo. Allí, resguardados y a escondidas de una sociedad en la que no cabría esta querencia, sucumben al pecado en sus pensamientos.

30

Lunes, 11 de enero de 2010

Al llegar el alba, la música sacra y el olor a incienso procedentes de la capilla central ya envuelven la residencia.

Hoy desayuno con mis chicas de la 4, que aprovechan para narrar anécdotas sobre las jornadas navideñas. Inés Bernat se ruboriza al hablar del galante joven al que ha conocido, pero se niega a desvelar detalles. Me burlo de ella.

—¡Tú te has liado con don Fausto!

—Ese palique es más efectivo que cualquier amarre —añade Adara y guiña a su apocada amiga.

Abrazo a Inés, que sonríe avergonzada, mientras clavo mi atención en la gitana. En público rechazo poner sobre la mesa el tema que verdaderamente me preocupa. Sé de la presión a la que Adara se expondrá en los próximos meses; tiempos duros, marcados por el juicio que determinará el futuro de su violador, arrestado en prisión provisional.

Entre risas y bromas acerca del romance de Inés, la mente de Nati da una vuelta de tuerca y, desencajada, clava el cuchillo de untar mantequilla en la mesa de madera del comedor. El resto rebotamos en nuestro asiento.

—Pero ¡qué cojones! —cuestiono a la pelirroja y retiro su mano del cuchillo.

Nati dirige las pupilas hacia la zíngara y le da la enhorabuena por su virtud como tarotista.

—Tus presagios se han cumplido —sentencia.

Entre reniegos deja su lugar en la mesa y se pierde por el pasillo.

Sin conocer con exactitud qué pasa por la cabeza de Nati, las chicas y yo relacionamos su conducta impulsiva con aquello que la zíngara vislumbró en el tarot: la muerte de su abuela acechaba.

Me adivino ensimismada en el repiquetear de las gotas de lluvia contra los cristales de mi despacho: el sonido del universo. La madre superiora me llamó el jueves 7 de enero para hacerme partícipe de la agenda posvacacional que me aguardaba en Santa Teresa, lo que le agradecí para organizar cada una de las consultas y demandas específicas. La percibí rendida de cansancio, ¿tal vez preocupada?

Los sanitarios del hospital Los Mártires concedieron en Reyes permiso de estancia domiciliaria a Agustín Alonso gracias a los ruegos de su madre. De tal forma, la mujer podría ahorrarse el desplazamiento diario desde Comillas a Torrelavega y el hombre quedaría al cuidado de las monjas y el equipo médico de la residencia. Han concluido que aquí, en Santa Teresa, dispone de la asistencia necesaria para su mejoría.

Alejo me puso al corriente del tratamiento que le prescribieron al pobre trastornado: sedantes, reposo y nada de internet, ni radio u otras vías que puedan incentivar sus relatos. Ojalá pudiese aplacar la tormenta desencadenada a raíz del festejo de San Andrés. Aquellas verbalizaciones de Agustín desestabilizaron mis cimientos. Nos acostumbramos a rechazar tan de lleno sus fabulaciones que jamás hicimos el mínimo esfuerzo de atender a ninguna de sus palabras. Pero ahora, como psicóloga, desgloso cada oración, la analizo, la repaso.

En sus últimos meses de vida, Ezequiel caminaba errabundo. Tras la ingesta desmedida de opioides, escribía y dibujaba incansable. Hacía cábalas acerca del sentido de la existencia, a la que, por cierto, no le encontraba ninguno. Se autolesionaba, golpeaba cualquier cosa que encontrase en su camino; acaso esto le ayudaba a desplegar su rabia contra el régimen social, contra su hogar abarrotado de conocimiento, pero desierto de amparo. Mi chico fue víctima de la desidia. Sus padres, profesores de instituto, volvían a casa hartos de lidiar con las rebeldías juveniles en su puesto de trabajo.

Ezequiel me contemplaba ido, con las pupilas dilatadas como platos.

—Lis, debes creerme —decía—. Él me ha elegido, Abadón me ha elegido.

Mi rubio terminó por perder la cordura que aún restaba en sus sesos. Obsesivo, profundizó en las teorías filosóficas de Swedenborg hasta perderse en sus adentros. Elucubraba día y noche sobre los conceptos del cielo y el infierno. Decía que estos existían en nosotros, dentro de nuestras almas, y que los santos y los demonios nos rodeaban. Sufrió lo que en la actualidad identificaría como delirios de grandeza, que, en aquel entonces, yo entendía como simples alteraciones como consecuencia de los tóxicos que Aitor y su cuadrilla se metían en el pub Trance. Me exponía sus ilusorias creencias. Decía que la realidad no era más que un preludio; pero de qué, me preguntaba yo. Cruzó las líneas de la sinrazón tantas veces... Entre las conjeturas de Agustín y las suyas no existían diferencias.

Insistía:

—Abadón rescata del infierno a aquellos condenados injustamente en vida.

Yo no deseaba alimentar sus disparatadas tesis, pero tampoco me atrevía a dejarlo solo.

—¿Quiénes son esos condenados? —le pregunté.

—Los niños que fuimos, Lis. ¿O es que no ves lo que nos han hecho?

—Te vas a matar si sigues envenenándote.

—Ya morimos cada día, *pajarillo*. ¿Qué habría de malo en hacerlo para siempre?

Que se expresara en esos términos me rompía.

—Haces daño a las personas que te aman.

—Pero es que tú no debes amarme —replicaba él—. Nunca debiste hacerlo.

Mi experiencia con Ezequiel fue la primera como psicóloga, aun sin serlo. Suponía un trato diario a un paciente con un trastorno mental grave que, además, rechazaba la toma de psicofármacos y cualquier tipo de asistencia, que él siempre entendía como una influencia coercitiva.

Mi rubio de sonrisa triste ya había dado un salto de fe hacia un precipicio sin retorno mucho tiempo antes de aquel salto que lo mató.

31

Jueves, 14 de enero de 2010

Sor Petra abre la puerta de mi despacho sin previo aviso. Hacía rato que yo escuchaba sus pasos aproximándose. He imaginado sus horribles zapatos negros de composición ortopédica, y esos calcetines hasta las rodillas, colmados de pelusas. Por la fealdad del calzado de una monja podría medirse su grado de fe y devoción.

La monja me demanda, imperativa: Nati Catela se ausentó anoche durante la cena y hoy no ha asistido a clases. La arisca escudera de Brígida acaba de encontrarla en el dormitorio, acurrucada en la cama, llorando y ensangrentada. Le pido que no avise a enfermería hasta hablar con ella y comprobar la gravedad de las heridas.

Subo los escalones al galope; no hay descanso en salud mental.

La pelirroja, atrincherada en su dormitorio, grita a mi llegada. Quiere estar sola. Dice no necesitar consuelo, pese a que eso es justo lo que precisa. La arropo. Una parte de ella pretende alejarme, pero baja los brazos aquella que desea que me quede a su lado.

Su respiración adopta una velocidad normativa. Compruebo que se ha infligido cortes superficiales con la cuchilla de un sacapuntas. Está fuera de peligro. Suspiro, respiro.

Le peino el cabello con los dedos, recuesta su cabeza en mis rodillas.

—¿De dónde vino esa furia? —susurro.

—¡De mis padres, Lis! —Explota en llanto—. Siempre de ellos. ¡Me han engañado!

—¿Sobre la enfermedad de tu abuela?

Nati exclama:

—No, Lis. ¡Sobre mí! Te dije que no nos parecíamos en nada, que yo no era de esa familia.

Traga saliva para continuar.

—¡Soy adoptada, hostia! ¡Soy adoptada, Lis!

Nati me facilita un folio goteado por la sangre de su antebrazo. El texto no fue firmado, ni tiene nombre.

—Lo escribió mi madre —dice Nati—. Mi verdadera madre.

Leo:

—«Algo crece dentro de mis entrañas. Algo a lo que no puedo querer».

—No solo fui un capricho de mis padres —dice la muchacha—, sino también un incordio para una mujer que debía haberme abortado.

La muchacha se recuesta en mis piernas, se agarra a ellas. Natalia quisiera escapar de sí misma, pero dentro de una no hay lugar dónde esconderse.

Zapico, la enfermera, entra. Viene con gasas, agua oxigenada y un ansiolítico que habrá de relajar el cuerpo de la chica y, por un rato, también su alma.

Enciendo el ordenador y busco en el historial de Nati. Marco la llamada que procede: el ambiente se caldeará todavía más.

A mi entender, resulta insultante que los padres de mi chica pelirroja hayan sido incapaces de comunicar a su hija sus orígenes. Sin hablar del despropósito que supone ocultar datos médicos a los profesionales que han atendido y atendemos a la jovencita. El padre de Nati coge el teléfono al segundo toque: da la sensación de que esperaba mis reproches. Dejo las cordialidades a un lado.

Subo las escaleras hacia la tercera planta, hacia la habitación de Agustín. Su madre me recibe:

—Mi hijo está condenado desde que nació —susurra la mujer antes de marchar.

Agustín reposa en la cama, adormecido por suficientes fármacos hipnóticos como para apaciguar a una turba hambrienta. El dormitorio me sorprende por su sobriedad. No alcanzo a ver más que una fotografía en la pared frente a la cama.

—Lis —musita Agustín.

—Hola, Agus. Te veo bien —digo una mentira piadosa.

La neurosis lo ha devastado. Sigue atolondrado. Sus ideas son retazos de tela que no consiguen conformar un vestido completo. El hombre se reincorpora en la cama:

—Entonces has vuelto a Comillas.

Pego la sillita del escritorio al colchón y me siento a la altura de Agustín.

—Sí, Agus. He vuelto a casa.

—Te agradezco la visita, Lis. —El hombre me toca el cabello—. Siempre fuiste tan buena conmigo…

Me enternece.

—No tienes nada que agradecer y, además, ahora trabajo aquí.

La expresión de Agustín se desencaja.

—¿Aquí? ¿En la residencia?

—Sí, eso es, en Santa Teresa. Somos compañeros.

El loco frunce el ceño.

—¿No te parece bien? —pregunto.

—Deberías irte —musita.

—¿Por qué? ¿Por qué debería marcharme?

—Ellos me están hablando. Dicen que tú no tendrías que estar aquí.

Comprendo que los *ángeles* han regresado para torturarlo.

—¿Por qué no quieren que esté en Santa Teresa, Agus?

Agustín pierde la mirada por encima de mi hombro y en dirección a la puerta.

—Márchate, Lis.

—Ayúdame, Agus. Ayúdame a comprender por qué quieren que me vaya.

A Agustín se le escapa una risita absurda. Es el momento, aquí y ahora, antes de que se desregule de nuevo y por completo.

—¿Recuerdas la fiesta de San Andrés? ¿Recuerdas lo que me dijiste, Agustín?

El hombre sufre espasmos. Empieza a agitarse. Yo insisto:

—Dijiste que alguien mató a Ezequiel.

Fija las pupilas en mí, el nervio se le para en seco.

—Él lo sabía todo, Lis.

—¿Qué sabía?

—Él lo sabía y por eso ella lo devoró.

—¿Quién, Agustín? ¿Quién le hizo daño a Ezequiel?

Agustín sentencia:

—La mujer demonio, Lis.

Alborotado, se pone en pie y busca algo entre el desorden de su habitación, en medio de papeles y ropas acumuladas. Sus pensamientos están tan desbarajustados como su dormitorio.

—¡Aquí está! —exclama, y añade—: Yo la fotografié.

Agustín me hace entrega de su cámara de fotos; es la misma con la que, hace meses, lo encontré tirado a las puertas del antiguo cementerio de la villa.

—¿A quién has fotografiado?

Grita, despavorido:

—¡A la ojáncana!

El estruendo me ha hecho dar un par de pasos hacia atrás. Agustín insiste en que está todo ahí, en su cámara, la que agarro fuerte para hacer mía antes de que se arrepienta de su decisión. Quiero desentrañar qué contiene, qué asusta al loco de Agustín y qué posible vínculo tiene esa mujer demonio con el suicidio de Ezequiel.

—Prometo revelarlas y ver lo que fotografiaste, Agustín.

Su madre regresa a la habitación, lo que aprovecho para salir. El loco murmura a mi partida.

—Abadón. —Le oigo decir.

32

Martes, 26 de enero de 2010

Don Fausto y yo charlamos en la balconada del jardín. Los momentos que comparto con el capellán me recuerdan lo superficial de nuestra relación pese al cariño que nos profesamos; lo poco que conozco al hombre que vio en mí a la persona abatida por la tormenta y no a la causante de ella.

—¿Qué lo llevo a ser cura, padre?

—Intuyo que lo mismo que a ti a estudiar Psicología: la sanación personal. Todos tenemos monstruos a los que apaciguar, Lis. —El capellán entorna los ojos, se recompone y continúa—: El mundo está lleno de oscuridades. Hay que procurar dejar un espacio, una ranura, para que la luz se cuele por nuestras grietas.

—¿Puedo preguntarle por Adara?

El capellán afirma con la cabeza a mi pregunta.

—¿Cómo la encontró en el hospital? Usted fue el primero en verla tras la violación.

—Adara discutía con un familiar. Maldecía a Dios.

—Me imagino… —empiezo a decir.

—¿Sí?

Me encojo de hombros.

—Me imagino que Dios para ella es un… símbolo de opresión.

El capellán se sonríe, prudente.

—Tengo mucho que aprender de ti, Lis.

—¿Usted cree?

—Por eso te escogí —añade don Fausto—. Como habrás supuesto, contaba con una amplia gama de psicólogas vinculadas a la congregación para cubrir la vacante. Pero tú siempre viste más allá.

Cuando don Fausto Aguilar, contacto estrecho de las altas esferas de la orden, notificase a sor Brígida que me había elegido para cubrir la vacante, intuyo que la mujer se preguntaría cómo alguien tan atormentada querría volver, nada más y nada menos, que a dirigir el servicio de salud mental del centro que constituyó el culmen de su debacle.

Fui un escarabajo cojonero en aquellos años; como el de Kafka, o peor. Y ese coleóptero, contra todo pronóstico, ha conseguido entrar en la residencia para desmoronar sus rígidas doctrinas. Qué poco rigurosas deben de parecerle mis premisas a una cristiana apostólica romana de bandera como la madre superiora. A sus ojos, soy una bruja que va a regentar el Vaticano.

Hago acopio de fuerzas.

—Lo siento, padre, pero debo preguntarle...

El hombre vuelve a asentir.

—Hazlo, Lis. Llevo meses esperando este momento.

—¿Ana María Herraiz?

Al escuchar el nombre de la psicóloga don Fausto aferra mi antebrazo derecho. Aun trémulo y carente de fuerzas, aprieta hasta hundir sus dedos en mi carne.

—Nadie debe saber que andas interesándote por ella, Lis, ¿me has escuchado? —dice. E insiste—: ¿Me has escuchado?

Ante la reacción del capellán, deduzco la gravedad del asunto que se ha callado. El paso de Herraiz por la residencia fue encerrado en el cobertizo donde se guarda la basura, tapiado y rodeado de cadenas de hierro. Justo lo que antaño hacían con los enfermos mentales.

Don Fausto me ruega discreción, pero, para mi sorpresa, no solicita que deje de investigar. Pero ¿el qué? ¿Qué pasó con la señora Herraiz? ¿Qué la llevó a suicidarse?

Sé muy bien el terreno en que me muevo, en el que se mueve el capellán y, también, en el que se mueve la residencia. Dar a conocer la verdad sobre el fallecimiento de Herraiz ahuyentaría a las familias que depositan en Santa Teresa a su parentela y su dinero; ¿dónde acabarían las ayudas del Estado que facilitan el ingreso de las jóvenes más desfavorecidas?, ¿dónde acabaría la reputación de la institución? Que los eclesiásticos se revelasen contra su propio sistema sería tan arriesgado como pegarse un tiro.

Llegan semanas cargadas de estudio para las jovencitas universitarias. El futuro de muchas depende de que el Estado contribuya con becas a sus carreras, así que sus notas finales deben alcanzar más que meros aprobados.

El error no tiene cabida ahora, y eso me asusta con enormidad. Los humanos somos algo así como una maquinaria insaciable en cuanto a fallar se refiere.

Para mis padres errar tampoco fue jamás una opción. Me llamaron Lis por el manto de flores doradas sobre fondo azul de la Sainte-Chapelle en París. Un espectáculo abrumador para el hedonista que la contempla; espacio libre de taras, no ha lugar para ellas.

Papá me transmitió en sangre un tren a dos mil por hora en continuo riesgo a descarrilar: altas capacidades. En su caso, no obstante, recibió este resultado como un triunfo y no como un diagnóstico: mi padre accedió a la facultad un curso académico antes de lo previsto. Por mi parte, sumé una patología más a la lista de deficiencias. Y es que nadie dijo que pensar demasiado fuese bueno.

Sor Clotilde aceptó mi invitación a esta sesión conjunta con las chicas de la 4. En cuanto la hermana entra a la sala, podemos dar comienzo a la reunión. Brisa, sin embargo, se arrima a mí entre sollozos. Dos meses más tarde sigo sin comprender ciertas conductas de mi loba.

Nati lee en voz alta la palabra que escribí en la pizarra:

—«Sueños».

—¿Tenemos que hablar sobre lo que deseamos? —pregunta una de las chicas.

—Lo que la rubia desea es todo un misterio —añade la pelirroja y así provoca una risotada en el grupo; hasta la hermana Clotilde se ríe.

Inés apunta:

—Ya te vale, tontaina. Lis se refiere a los sueños que tenemos al dormir.

—Eso es, Inés —respondo—. Durante la fase REM, el cerebro da rienda suelta al contenido de nuestro aparato psíquico, abre las puertas que jamás abriríamos estando lúcidos.

La monja de carrillos rosados deja vislumbrar su mente abierta a conceptos más allá de aquellos a los que guarda fidelidad.

—Al yo, al ello y al superyó —dice. Y, ante la sorpresa general, añade—: Ah, una monja también ha estudiado psicoanálisis.

La gitana levanta la mano, le doy paso.

—Me gustaría compartir lo que soñé anoche, señorita.

La muchacha ha recuperado parte de su desparpajo y, con él, algo de compostura.

—Adelante, Adara —la animo—. Estaremos encantadas de escucharte.

Ella se acomoda en su asiento, reajusta esas gafas que suele desusar, pero con las que disimula los morados bajo sus luceros, y, con voz sosegada, habla de su periplo nocturno:

—Me encuentro en mi habitación de la infancia. Hay una persona tumbada en la cama. Creo que soy yo, no estoy segura. A mis pies se abre un ventanal que lleva a un balcón. Me asomo y veo a una joven flaca, con la piel paliducha y apariencia muy débil, inmóvil. La chica se precipita al jardín, pero ni ella se muere en la caída ni yo me estremezco ante su desplome.

Sus compañeras se ojean entre sí al escuchar el relato.

Adara toma aire y va bajando la mirada mientras avanza en su discurso.

—Alguien me susurra al oído: «Tienes una buena liada en el jardín». Asomo el cuerpo por la barandilla del balcón y... —hace una breve pausa— veo un montón de cadáveres abajo. Son mujeres. Los cuerpos están envueltos en unas sábanas y repartidos por el césped. A esas mujeres les han quitado la vida. O a lo mejor es que nunca han tenido...

Un silencio atronador se hace en la sala.

La monja mantiene la atención en la joven desde que esta comenzó a expresarse. Entiendo que las presentes habrán relacionado esos cuerpos sin vida con el abuso que la gitana sufrió hace un mes.

—Gracias, Adara —digo yo—. Gracias por confiarnos tu sueño. Y si estás de acuerdo, vamos a analizarlo en privado.

La personalidad de la gitana, aún convaleciente, oscila entre lo imperativo y lo transigente. Igual que la intérprete de una tragedia griega, ha hecho uso del escenario que se le ha ofrecido. Se ha puesto la máscara con la que ha amplificado el sonido de su congoja.

Inicio un aplauso que el resto sigue. Una caricia, otra más.

33

Sábado, 30 de enero de 2010

Descorcho una botella de vino acaramelado, oriunda de las bodegas de Jerez, que Francisco Palacios me regaló en nuestro viaje a Alarcón. «Esta será mi cena». Al contactar con la Asociación Patitas Jubiladas, no pretendía conocer a un policía gaditano que, desde el primer encuentro en su tierra, me hiciese reír como hacía tanto que no lo había hecho.

El mundo del inspector es lo más parecido al pasacalle de un carnaval; el mío, a una marcha fúnebre. Pongo en duda su interés hacia mí: ¿qué ha visto en este amasijo de traumas? Pensar en Palacios hace que mi corazón palpite, aterido ante la posibilidad de tornarme desvalida, de perderme otra vez en el amor.

Los psicoanalistas sostienen que nuestro subconsciente aloja aquello que desconocemos de nosotros mismos. Discrepo. Juraría que aloja aquello que conocemos y a lo que tememos confrontar.

El cuerpo de Ezequiel se perdió en el mar: sus padres llevan flores a un cajón vacío. Si me enamoro de nuevo, ¿Ezequiel se perderá en mis profundidades para siempre?

Hago una llamada. Su móvil se descuelga en segundos.

—¿Demasiado tarde, inspector?

—Nunca es demasiado tarde para llamar a la policía, señorita. —Su uso inteligente de la ironía me cautiva—. ¿Le diste la cámara de fotos a Loreto?

—Hemos quedado para vernos mañana.

—Bien. Me han facilitado el historial del *fishaje* que me comentaste —dice—. Tuviste un compañero de instituto muy interesante.

Se me escapa una leve risa.

—No nos aburríamos, no.

—Aitor Alonso acumula una larga lista de delitos menores: hurto, trapicheo... —Escucho como Palacios presiona las teclas del ordenador y sigue—: Por reincidencia y acumulación de faltas, encerraron a Aitor seis meses en el penal de El Dueso por 2005. Nada significativo. Tiene buenos abogados.

—Sí, pero...

—¿En qué piensas?

Palacios ya me conoce lo suficiente como para saber que mi cabeza ha elucubrado toda una larga secuencia de escenas probables con sus posibles desenlaces.

—Bah, no tiene importancia, es una tontería infantil.

—Cuéntamela.

—Agustín —digo al fin—. Agustín el loco.

—¿Qué pasa con él?

—Desde la adolescencia cuenta historietas acerca de «personas malvadas» que merodean por nuestra tierra; en concreto..., una mujer diabólica.

—¿Y cómo se llama esa supuesta señora?

Jugueteo con el corcho de la botella que el inspector me regaló.

—Ojáncana...

—Y tú piensas que Aitor Alonso es tu ojáncana.

«¿Tan evidente es el desprecio que le guardo?».

—Lis —añade Palacios—, buscas, y te comprendo, pero acusar a ese tal Aitor de todas las desgracias que suceden o han sucedido en Comillas no te va a hacer sentir mejor. Y, además, es improbable.

—Frenar la venta de drogas es un acto de justicia poética, ¡joder! —replico—. Aquí es bien sabido, con nombres y apellidos, quiénes son los culpables directos de la adicción de miles de jóvenes y del fallecimiento de muchos. Pero, claro, para la policía es mucho mejor mirar para otro lado, en especial cuando pillas tajada.

El inspector resopla. Sea lo que sea que está pensando, no lo dice para no hacerme daño.

Mi dolor de cabeza aumenta.

—Fran, te preguntas si hago esto por satisfacer mi ego, ¿verdad?

—Yo no he dicho eso, Lis.

—Pero es lo que te preguntas.

El inspector dulcifica el tono:

—Yo no he dicho nada.

No sé si lo que me invade en ese momento es rabia o amargura. Me mata esta sensación de ser incapaz de controlar mi vida, de hallarme siempre perdida; la sensación de no llegar, la sensación de que estoy tan rota que soy incapaz de ver la realidad de una manera objetiva. El mundo que contemplo se refleja en un espejo roto, del que yo solo veo partes deformadas. Y en medio de todo eso está él. Ezequiel volando, Ezequiel metiéndose alguna mierda. Ezequiel sonriéndome, haciéndome el amor.

Palacios, con voz grave pero serena, quiebra mi mutismo:

—Justiciarlos no te va a devolver a Ezequiel.

34

Domingo, 31 de enero de 2010

Comillas ha registrado la mayor nevada de los últimos veinticinco años. Las bergenias invernales y las margaritas de los prados han quedado sepultadas por un manto grueso de una belleza indescriptible.

Cumbre, la *border collie* de mi vecino Cipriano, hoy nos acompaña al encuentro con Loreto en los alrededores de El Capricho de Gaudí. Sin más dilación le haré entrega de la cámara de fotos analógica de Agustín. Mi amiga ha prometido revelar el carrete pese a lo arcaica que es la máquina. Procurando no levantar demasiadas sospechas, haremos uso del laboratorio de *Las Crónicas*. Ha sabido ganarse al técnico, no preguntaré cómo. Deposito esperanzas en que esto nos ayude a salir de dudas, a confirmar o desmentir las teorías de Agustín.

«¿A quién habrá captado?», rumio. Los traficantes tienen tan pocos escrúpulos que no me parecería sorprendente el hecho de que vendiesen su mercancía en un camposanto.

Un vago recuerdo me alcanza: «Esa tía acabará por destruirte más que la coca», decía Aitor a Ezequiel. Siento asco. Aitor es un excremento humano que pone trampas a animalitos desvalidos, personas vulnerables adictas a las drogas que les suministra. ¿Por qué siempre ganan los malos?

Anoche el vino jerezano hizo estragos. La afirmación de Palacios sobre Ezequiel dejó patente que no soy más que un ser fragmentado. Qué nos quedará por vivir es una auténtica interrogante a la que me da vértigo dar una respuesta.

El paisaje que nos ofrece la llamada Villa de los Arzobispos es abrumador. Me transporta a *Los cazadores en la nieve* del viejo Brueghel. Un cielo gríseo traza las siluetas de los árboles, cuales finas líneas negras esbozadas a pluma.

Aquí las perritas cazadoras no persiguen conejos, sino unos segundos de felicidad. Cumbre y Brisa juegan en el césped nevado que precede al palacio de Sobrellano.

Inspiro. Preservo esta imagen en la memoria, quiero guardarme esta postal en las retinas. Ojalá, me digo, pudiésemos detener el tiempo para quedarnos a habitar para siempre aquellos momentos en que nos sentimos dichosos.

El contoneo de Loreto se adivina desde la calle La Fragua.

—¿La has traído? —pregunta medio asfixiada, enfangada por la nevasca.

Saco la cámara del bolso y se la entrego.

—¿Cuándo crees que lo tendrás?

—Días o semanas. Es una cámara bastante vieja. Voy a hacer todo lo que pueda para que tu novio y tú podáis ver qué contiene.

—Fran no es mi pareja.

—Por lo menos ha pasado de ser el inspector Palacios a Fran —añade burlona.

—Es un buen amigo. —Señalo la cámara y añado—: En cuanto estén impresas...

—Te aviso. Sabes que solo tengo una condición: si dais con algo jugoso, la exclusiva es mía.

—Qué remedio.

Reímos.

Brisa y Cumbre no cesan en su diversión. Luz.

35

En la penúltima de las bancadas de la iglesia de San Cristóbal, Benjamín Flores adivina a una hermosa joven que se cubre el pelo con una capucha. En este frío domingo de enero, el recién ordenado cura suple al sacerdote habitual, don Fausto, quien se ausenta por indisposición médica. La muchacha en la bancada ha estudiado bien esta eventualidad. Al novicio se le adjudicará plaza definitiva en los meses venideros. La joven suplica que no le alejen, no demasiado.

Al finalizar el oficio, la chica de la capucha permanece en su asiento.

Benjamín se sienta en el banco; sensato, deja un espacio cauteloso entre la muchacha y él.

—Desconocía su devoción por la fe cristiana, señorita Bernat.

Inés Bernat, al fin, le habla:

—La perdí hace tiempo, padre, pero a lo mejor puedo recuperarla.

—Llámeme Benjamín, por favor. —Se mimetizan; el novicio continúa—: Así que baila usted flamenco.

La muchacha de cabellos dorados sonríe, cálida.

—Adara es... una buena amiga.

Su amiga, la gitana, mentía. Inés no baila, jamás ha bailado. Y recapacita acerca de lo monótona de su existencia. La vida de la tímida Inés es algo así como un recetario de lentejas, constituida paso a paso desde su niñez.

—Me alegra verla...

—Caminar —interrumpe ella.

—Iba a decir contenta, señorita Bernat.

El novicio y la chica se sostienen la mirada. Inés le ruega:

—Hábleme ahora sobre usted.

El hijo de sor Catalina queda encandilado por la pasión que desprende la chica. Desacostumbra a hablar de sí mismo, por lo que da estructura a sus pensamientos antes de sincerarse con la jovencita.

—Está bien —suspira el muchacho—. Nací en Argentina, en el setenta y nueve. Mi padre era pastor anglicano, pero el hombre no era demasiado congruente con los valores que promulgaba: nos maltrató durante años.

Benjamín precisa detenerse un momento para tragar saliva y apunta:

—Mamá y yo huimos de la mala vida que nos daba. Y si hablamos de fe, pues... Ella siempre mantuvo su fe.

El joven cura fue fruto de una unión carnal, que no espiritual. Explica a Inés que, ya en España, sor Catalina se convirtió al catolicismo e ingresó en el convento de Ruyemas de las carmentalias. Años después, la monja solicitó traslado a la residencia Santa Teresa. Gracias a don Fausto, Benjamín encontró acogimiento en un colegio interno del Apostolado próximo a Ceceñas; allí pudo continuar su formación.

—En este país recibimos lo que nunca habíamos tenido: dignidad.

Inés se acerca al novicio rompiendo aquella barrera de la prudencia. Ni siquiera ella misma se reconocería frente a un espejo. La bondad desde la que habla Benjamín hace que la muchacha recupere cierta confianza en sí misma y en la propia vida.

—Ha recorrido un camino con muchos baches, padre.

El joven cura no ha rechazado el afecto que Inés le proporciona.

—Venga conmigo, le enseño la parroquia.

36

Martes, 9 de febrero de 2010

Desde comienzos de enero me percibo más dispersa, desorientada. A veces, incluso, me pueden los mareos. ¿Hipoglucemia? O serán los efectos secundarios de esta ingesta irregular de medicación o, qué sé yo, los diez cafés que bebo al día.

Son las 9.54. Brisa pasea junto a don Fausto. El instinto maternal que la perrita despierta en mí recuerda bien el día en que se perdió: una espontánea alarma antiincendios se activa en mí cuando el padre solicita pasar tiempo con ella.

Respiro hondo. Desde aquel desencuentro que mantuvimos, la relación entre el capellán y yo se ha deteriorado. Quizá sea yo el origen de todos los males, el foco de la inestabilidad en mis relaciones personales; rehúso aceptarlo. Es él quien me evita; quien agacha la mirada cuando nos cruzamos en Santa Teresa, rehúye volver a tocar el tema. No le culpo.

Camino en dirección a la biblioteca. Es de suma importancia que la hermana Clotilde comparta conmigo sus apreciaciones tras haber asistido a una reunión con las chicas de salud mental.

Durante mi estancia como residente, hace más de diez años, la hermana de carrillos rosados acostumbraba a desoír las indicaciones de la madre superiora y de sor Petra. Me ofrecía caprichos que no concedía a otras muchachas de entonces: me cocinaba platos para suplir las fritangas que preparaban en las cocinas, incluso me alquilaba películas, como si quisiera distraer aquella propensión mía al desastre. En definitiva, me ayudó a sobrevivir.

Entre libros y ya ante ella, me confieso:

—A veces soy feliz, hermana; pero solo a veces. Mis vacíos crujen como las maderas de las casas vacías. —Suspiro.

—¿En qué piensas, querida?

—En esta... ironía.

—¿Ironía?

—Justo cuando un pelín de mi vida se ordena, las vidas de mis chicas parecen desmoronarse.

Sor Clotilde esboza una tímida sonrisa.

—Es normal lamentarse, Lis, frustrarse. Sentir que no damos solución a esa sarta de martirios que tienen que sobrellevar las pobres en su enfermedad. El Señor lo sabe, todo lo que hacemos es en su nombre, en nombre del bien. Pero sus vidas, querida, no son la tuya.

Le cuento acerca de Palacios, del viaje a Alarcón, incluso de la cámara analógica que Agustín me facilitó. Una vez más, junto a sor Clotilde, comparto confidencias.

Explico, también, que he redactado un informe para Adara Heredia: en él solicito que no sea expuesta a su violador durante el juicio.

—Me da rabia no poder estar más presente —añado con pesar—. Don Fausto y el doctor Zambrano son los responsables. Ni siquiera me han permitido comunicarme con los familiares de Adara.

—Las cosas de Zambrano —replica sor Clotilde, como quien le quita importancia.

—Ya, las cosas de Zambrano y también de don Fausto, hermana; eso me molesta más todavía. A veces tengo la impresión de que el capellán desconfía de mí.

Sor Clotilde dulcifica el tono de voz.

—¿Qué te lleva a pensar así?

—Si no fuese por la enfermera...

Entonces recuerdo las palabras de la enfermera: la residencia estaba vacía en aquel instante en que Ana María Herraiz se precipitó desde su dormitorio. La mayoría de los eclesiásticos y las residentes andaban fuera de Santa Teresa.

—¿Qué cosa, querida?

He reculado.

—No tiene importancia, no se preocupe. Es solo que a veces me siento como si fuera una pieza que alguien está moviendo.

—¿Una pieza?

—La pieza de un ajedrez, sí —añado—. Como si al entrar en Santa Teresa me hubiera convertido en una ficha que alguien mueve dentro de un juego. Por cierto, hablando de juguetes.

—¿Sí? —dice la hermana.

—Quería preguntarle por Susana.

—Ay, Susanita. Es una chiquilla traviesa, de mente inquieta.

—Está obsesionada con acaparar la mayor cantidad posible de peluches y juguetes. —Sonrío—. Creo que quiere hacer un ejército para las tardes del té. ¿Usted sabe de dónde los saca?

La monja se ajusta la falda de su hábito.

—A saber —dice suspirando—. Lo cierto es que la ayudan. La ayudan mucho. Se comporta con ellos como una verdadera madre, una hermana, es como si fueran su familia. —Luego añade enseguida—: ¿Y tú?

—¿Yo? —No la comprendo, o quizá sí, pero no quiero hacerlo.

—¿No querrías tú formar una familia?

Sonrío con cierta amargura.

—Esa palabra me queda grande, hermana.

—Qué tontería —replica sor Clotilde—. Tú misma me has contado cómo te mira ese inspector, cómo te trata. ¿No te haría feliz marcharte de aquí y formar una familia con tu perrita y con él?

—Usted ya sabe que no puedo ser madre, al menos no biológica.

—Lo recuerdo bien, querida. Recuerdo cada una de las palabras que me confiaste.

El irritante apremio en el que convivimos mantiene a las personas ajenas al transcurso del tiempo. Pero alguien como yo, que ha transitado la muerte en vida, se percata de cada aliento que exhala. Alguien como yo anota los días, las horas, los minutos, para atesorarlos a riesgo de que estos supongan unas memorias desagradables. Mejor sufrir que experimentar una constante sensación de tedio, mejor sufrir que experimentar la nada.

No mentía en aquella sesión grupal cuando respondí a Nati: mi mayor temor es el de malgastar las horas. Ese, y el ser insustancial, irrelevante para el mundo y para aquellos que me importan. El pasar por la existencia sin pena ni gloria.

—Bienvenidas —digo a las muchachas de la 4.

Nati encuentra los folios que he repartido por cada silla.

—¿Tenemos que leer esto?

—Eso es para que lo leáis con calma —respondo—. Pero lo que quiero hoy es que miréis a Brisa y me digáis qué veis.

Adara levanta la mano.

—Veo a una loba. Una loba negra.

—Y si no la conocierais, ¿os daría miedo?

Algunas chicas asienten.

—Alguna vez os habéis parado a pensar en por qué os da miedo lo que sois. Mirad a Brisa. Ella tiene ese aspecto, un tanto feroz, pero es la propia naturaleza la que ha decidido que ella sea así.

El conjunto me observa. Alzo mis folios, idénticos a los que les he facilitado.

—En *Mujeres que corren con los lobos*, la doctora Clarissa Pinkola Estés nos acerca a la naturaleza salvaje de las mujeres. A aquella que nos han silenciado a lo largo de la historia por el terror que ha supuesto para muchos lo que somos.

—Como al pueblo gitano —añade Adara.

—Eso es. La loba que encontraréis en estas líneas no es solo un sentir, sino un saber femenino. Un poder que transita dentro de nosotras. Es una anciana sabia, una madre creadora.

Tomo aire durante unos segundos y compruebo que las muchachas me siguen.

—Usad la poesía para acceder a la loba; usad la danza. Porque solo desde la loba se accede a los escondrijos del alma.

—¿Y por qué necesitamos acceder a ella? —pregunta mi chica pelirroja.

—Para qué, más bien, Nati. Para ser libres, insubordinadas contra el sistema, fieles a vosotras mismas y a vuestra manada.

Detengo en ellas una última mirada, rebosante de esperanza, antes de hacer la pregunta.

—Queréis salir de Santa Teresa, ¿verdad? Un día. Querréis salir de aquí.

Responden al unísono:

—Sí.

—Pues desechad lo que os han contado sobre vosotras, lo que os han dicho que tenéis que ser. Cuestionaos, reinventaos. Y recordad: solo con temer la mediocridad ya se está a salvo de caer en sus garras.

37

Jueves, 11 de febrero de 2010

Sor Brígida abre la puerta de mi consulta sin pedir permiso. Guarda los buenos modales de los que tanto presume.

—Han venido a verla, De la Serna.

—No tengo citas programadas para esta mañana, madre.

—Ahora sí —apunta incisiva.

Es la primera vez que la madre superiora me exige atender a alguien ajeno a la residencia sin haber sido citado. Ella misma requiere conocer mi agenda para cerciorarse de quién entra y quién sale del Servicio de Psicología.

Entra en el despacho, retraída, una señora de unos sesenta años y con el rostro descompuesto. Da la impresión de no querer ser vista. Sor Brígida nos deja solas y cierra al salir. La señora que queda conmigo toma asiento y se presenta:

—Soy la madre de Natalia Catela.

Desde hace más de dos semanas intento concertar un encuentro con ella y su marido, pero él lo ha rechazado por supuesta indisponibilidad horaria. Aprovecho para vaciar la cafetera.

—Me alegra conocerla. ¿Quiere beber algo?

La mujer elude mi proposición, va directa al grano.

—Mi marido no sabe que estoy aquí.

Parece aterrada, acaso esta sea la primera vez que desobedece órdenes estrictas de su marido.

—Cuenta usted con toda mi discreción —la tranquilizo.

La madre de la pelirroja se agarra al asa de su bolso.

—Sor Brígida nos puso al corriente de las crisis de nuestra hija.

—Nati necesita procesar este... engaño. —Doy un sorbo a la taza y prosigo—: Al fallecer su principal anclaje familiar, su abuela Remedios, ese monstruo del miedo al abandono ha cobrado más sentido que nunca. ¿Sabe que fue su abuela quien le contó...?

—Sí —responde ella enseguida—. Mi suegra siempre tuvo debilidad por la niña.

—A mi parecer actuó de manera justa con su nieta. Nati es mayor de edad; merece..., merecía conocer la verdad. Y si no me han informado mal, desde el cambio en la Ley de Adopción, es de obligatorio cumplimiento dar a conocer sus orígenes a los mayores de doce años.

La remilgada mujer traga saliva. Ya debe de haberse arrepentido de la visita.

Reconduzco la charla, revestida de tiranteces.

—¿Me ha traído algún informe? ¿Evaluaciones médicas, psicológicas? ¿Saben si Nati presenta antecedentes familiares de patología mental?

—No.

—Y supongo que su marido no puede facilitarme esos datos.

—Me temo que no va a ser posible —responde.

Cruzo los brazos.

—Comprendo. ¿Dónde adoptaron ustedes a su hija?

—En Madrid —masculla.

—Su marido es profesor en el seminario diocesano Monte Corbán, ¿verdad? Entiendo que eso ayudó a que les dieran a Nati; adoptar a una bebé en el territorio nacional no es nada sencillo.

Pese a la rasca que corre, la mujer saca un pañolito para secarse el sudor de la frente.

—Si pudiera volver atrás, yo... Nunca conocimos a su madre biológica. Nos dijeron que falleció en el parto. Nosotros la registramos como si fuera nuestra hija, como si yo la hubiera parido.

Hasta el año 99 no se obligó a dejar constancia de las madres biológicas de los niños que serían adoptados.

La mujer tiene la mirada fija en ninguna parte.

—Era una bebé preciosa, una bendición. Solo tenía unos días de vida cuando nos la entregaron.

—¿Dónde se la entregaron?

—Yo no puedo... Mi marido...

Ella se muerde el labio.

—¿Qué va a pasar ahora?

—¿Usted quiere a su hija?

—Por supuesto que sí.

—Entonces sea concreta. Dónde se la entregaron, dígame, por favor.

—En el hospital Santa Agripina, hará diecinueve años en unos meses.

La mujer, destrozada, expresa una pregunta que suena a remordimiento:

—¿Cree que Nati podrá perdonarnos?

—Demuéstrenle que la quieren —respondo—, que la aceptan tal y como es.

—Mi marido no va a poder —replica—. Le cuesta... comprenderla.

Intuyo que a ese hombre lo que de verdad le genera un conflicto es respetar la orientación sexual de aquella niña a la que una vez adoptaron.

La madre de Nati se marchó hace más de media hora. La visita me ha dejado una fuerte jaqueca.

Mi Blackberry vibra. He recibido un mensaje de Loreto:

Abre tu email. Tienes que ver esto.

La impresión de las fotografías se ha demorado más de lo que esperaba. La Nikon Still Life de los años sesenta resulta tan anticuada que hasta para el técnico del laboratorio de *Las Crónicas* ha supuesto un verdadero reto revelar las imágenes.

Enciendo el ordenador y, mientras el correo electrónico se carga, llamo a mi amiga.

—Por favor, dime que Agustín no intenta cazar fantasmas en el cementerio.

—Lis, no sé cómo decirte esto. El loco de Agustín no solo fotografió la fachada del antiguo cementerio, también los alrededores de la residencia y a...

—¿A qué, Lo?

—A quién... —corrige ella—. Se puede distinguir a unas personas en varias de las imágenes.

—¿Qué personas?

—Están en el bosque, Lis.

—¿Qué personas, Lo?

—El capellán don Fausto y, bueno, tienes que verlo tú.

Paso rápido las imágenes, quiero verlas con mis propios ojos. La cabeza me da un vuelco: observo al capellán junto a Aitor Alonso. El hecho de que don Fausto, mi apreciado don Fausto, pueda estar implicado en algún asunto turbio me paraliza. «Quién es el hombre al que creí conocer —me pregunto—. ¿Cuántas cosas me oculta?». Ruego por que aquello que el cura oculte no tenga nada que ver con la muerte de Ana María Herraiz. ¿En qué lío se ha metido?

Siento un hormigueo en las piernas que me levanta del sillón, la cefalea ha aumentado. Loreto parlotea al teléfono, pero he dejado de escucharla. Regresa a mí aquel vértigo similar al que sufrí en la tarde de San Andrés. Me envuelve. Al observar mis manos, compruebo cómo me he arrancado los padrastros hasta hacerme sangre en los dedos. Ni siquiera me he percatado. Noto un sudor frío. ¿Me he tomado la medicación? Bebo demasiado café.

Salgo del despacho. Me dispongo a caminar hacia la enfermería, pero mis piernas parecen no responder a mis peticiones. Espero encontrar a Idoia Zapico, me niego a ser atendida por el doctor Zambrano.

Al subir a la segunda planta, me doy de frente con aquel dichoso espejo que amplía las caderas. Descubro los regueros de sangre que me caen por las piernas. Estoy sufriendo una hemorragia. ¿Cuándo fue la última vez? Pensaba que mi endometriosis estaba controlada.

Percibo unas risitas al fondo del pasillo, provienen de los aseos. Asomo al pasillo, y ¡ah!, «No es real, no es real», me digo. El hábito de una monja se ha introducido en la sala de los váteres.

—Otra vez, no, por favor —musito.

Las risas aumentan.

Mis ovarios parecen atravesados por una daga y escucho la voz alarmada de la enfermera jefa. El soez masticar de su chicle retumba en mi sien.

—Te desangras, De la Serna, como un cochinillo en el matadero.

—Za-Zapico —balbuceo.

La enfermera se dirige a mí, pero la oigo a kilómetros de distancia.

—¡Zagala!

Palpitaciones aceleradas. Ese dichoso olor a incienso me provoca arcadas. Un calambre en las piernas me tambalea. Ruido. Ese coro de voces macabras que nunca me abandona toma fuerza. ¿Quién me habla? Noto cómo el rumor de conversaciones, lejanas, se acerca. ¿Son mis abuelas? «¡Quién está ahí!».

38

Febrero de ¿2010?

Un relámpago me ha atravesado los sesos para despertarme de mi letargo. Trato de incorporarme, pero mi cuerpo continúa ralentizado. Ardo; mis muslos se han pegado por la manta de borrego que tengo echada encima.

Esta no es mi casa.

¿Brisa? ¿Dónde está Brisa?

Abro los ojos, cubiertos de legañas. Me perturba un leve resplandor que se cuela a través de las persianas. Distingo un mobiliario de madera oscura, un espejo y un lavabo de manos empotrados en la pared. ¿Qué hago aquí? ¿Por qué despierto en una de las celdas de Santa Teresa?

Bajo la mirada: me han vestido con un espantoso camisón color crema. Espero que el psiquiatra no me haya tocado.

Siento náuseas.

Mis huesos pesan cientos de toneladas, pero la aversión que mantengo por este hospicio es tan inmensa que, hasta indispuesta, resurjo de mis cenizas para huir de él.

Rememoro aquella dramática tarde, allá por 1998, en la que sor Clotilde me encontró vomitada en la ducha. La monja me cuidó durante días sin anunciar a mis padres aquel evidente y chapucero propósito de suicidio.

Hasta para morir hay que tener suerte, y yo no la tuve. Es el legado de mis abuelas, que fallecieron víctimas de su propia melancolía.

Doy pequeños y ridículos pasitos, parece que he olvidado caminar.

Salgo de la habitación, el pasillo está desierto. Huele a incienso. Esos crucifijos sobre el marco de las puertas me dan repelús. Busco los números para situarme. 308, 306, estoy en la planta del personal de la residencia. Calma.

Si mi madre me viese pensaría que soy un desecho, o, peor, un desecho despeinado. «¿Cómo he llegado a esta situación?». Hacía años que no sufría desmayos ni... ausencias. Y, sin embargo, en los últimos meses puedo contabilizar un par, al menos.

Sor Catalina se acerca a paso rápido.

—Ay, mina, qué situación desprolija, estábamos preocupadas.

—Hermana...

Me cuesta intercalar la respiración y el habla sin perder el aliento.

La monja me sostiene por el brazo para devolverme al dormitorio.

—Zapico dice que sufriste una hemorragia terrible y te dio un síncope. El doctor te ha inyectado fármacos y alimentado con una sonda.

Intento atender a lo que me dice, pero me resulta difícil. Ella me guía hacia la habitación.

—Don Fausto contactó a la última persona que aparecía en tu registro de llamadas del celular —apunta—: una mina. Loreto.

—Gra-gracias. —Arrastro las sílabas.

—La mina acordó que tu amigo, el médico, vendría a buscarte en cuanto despertaras. Voy a dar aviso enseguida.

—¿Mi-mi psiquiatra? —pregunto, despistada.
—No, no, un joven practicante de Los Mártires.
«Vaya, el doctor Alejo Guevara viene a rescatarme, lo que me faltaba», me digo.
—Sor Brígida... —mascullo.
—*Calmate*.

39

El inspector Francisco Palacios, apoyado en el ventanal de la comisaría, revisa los mensajes, a su correo electrónico, a su bandeja de entrada con la esperanza de recibir noticias de Lis de la Serna. Hace días que la psicóloga no da señales. Podría buscar el número de los amigos o familiares de Lis; incluso llamar a la residencia, pero por la cabeza de Palacios ha cruzado la idea de que la psicóloga haya decidido cortar lazos. Conoce la arbitrariedad de sus emociones y la intensidad con la que las experimenta. El policía piensa que la residencia la ha absorbido demasiado, que su discurso está alterado. Se ha cuidado de decírselo a ella, por supuesto, pero Palacios está en total desacuerdo con esa cruzada de Lis por la búsqueda de misteriosas criaturas míticas.

Un policía se le acerca.

—Inspector, le llaman; es urgente.

El inspector entra en su despacho y cierra la puerta. Le llaman desde Madrid.

—Inspector Palacios, dígame.

—Le habla Alejandro Rodríguez, comisario general.

—A sus órdenes, comisario.

—Tengo en mis manos un informe, Palacios.

—¿Sí?

—Según me dicen, ha estado usted haciendo ciertas investigaciones.

Palacios toma asiento, no comprende nada.

—Investigo sobre muchos comportamientos delictivos.

—No me estoy refiriendo a delincuentes, inspector.

—Ah —responde Palacios. Acaba de hacerse la luz dentro de su intrigada cabeza. Ya intuye a qué se refiere el superior, que todavía dice más:

—Palacios, usted está desautorizado para recabar esos datos. ¿Comprende lo que le digo?

—Perfectamente, comisario.

—Su fama le precede, nos consta que es un buen policía.

—Sí.

—No lo estropee —dice la voz al otro lado del teléfono.

—No, comisario.

Recibir la llamada de uno de los cinco comisarios generales del país no es cuestión baladí. Palacios ha metido su nariz aguilucha en un terreno pantanoso. Ahí está ya muy seguro de que esas arenas movedizas llevan los nombres de Ana María Herraiz y de Marina Doña.

40

Febrero de ¿2010?

«Soy defectuosa». Pese a que comencé mi andadura como psicóloga en Santa Teresa un mes y medio después del inicio reglamentario y con las fuerzas suficientes para asumir el puesto, me hallo desbarajustada, en unas pésimas condiciones físicas y mentales, obligada a aceptar favores de mis amigos de la adolescencia y de los eclesiásticos que dan su palabra por mí.

Sor Catalina me ha devuelto, limpia y planchada, la ropa que yo vestía el día del incidente. La eficacia de la lavandería ha superado con creces a la del área de salud mental. Río estúpida, entre la exaltación y el desamparo. Estoy tan débil como en aquellos momentos en que me negaba a alimentar mi cuerpo, aquellos en los que comía chicle hasta que mi mandíbula se desencajaba.

La hermana Clotilde es ahora quien se adentra en la habitación, trae con ella una bandeja repleta de pastas caseras y una manzanilla caliente.

—Querida, ¿se puede?

—Gracias, hermana. No hacía falta.

—Sí que hace —apunta la monja de carrillos rosados—. Come.

Se sienta a mi lado; vigila que me alimente por fin.

—Tu amigo ya te espera en el vestíbulo. Lo está atendiendo sor Brígida.

—Entonces no le puedo hacer esperar, al pobre.

Sonreímos las dos a mi maldad.

—Ahora vas, come primero —dice sor Clotilde.

Un fuego me quema el estómago al ingerir una de las pastas caseras.

Alejo me abraza, intenta pegar mis partes rotas. No recuerdo que me hubiese abrazado desde que nos conocemos salvo en la mañana siguiente al suicidio de Ezequiel.

Jamás reparé en que otros se viesen afectados por la pérdida de mi rubio, pero en este abrazo he vislumbrado las secuelas que la muerte de Ezequiel dejó en Alejo: mi amigo no está preparado para asumir otra pérdida. Tal vez por eso decidió optar por la especialidad de médico de familia, uno atestado de guardias. Así se aseguraba estar en primera línea de las trincheras, así se asegura salvar vidas.

Subimos al coche. Dejamos atrás Santa Teresa.

—¿Y Brisa? —pregunto a mi amigo.

—Con tu vecino, el viejo Cipriano.

—Qué día es hoy.

—Domingo, 14 de febrero. Has estado unos días ausente.

Miro de soslayo por el retrovisor, nadie nos ve marchar.

—¿Tienes mi móvil?

—Sí, la madre superiora me ha dado tu maletín.

Resoplo, desdeñosa.

—El lunes me va a caer una buena: saqué algunos historiales de la residencia y la vieja los habrá visto al coger mi maletín.

Veo pasar los árboles, huidizos.

—Aquí está pasando algo, Alejo. Algo oscuro, no sé explicarlo.

—Empiezas a hablar igual que Agustín.

—¿Debería ofenderme?

—Más bien ocuparte de ello —replica mi amigo—. Descansar, por lo menos.

Hago oídos sordos a su apreciación.

—¿Has hablado con mis padres?

—Querían venir a por ti —responde—, pero les dije que te podría resultar insultante.

—Te lo agradezco.

—Están orgullosos de que lo estés... intentando.

Mi amigo me observa por el rabillo del ojo. No sabe cómo decir lo siguiente:

—Lis, las monjas han encontrado los medicamentos.

—Qué medicamentos.

—Los restos de medicamentos espolvoreados por los cajones de tu despacho.

—Eso es imposible —replico yo.

—Mira hacia delante, que te puedes marear.

—Alejo, ¿crees que soy tan estúpida como para dejar psicofármacos al alcance de las internas?

—No se trata de que seas estúpida, es que ni comes ni duermes bien, salta a la vista.

—Ya te he dicho que en esta residencia pasa algo, pero no quieres creerme.

—Sí que te creo, Lis. Claro que pasan *cosas*. Es una residencia con áreas de discapacidad, de inserción social y de salud mental.

—Hablando de salud mental... Qué me dices de Adara.

—¿Quién?

—Adara Heredia. Sufrió una agresión sexual en diciembre y fue ingresada en tu hospital. Sé que esa noche te tocó hacer guardia: pregunté en recepción. ¿Cómo la viste? ¿Y el psiquiatra?

—Sí, sí, ya sé quién dices.

—El capellán comentó que le habían realizado una primera exploración psiquiátrica, a pesar de que ella, por voluntad propia, renunció a recibir apoyo psicológico.

—Te han informado mal. A ningún especialista se nos permitió hablar con la chica más que lo básico, por eso olvidé su nombre.

—¿Cómo es posible?

—Los padres de tu paciente renunciaron a que la chica recibiese apoyo psicológico.

La respuesta de Alejo me sacude. ¿Más mentiras de don Fausto?

—¿Qué? —replico enseguida.

—Los padres de tu paciente...

—Sí, sí, te he escuchado, pero Adara no tiene padres.

—Pues sus familiares, no sé, Lis. No conozco los términos, pero mantuvieron una extensa conversación con la directora de Los Mártires. Se rumorea que acordaron máxima privacidad.

—Ese no es el protocolo que se debe seguir tras una violación.

—No, pero seguro que tiene que ver con el procedimiento judicial —responde.

Miro por el retrovisor: los árboles parecen volar.

—¿Y qué piensas sobre la psicóloga a la que yo sustituyo? Cómo murió Ana María tampoco es normal.

Alejo ríe y niega con la cabeza.

—¿Qué insinúas, Lis?

—Hay algo, Alejo, algo en Santa Teresa que no está bien.

—Eres incansable —expresa con socarronería—. ¿Quieres hacer el favor de tomarte unas vacaciones de ti misma?

41

Lunes, 1 de marzo de 2010

Los nacidos en marzo pertenecemos a la primavera; a sus lluvias tormentosas, al nacimiento de la flor y a los riachuelos de agua en deshielo.

En los bosques de Cantabria rebrota la viveza del lobo, que revela añoranzas en su aullido nocturno, el cantar a la luna llena. Las tardes se prolongan, dejan una estela rosácea en los cielos y acaban proclamándose victoriosas en el horizonte.

El jarrón mostaza que preside la mesa de salón de la casona ha quedado hueco; falta ya el ramillete que Francisco Palacios me hizo llegar a la casona por el Día de los Enamorados. No estoy segura de si aquel ramo de flores se debía a mi casi defunción o a mi recuperación tras el desmayo sufrido en Santa Teresa.

Le echo de menos. Mierda.

Su previsión de venir al norte a finales de febrero quedó anulada por responsabilidades laborales a las que debe atender. ¿Me está abandonando?

En cuanto reuní el coraje suficiente para eludir la vergüenza, lo llamé para explicarle el porqué de mi desaparición temporal y para enviarle un mail con las fotografías que capturó Agustín.

—Unas imágenes no son suficientes para presentar un caso en firme ante un juez —dijo Palacios al revisar su bandeja de correo.

—¿Por qué no lo son?

—Dos hombres en un bosque, Lis: ¿qué prueba eso?

—Una conexión entre el capellán de la residencia femenina y el mayor narco de la zona.

—«Estábamos dando un paseo y nos encontramos por casualidad, señor juez».

Aquel papel de abogado del diablo me indignó.

—¿Y si tienen algo que ver con la muerte de Ana María Herraiz?

—Una intuición no es suficiente para convencer a un juez. Y, además, el diagnóstico de Agustín lo desacredita, tú lo sabes.

—Sí —replico yo para añadir con segundas—: la etiqueta de enajenación mental es la favorita de la ley. Discapacitado ante la vida, incapacitado por la legislación.

—Por favor, no te fustigues.

—No es eso.

—Deberías…

Agotada de que otros me digan qué hacer por mi supuesto bienestar, colgué la llamada sin despedirme ni pronunciar palabra. Tengo la impresión de todos saben lo que necesito excepto yo.

Durante la pubertad desobedecía cualquier norma impuesta por mis padres, apelaba a la insania como salvaguarda, sin sopesar las consecuencias. Sabía de lo adictiva que llega a ser la autodestrucción, y ni frenaba ni quería hacerlo. Esperaba que alguien me salvase mientras ahuyentaba a cualquiera que valorase su salud mental. Me ahogaba en mi propia miseria mientras movía los restos de mi escuchimizado cuerpo en la pista del Trance con una sonrisa absurda de oreja a oreja. La euforia de la máscara, supongo, de la enferma. A veces me pregunto, bueno, todo el tiempo, si finalmente conseguí romper el bucle voraz de aquellos días, si he conseguido ser funcional.

El jardín de Santa Teresa supone el último reducto de paz en esta jaula de barrotes dorados que es la residencia. Aprovecho unos tímidos rayos de sol para revisar con detalle los historiales de las pacientes de salud mental que años atrás residieron en este hospedaje. Busco referencias al hospital Santa Agripina, el lugar del que procede Nati Catela, el centro donde la adoptaron.

Nada. Inexistente.

La búsqueda en internet que realizamos juntas daba como resultado un hospital madrileño de excelente reputación. Desde el inicio de los noventa está regulada la cantidad de clérigos en la dirección de hospitales públicos y privados; lo cierto es que, en este caso, su gestión corre a cargo de eclesiásticos. No esperaba otra cosa.

Hace días redactamos un correo electrónico a dicho hospital para solicitar los antecedentes clínicos de Nati. Habíamos pretextado conocer la huella biológica de la joven, pero esto no les ha debido de parecer relevante. Sabíamos, sin embargo, cuál sería la respuesta: esta mañana, el doctor Eleuterio Vallejo, el mismísimo director del centro, ha declinado nuestra solicitud de información.

—Cómo le digo yo esto a la pelirroja —susurro.

El hospital Santa Agripina se ampara en que la gestante de la muchacha rechazó cualquier contacto con ella, como en la carta bien indica: «Algo crece dentro de mis entrañas. Algo a lo que no puedo querer».

Brisa ladra, en algún sitio, feroz. Su quejido rompe la atención que sostengo sobre los historiales clínicos. «¿Qué pasa ahora?». Reacciono como un resorte y dejo los ficheros en la mesa metálica del jardín. Me guío por el sonido de su aviso, deprisa. «¿Dónde está?», me digo.

—¡Brisa!

Cruzo el comedor y la biblioteca. Las internas de la 1 atienden extrañadas, diría que hasta asustadas. No puedo culparlas: pocos alcanzan a comprender el terror que despierta la pérdida de un ser amado a alguien que ha enfrentado un trauma por abandono; concretamente, por el abandono que experimentan los vivos tras un suicidio. Ruego por que ninguna de mis chicas tenga jamás que experimentarlo.

Los ladridos de mi loba me dirigen al pasillo en que se encuentra mi despacho. Sor Brígida, alertada, ha salido.

—De la Serna, qué está pasando.

Observo que la puerta está abierta.

—No lo sé, madre. Brisa estaba con el padre Fausto, se ha debido de escapar otra vez.

—¿No puede usted callar a ese animal?

Dentro, Brisa ha acorralado al doctor Zambrano en una esquina de la consulta de psicología. Acostumbro a cerrarla con llave, acostumbro a hacerlo, tal y como me pautó la madre superiora desde el primer día. Supongo que esta vez se me ha pasado. ¿Se me ha pasado?

Mi perrita ha sacado sus colmillos y se tensa en posición de ataque.

—¡Agarre usted a esa bestia! —exige Zambrano.

—Brisa, calma. Ya está.

Remuevo su frondoso pelaje negro. Por fin comienza a relajar la musculatura, aunque continúa gruñendo al médico.

Torno la vista hacia el doctor, irritada:

—¿Qué hace usted en mi despacho?

—Voy a denunciarla, ¡ese bicho es un peligro!

—Zambrano, ¿qué hacía en mi despacho?

—Voy a dar parte de esto al arzobispado —añade el doctor y me apunta con el dedo—. Don Fausto no podrá protegerla siempre.

—Haga lo que considere oportuno —replico al doctor—, pero no vuelva a entrar aquí sin mi permiso.

El psiquiatra pega el cuerpo al gotelé para permanecer alejado de la perrita y se desplaza hasta salir del despacho.

Vuelco mi enfado en esa misma puerta y la cierro con llave. Esta será la última vez que el capellán disfrute de Brisa.

42

La oscuridad ha alcanzado el seminario pontificio.

El doctor Humberto Zambrano, tras hacer sus labores en Santa Teresa, recibe en sus dependencias al abogado de su padre. El letrado de la familia se ha visto obligado a personarse en Comillas para cumplir con esta reunión. Este no se anda con rodeos:

—Su padre, Humberto, insiste en que usted tiene las llamadas pinchadas.

El psiquiatra resopla.

Resultan oscuros los motivos por los que en 2007 la archidiócesis madrileña relegó a Zambrano a servir en la residencia cántabra; pero, aunque desde entonces la relación con su padre sea esquiva, los vestigios de los delitos cometidos los persiguen muy de cerca.

—¿Cuándo dejarán de incordiarle? —pregunta Zambrano—. Mi padre tiene noventa y un años y está enfermo.

—Es complicado, Humberto. Investigan a su padre por crímenes de lesa humanidad.

—Hace años que un juez admitió su declaración y archivó el caso.

—Hace años, sí, pero ahora se ha reabierto —replica el abogado.

Zambrano se recoloca el tupé con las yemas de los dedos.

—Las leyes están cambiando, los tiempos están cambiando —prosigue el abogado—. Acusan a su padre de falsificar la documentación de recién nacidos. Y hay más…

—¿Más? ¿Qué más?

—Algunas exresidentes, Humberto, le apuntan a usted. Dicen que abusa de su poder. Le acusan de conductas impropias del psiquiatra de un centro femenino.

Zambrano ríe con un deje jactancioso.

—Esas zorras… Págueles, haga lo que sea necesario, pero haga su trabajo y quítemelas de encima.

—Han presentado denuncias por abuso, por abuso sexual.

El doctor Zambrano reflexiona y concluye:

—Dígale al fiscal que estoy dispuesto a hablar.

—¿Está seguro?

—Muy seguro. Puedo contar todo lo que ha hecho… ella. Dígaselo al fiscal.

El abogado tartamudea:

—Su-su padre, dejó bien claro que, si la delataban, desatarían una guerra terrible.

—Dígaselo.

—Se quedarían sin apoyos, Humberto. Ustedes solos ante la ley.

El psiquiatra da un golpe sobre la mesa de su dormitorio. El abogado lee en los ojos del psiquiatra la determinación de quien está dispuesto a cavar su propia tumba.

Las tres pacientes inseparables de la psicóloga Lis de la Serna se han congregado en la habitación de Adara Heredia.

Natalia fuma un cigarrillo de liar oculta entre el visillo de la cortina para que las monjas no puedan descubrir la humareda. Como es evidente, en este enclave queda prohibido el consumo de cualquier tóxico, pero a la muchacha parece merecerle la pena jugársela por unas caladas.

Adara coloca en el suelo el mantón morado, donde Inés acomoda unas sudaderas para afrontar el remusgo norteño. La muchacha rubia toca con una delicadeza inusual aquella sudadera que vestía en la visita a la parroquia del pueblo.

La zíngara baraja y pregunta:

—¿Me dais permiso?

Natalia, abstraída de lo que acontece, recapitula: ni ella ni ninguna de las chicas de la 4 se ha aventurado a preguntar a Adara por los procesos jurídicos a los que se enfrenta. El capellán don Fausto parece ser el único que la acompaña a las vistas.

La pelirroja apaga el cigarro en el marco de la ventana y contempla a la gitana, concentrada en las velas que ha prendido para la sesión. No se lo ha comunicado, pero se arrepiente de haber gritado a Adara en el comedor.

Inés la reclama:

—Nati, ven, siéntate.

La chica obedece y se dirige a su amiga:

—Bueno, Inés, ¿vas a decirnos a dónde vas por ahí sola?

La apocada rubia evita dar una respuesta a su compañera.

—Te vi bajar las escaleras a las tantas de la noche —insiste Natalia.

—Pre-prefiero que no lo sepas, Nat —responde Inés.

—¿Por qué? ¿Por qué no dices nada? ¿No confías en nosotras?

La gitana intercede: saca una carta que posiciona boca abajo.

—Vamos a ver, pelo de fuego, qué te deparan a ti los guías.

Natalia se manifiesta irritable, se rasca las heridas del brazo. «¿Se están riendo de mí? ¿Ellas también?», se pregunta.

—¡Es que no lo entiendo, joder! —exclama Natalia—. No entiendo de qué va esto, de qué va nadie. Tú, Adara, con quién hablas en el cuarto, ¿eh? Sí, te he escuchado. Y tú, tú, Inés, ¿ahora qué? ¿Ahora sí andas?

Adara le advierte:

—¡Te estás pasando, paya!

De un guantazo, Natalia esparce el mazo que Adara sujetaba. El tarot se desperdiga por la habitación. Sus amigas saben del carácter que la pelirroja maneja, pero les es difícil entender estos actos violentos. De los ojos de la muchacha nacen borbotones de tristeza.

—Los estúpidos de mis padres no son... No son...

Adara e Inés asumen la razón que ha hecho perder la lógica a su compañera. La gitana se arrima a Natalia para abrazarla, quien, a regañadientes, acepta el cariño que le es dado.

—Todas somos hijas de la madre tierra, pelirroja —susurra la zíngara—. Somos una.

43

Sábado, 6 de marzo de 2010

Brisa dormita; se ha coronado como la reina del sofá. Yo me muerdo los padrastros. Pienso en Ana María Herraiz. «El espíritu de esta señora acabará por visitarme mientras duermo», musito. Y también cavilo acerca de las chicas, en especial, las de la 4. Diría que en el presente están aprendiendo a campar por el caos que se ha instalado en la residencia, a adaptarse al desorden, no sin un coste aplicado al trayecto, claro.

Sé que debiese destinar los fines de semana a cualquier ocupación excepto a la de rumiar sobre Santa Teresa, pero la ansiedad es como una lapa: no se me despega.

«Lis de la Serna, te has convertido en aquello que odiabas: una vieja borracha, solitaria y amargada».

Los psicólogos y los psiquiatras hemos sido instruidos para clasificar de anomalía toda conducta alejada de los principios de esta sociedad manicomio. La Santa Inquisición, allá por el siglo xv, redactó su propio libro diagnóstico de enfermedades psíquicas de exclusividad femenina: el *Malleus Maleficarum*. Este componía el mayor tratado de la historia conocida para la persecución, identificación y ejecución de las brujas en el Renacimiento. En la actualidad, bastaría con cambiar el término «bruja» por «paciente» y... *voilà!* El discurso de este tan genuino como descabellado ejemplar sustentaba sus teorías en la supuesta histeria de la mujer.

En fin.

Ni mis chicas ni yo habríamos pasado aquel corte para salvarnos del fuego eterno; y por lo que sé, ciertos religiosos y sanitarios de Santa Teresa, tampoco.

Recuerdo cómo su guante blanco me recorría el muslo interior hasta llegar a la entrepierna. Yo no lo frenaba.

«Mierda, Lis». Me ha dado una arcada.

Cuando fui residente en Santa Teresa visité más veces al doctor Zambrano de las que hubiese querido y, si soy sincera, de las que hubiese debido.

Me cortaba las carnes del estómago y los muslos con un abrecartas en forma de espada que cogí prestado del despacho de la madre superiora. Sor Clotilde me enviaba a la sala de curas para que la enfermera de la época me sanase las heridas, pero era él quien siempre me recibía. Humberto Zambrano llegó a cautivarme con su verborrea satírica y con esos aires de grandeza típicos de aquellas personas que han sido congratuladas con todo sin pedirlo y sin merecerlo. Llegó a decirme que su labor en la residencia tenía sentido porque yo estaba allí. Llegó a decírmelo, y yo me lo creí.

Me ha dado otra arcada.

Hasta que un día cualquiera se cansó de mí. Me esquivaba como el cuerpo evita empaparse del agua ardiendo. Dejé de existir para él: encontró a otra víctima. Diría que su indiferencia me dolió, o quizá yo solo estaba falta de antidepresivos.

44

Jueves, 11 de marzo de 2010

La madre superiora ha tardado diez días en hacerme llamar a su madriguera. Debe de apetecerle lo mismo que a mí mantener la conversación que se nos viene encima.

Sor Brígida está desmejorada; por su rictus, infiero que angustiada.

—¿Se ve capaz de finalizar el curso, Lis? —pregunta.

—Sí, madre, me encuentro bien, fuerte —miento; y sigo—: Me hicieron un TAC craneal: estaba limpio. La hemorragia provocó una pérdida de oxígeno en sangre y eso me llevó al desmayo.

La mujer no parece escucharme, se manosea la cara para mantenerse despierta.

—¿Madre?

—Sí, Lis, la he oído.

Sor Brígida coteja unos folios.

—El doctor Zambrano ha interpuesto diferentes quejas. Contra usted, quiero decir. La considera inapropiada para desempeñar su labor. Estima que una expaciente no debería ser aceptada como profesional del área de salud mental, y mucho menos acompañada de un animal agresivo.

—Lo hablamos en su momento, madre: Brisa es una perra policía con excelente educación, un apoyo emocional importante para las chicas de la 1 y de la 4. Implicar a animales en terapia es aconsejable para...

—¿Importante para las chicas o para usted?

Es inevitable que se me escape una risita.

—Brisa fue aceptada por la archidiócesis.

—Sí, es verdad —concede sor Brígida. Todavía está revisando los documentos.

Y además, para su desgracia, mi loba se ha convertido en la integrante más querida por las pacientes.

Adelanto un paso.

—¿Y el doctor Zambrano no ha contado la razón por la que mi perra lo acorraló, madre?

—No ha quedado reflejado —responde.

—Usted estaba presente, madre. Él había entrado en mi despacho sin permiso y cuando yo estaba fuera. Sospecho que no fue la primera vez.

—Lis... Humberto no solo es un miembro relevante y consagrado de esta residencia, sino también de la familia que componemos.

—Sabrá entonces que en las familias se experimentan las mayores pasiones: el amor más puro y el odio más intenso —concluyo.

Sor Brígida traga saliva. Hace rato que evita cruzar sus ojos con los míos.

—Lis, voy a hablarle con franqueza. Usted puede ser muchas cosas, pero, desde luego, no es estúpida.

—¿Adónde quiere ir a parar, madre?

La superiora alza los ojos hacia mí; está cansada, tiene bolsas.

—Le están poniendo zancadillas a cada paso, ¿no se da cuenta?

Yergo la espalda. Sor Brígida me desconcierta. La he sentido... ¿humana?

—Sé que el doctor Zambrano no hace más que poner impedimentos a mi ejercicio profesional.

—No es el único al que usted le resulta… trabajosa —replica.

—Madre, sé bien que usted…

Ella yergue el cuerpo y me señala con el bolígrafo.

—Redireccione su foco, Lis, su faro no apunta en la dirección correcta.

Me dirijo a la habitación de Agustín sin anuncio previo. Insistiré en que Agustín me atienda de nuevo, es la única persona que parece ver lo mismo que yo veo. Dentro de mi maletín transporto las fotografías de su cámara analógica.

Aporreo la puerta de su dormitorio; sé que estoy acelerada. ¿Es que no hay nadie, joder? A punto de darme por vencida, oigo unos pasos que se acercan.

Agustín parece comprobar quién anda ahí a través de la mirilla imaginaria.

—Lis, qué agradable visita. Pasa.

—Agustín, ¿cómo estás? Tenemos que hablar.

—¿Tienes las fotografías?

Le entrego las imágenes.

—Me diste la cámara para hacerme partícipe de lo que pasa en este *pueblu*.

—Yo…

—Bien, pues ahora dime, Agustín, ¿qué es lo que pasa?

—Te noto nerviosa, Lis —dice el loco y pregunta—: ¿No descansas bien?

—Por favor, Agustín, presta atención. Necesito que revises las fotografías, que te concentres y me digas qué intentabas capturar.

Agustín coge las imágenes y comienza a analizarlas. Yo lo avasallo a preguntas:

—¿Venden drogas en el antiguo cementerio? ¿En la residencia? ¿En qué está involucrado don Fausto? Por favor, me estoy volviendo loca.

El hombre selecciona una de entre todas las imágenes.

—Aquí está, Lis. ¡Te lo dije!

—Aquí está qué.

—No qué. *Ella* —responde—. Aquí está ella.

En la fotografía que ha escogido no se aprecia más que la arboleda y el flash de la cámara.

—¿No la ves? ¡Está ahí! Ella está ahí. —Señala en la imagen con determinación. Una gran sonrisa se vislumbra en su rostro—. ¡La ojáncana, está justo ahí!

No comprendo nada.

—¿Quién demonios es la ojáncana, Agustín?

—La suma de todos los males, Lis —dice en voz baja—. Un monstruo sanguinario que se sirve del engaño para secuestrar y devorar niños.

—Joder, pero ¿quién es?

Asusto al trastornado, que retuerce sus dedos y da unos pasos atrás para alejarse de mí. Jamás me vio exaltarme con él.

—Agustín, lo siento —musito. Soy consciente de cómo suenan mis palabras; sueno a paciente de Santa Teresa, otra vez—. Es cierto, no descanso bien, no puedo dormir. En la residencia pasan cosas que no puedo explicar. Creo que la psicóloga a la que sustituyo no se suicidó ni murió por accidente. Creo... Creo que ella sabía algo y que la mataron. Don Fausto, el doctor Zambrano, sor Brígida. Todos mienten. Me mienten. Necesito respuestas, Agustín.

Él suelta una carcajada, doy un respingo, estremecida. Inicia un protocolo de movimientos estereotipados similares a los que Susana Sainz produce al colapsar. El loco se rasca la calva hasta dejarse la marca de las uñas en la piel.

—Herraiz —dice—. Ella lo sabía y por eso acabaron con ella. La aniquilaron, Lis, le reventaron el cráneo contra el suelo.

Siento vértigo. ¿Qué es lo que acaba de decir?

—Pero tú... Entonces... —pregunto agitada—. ¿La mataron?

—Ella lo sabía todo, Lis. —Él señala a la cabeza con el dedo—. Por eso la volvieron tarumba.

—¿Qué le hicieron a Herraiz, Agustín? ¡¿Quién la volvió loca?!

El hombre, aterrorizado, examina las cuatro paredes de su habitación.

—Sh. Baja la voz. La mujer demonio siempre escucha.

—La mujer demonio, Agus, ¿quién es?

—Si te acercas a ella te hará lo mismo que a esos pequeños, como hace con todos los que la merodean.

Me aturde, me exaspera. Él sabe quién es esa mujer. ¿Me está protegiendo? Pero ¿de quién?

—Agustín, necesito que te concentres, por favor: ¿Quién es la mujer de la que hablas?

Alguien pregunta tras la puerta. Diría que es sor Petra, habrá advertido el jaleo. Se me acaba el tiempo. El desnortado Agustín rompe a berrear.

—¡La ojáncana! ¡La ojáncana está aquí! ¡Te lo dije, te lo dije!

Vuelvo la mirada hacia la puerta. El doctor Zambrano acaba de llegar. Le propina varios golpes hasta abrirla de un empujón.

—¡Agustín! —exclama sor Petra.

El loco grita, se lamenta, se rasca hasta hacerse sangre y se golpea la cabeza contra las paredes. Con los impactos de su pobre cabeza arranca algunos dibujos y fotografías de su infancia que un día colgó. Con cada golpe va manchándolos de rojo, y grita, grita, grita.

—¡A qué esperas, De la Serna! —insta el psiquiatra—. Llama ahora mismo a una ambulancia, ¡rápido!

La visita a Agustín ha finalizado en un espectáculo sobrecogedor. Me he petrificado. Y poco le ha faltado a sor Petra para que le dé un soponcio.

Alejo ha llegado en calidad de médico de guardia. Solo después de zarandearme comprueba que la mente de su amiga no se ha disociado.

—Lis, ¿estás bien? Mírame, Lis. ¿Estás bien? ¿Lis?

¿Estoy bien? Una mujer adulta del siglo XXI no puede permitirse sufrir neurosis, los acontecimientos la obligan a continuar. «Debo seguir adelante», me digo, y ahora más que nunca. Gracias a Agustín acabo de tomar consciencia de que no he estado dando palos de ciego. Agustín Alonso, el hombre a quien nadie jamás ha concedido voz, acaba de encajar las piezas que los supuestos cuerdos no hemos encajado. Temía por la señora Herraiz, por su integridad. Su muerte no fue un suicidio. A la psicóloga de Santa Teresa la asesinaron.

45

Viernes, 19 de marzo de 2010

Francisco Palacios, que suponía mi única ayuda, ha claudicado. Pienso en él, quizá más de lo que debo; y también en aquello que ha despertado en mí: ¿una necesidad?

Tampoco insisto en forzar la comunicación. No quisiera perjudicar con mis ambiciones desmedidas ni su bienestar ni la posición laboral que tanto esfuerzo le ha costado alcanzar. Tal vez la búsqueda de la verdad, la búsqueda de lo que sucedió a la señora Herraiz, no ha sido más que una excusa para mantener cerca al inspector, para retenerlo. Y es que mi concepto del amor romántico se tornó hace años en algo ambiguo. Las cicatrices que Ezequiel dejó en mi persona no pueden ser sanadas con flores y gentileza. Aunque he de reconocer que tal vez, y solo tal vez, ese concepto del amor me genere menos miedo si es Palacios quien se encuentra en la definición.

Apago el ordenador y salgo de mi despacho. Pongo rumbo al jardín interior de la residencia.

Un fulgor me impulsa: levanto la vista hacia las escaleras. Agustín Alonso continúa ingresado en el área de agudos del hospital Los Mártires.

—Hasta para morir hay que tener suerte y ya para vivir ni te cuento —susurro al aire.

Los viernes acostumbro a finalizar mi jornada a la hora del almuerzo. Pero hoy, sin embargo, el capellán me ha convencido para quedarme por la tarde. Comprendí su propuesta de reunión como una oportunidad para hablar sin tapujos, por lo que he accedido.

Nada más cruzar la portalada del jardín, una agrupación inicia un cántico de feliz cumpleaños. Un giro de guion que no estimaba.

Han preparado una fiesta sorpresa por mi treinta y un nacimiento. Las luces y las sombras nunca suceden por separado. Desde aquella crisis que sufrió Agustín, ando descuadrada en el calendario: ignoré la fecha a la que nos aproximábamos. *Las tres edades y la Muerte* de Hans Baldung me han pasado por encima en tan solo unos meses.

Tantas atenciones me abruman y, de hecho, en medio de la borrasca emocional que nos cae encima, me incomoda pasar más tiempo del estipulado por contrato entre estas paredes que apestan a incienso y a refrito.

Mis chicas han colocado a Brisa unos globos, sujetos a su collar por unas cuerdecitas.

—Gracias, está preciosa —les digo a modo de agradecimiento, pero es como si hablara otra. Es como si me escuchara hablar y yo ya no estuviera allí dentro, en mi cuerpo.

Las hermanas han cocinado para mí. Me permito probar un pequeño bocado de aquella inmensidad de dulces. Mis chicas de la 4 sonríen. ¿Cuánto hace que no las veía hacerlo? Las muchachas se perciben relajadas, despreocupadas. Inés me ofrece una sonrisa orgullosa. Nadie en la residencia ha ignorado que, cada vez, requiere en menor medida la silla de ruedas y las muletas: sus crisis aminoran. Las monjas cuentan que su mejoría es obra de un milagro. Mi opinión es que ha comenzado a mostrarse compasiva consigo. Este evento no es una fiesta por mi cumpleaños, es un armisticio.

Del doctor Zambrano no hay rastro. El que los viernes no ejerza sus funciones en la residencia le ha venido de perlas para escabullirse, cosa que agradezco.

La madre superiora pasa la tarde pegada a la monja más anciana de la residencia. Al verlas una junto a la otra, me parece que, a lo largo de estos últimos meses, sor Brígida se ha echado un cuarto de siglo encima.

Las chicas de la 1 me han obsequiado con pulseras realizadas por ellas con cuentecitas de madera; también con numerosos dibujos en los que aparecemos Brisa y yo. Absorbo su alegría, su sed de vida.

Palacios me viene a la mente. Le echo de menos. «¡Qué fastidio!».

El apuesto Benjamín apareció a la hora en que cortamos la tarta y, de lo más prudente, tomó asiento junto a su madre. Las miradas escurridizas entre Inés y el joven cura son más que evidentes a los ojos de los que alguna vez nos hemos enamorado, y, por lo tanto, también a los ojos de sor Catalina, que se limita a sonreír a su hijo y continuar la fiesta como si nada. Intuyo cuál es ese milagro del que las monjas hablan.

No puedo evitar interrogar a Idoia Zapico en cuanto se separa unos metros de las auxiliares de enfermería.

—Zapico.

—Zagala, ¿te ha gustado la sorpresa?

—Sí, gracias. No-no la esperaba.

—Disfruta, que vaya cursito *llevamus*. —Se sirve otro vaso de chocolate caliente—. Me adelanté hace meses, ¿eh?, al decirte que no parecía un grupo movidito.

—Quería preguntarte…

—Desembucha.

—¿Te suena de algo el nombre de Marina Doña?

La enfermera jefa medita un momento, pero responde firme:

—No, no lo había escuchado nunca. ¿Por qué?

—Olvídalo, no tiene importancia.

—Relájate y disfruta de esto. —Apunta al vaso—. A algunas ni nos dan los buenos días.

—Lo siento.

Algo pasa por la mente de Zapico, ríe burlona y añade:

—¿Sabes que fue la Frígida quién propuso la fiesta?

Pregunto escéptica:

—¿Sor Brígida?

—Esa misma. —Mastica chicle—. Aquí todos te adoran.

—Qué raro. Hace poco me hizo llamar a su despacho. Habría jurado que quería que me marchase.

—Gastaremos cuidado, no vayamos a intoxicarnos con la tarta.

El festejo transcurre sin sobresaltos y, aun así, Brisa se ha convertido en mi sombra. Tanta multitud la aturulla. Aseguraría que la perrita cada día se parece más a *su madre*.

Mis chicas de la 4, mis muchachas protegidas, han buscado el momento oportuno para darme su regalo: un collar con el colgante de un colibrí, el guardián del tiempo, un pequeño guerrero pasional que se adapta al medio hostil.

Ezequiel viene a mis recuerdos: él siempre me llamaba *pajarillo*. Respiro hondo. La zozobra ha llamado a mi puerta.

—Usted lo merece, señorita —dice la flor gitana.

—Nos ayudas a evadirnos de este hotel de la fritanga —añade Nati y el resto reímos. Calibra antes de seguir—: Aunque tenemos que confesarte que no solo hemos salido de este estercolero gracias a la psicología…

Entiendo que se refiere a una salida ilícita.

—¿Os habéis escapado?

Nati muestra la cicatriz en la palma de su mano izquierda; Adara e Inés le siguen el gesto.

—¿Qué habéis hecho?

—Un ritual, señorita —responde la zíngara.

—Para pedir por estas. —Nati señala a sus amigas y comenta—: Por nuestras compañeras, por ti, Lis, y por mí también, aunque yo no tenga mucho remedio. Bueno, por todas, por nuestra familia, la de verdad.

Su respuesta me conmueve. Medito sobre aquello de que «el amor todo lo puede»: construirte o destruirte. Aquí, ahora, hablamos de construcción.

—¿Cómo no me habéis contado esto antes?

La zíngara contesta:

—No queríamos darle problemas, señorita.

La palabra «sororidad» gana significado en mis chicas.

—Desde que... —dice Inés—, desde que agredieron a Adara solo damos vueltas en círculo por los jardines.

—Así dimos con la valla —añade Nati—. En la parte derecha del jardín hay una valla estropeada, cubierta por enredaderas; parece que lleve ahí mil años, pero nunca la habíamos visto.

Pregunto preocupada por la integridad de las chicas:

—¿Alguien más lo sabe?

Las muchachas niegan con un vaivén de cabeza. Adara parece pensativa.

—Por allí debió de colarse Brisa aquel día, señorita.

Cuestiono interesada:

—¿Por qué te dio esa impresión?

Es Nati quien responde:

—Pasamos por una especie de montículo de cemento —cuenta la pelirroja—. Estaba cubierto de hiedras y bastantes acebos, como los que nos dijiste que se le pegaron a las patas.

—¿Un montículo?

Y Adara añade:

—Como una cueva, una cueva en el camino empedrado que va al seminario pontificio.

Mi perrita azabache y yo regresamos a Soto. Hoy marcho de la residencia con un elevado sentido de pertenencia, mal que sea al club de las incomprendidas. El dolor emocional unifica, crea manadas. Mujeres y lobas presentamos similitudes; no hay más que ver nuestra naturaleza vigorosa, nuestra energía. Diestras en resiliencia, expertas en el arte de los cambios, ferozmente leales a aquellos a los que amamos.

«No puedo rendirme», es lo que me repito en el trayecto desde Santa Teresa a la casona.

46

Aitor Alonso, en el almacén del Trance, discute al teléfono con una voz femenina. Un número oculto le ha contactado a su segundo móvil, una cascarria que utiliza para sus encargos.

—Todo esto lo estoy haciendo por ti —dice el narco a la mujer.

—Yo te dije que mandaras a ese *carajón* de Julio a asustarla, ¡no a violarla!

—El *pichuca* me aseguró que con esa cantidad de sedantes la zagala no se acordaría ni de su nombre.

La mujer cae en la cuenta de que no era la primera vez que Julio cometía ese tipo de delito. Aumenta el listado de crímenes en los que Aitor y la mujer del teléfono se ven involucrados.

—Por culpa de vuestra torpeza —dice ella—, los tenemos pegados al culo.

Aitor da vueltas entre palés de botellas y refrescos.

—No tenemos a nadie en el culo; mi *pichuca* está cumpliendo, tiene la boca bien cerrada. —Da una calada a su canuto y añade—: La zagala esa, la gitana, no era más que una mosquita muerta. Tu matasanos se equivocó.

—¿Y por qué sigue en la residencia? ¿Por qué no se ha *marchau*?

—Te están lavando el cerebro en ese manicomio, *chuli*.

—¿Y la nueva? —insiste la mujer—. Hace muchas preguntas. Vamos a tener que hacer como con la anterior loquera.

—Dadle lo mismo que a Herraiz, a ver si se relaja y deja de meter las narices.

—Ya se nos ocurrió eso veinte veces antes que a ti, Aitor, que no somos gilipollas. Pero es una rata dura de roer.

La mujer pregunta, dubitativa:

—¿Y si el doctor Zambrano se equivocó de rapaza? ¿Y si es esta a la que han mandado?

—*Chuli*, déjalo estar. Nos van a recompensar nuestra lealtad, te lo digo yo. Y muy pronto. Hazme caso.

47

Sábado, 20 de marzo de 2010

Mis padres han programado un almuerzo para mañana, domingo, en su señorial chalet del Sardinero. Por la cantidad de fiestas de cumpleaños, diría que mis allegados dudan de mi capacidad para llegar viva a la próxima primavera.

Una vez que mi abuela paterna, Victoria, hubo fallecido, papá y mamá decidieron mudarse a su chalet para estar más cerca del bufete, De la Serna & Muguiro Abogados, otra herencia envenenada. Esa ambición suya les hace tan adictos al trabajo que dudo de que algún día lleguen a jubilarse.

Las paredes de mi casona en Soto parecen estrecharse; el techo se me viene encima solo de pensar en Ezequiel, me falta el aire. Cada cumpleaños es igual, pero en este, en este en el que he regresado al hogar, parece que la nostalgia golpea más fuerte.

Me detengo ante el cristal. Ahí está el tatuaje de mi brazo izquierdo, la media ánfora resquebrajada que nos hicimos por aquel marzo del 96 permanece tan intacta como mis sentimientos hacia él. Cuando sus entristecidos ojos me observaban, se llevaban consigo un pedazo de mi alma, como si arrancasen un retal a una muñeca con los miembros ya deshilachados.

Son las 23.37, no puedo dormir.

—Vamos, pequeña —digo a Brisa.

Subimos al Mercedes rumbo al cementerio viejo. Humana atracción por el averno.

Aparco justo delante de la escalinata que precede a la fachada del camposanto. La verja de hierro forjado está cerrada a cal y canto, pero los muros de este camposanto no son infranqueables.

Lanzo una mirada a Brisa y añado:

—Vuelvo enseguida.

Ezequiel y yo gastamos nuestra pubertad filosofando entre estos muros. Y juro que nunca pretendimos quebrantar la calma de los allí enterrados, solo buscábamos compartir su sosiego.

Las piedras del muro se mantienen en el mismo sitio en el que un día se derrumbaron. Me introduzco en el recinto por uno de sus costados. Al apoyar el peso me rasgo las palmas de las manos.

Los cotilleos que don Fausto antaño compartió conmigo tienen hoy utilidad. El capellán, como íntimo del cura y leal feligrés de la parroquia de San Cristóbal, es conocedor del lugar exacto en que el enterrador guarda una copia de las llaves del pórtico de entrada en caso de urgencia o extravío: en el mausoleo de la familia Piélagos.

Exploro entre los piececitos del ángel que los arropa en la tumba hasta dar con la llave. Abro la puerta del cementerio para dar paso a mi loba negra, que espera según mis órdenes.

Las escasas luces que rodean al muro centellean. El manto de estrellas y la luna creciente nos alumbran; a nosotras y a *él*. Caminamos hacia los restos del transepto de la antigua iglesia, ya erosionado por el salitre. Pasamos el arco del transepto sobre el que se sustenta Abadón. Un recuerdo disfrazado de pulsión me ha traído aquí, bajo las alas del ángel caído que nos observa; un escalofrío me cala los huesos. «Abadón rescata del infierno a aquellos condenados injustamente en vida», musito. Aquella retahíla de Ezequiel se convirtió en su credo. ¿A qué condenados se refería?

«¿Qué hacemos aquí?», me pregunto. Imagino que buscar una inspiración divina para esclarecer qué sucede en este pueblo.

Brisa se me adelanta. Comienza a olfatear la zona; algo ha despertado a la policía que fue un día.

—¿Qué pasa? ¿Qué hay ahí?

No parece que tengamos más compañía que el vendaval al romper en los árboles y las voces del mar a lo lejos.

Mi loba accede a un pequeño habitáculo en el que la puerta está abierta de par en par. Entro tras ella. El espacio está repleto de velas que iluminan un discreto cenotafio. A mano derecha distingo varios pasillos angostos e interconectados. Hasta donde me alcanza la vista, uno de ellos parece finalizar en una pared sin más adorno que un pequeño banco de madera. Brisa se mueve de un lado a otro dentro del reducido espacio. Aúlla, quejumbrosa.

—¿Qué quieres decirme?

Mi loba reposa su cabeza contra el suelo, a la vera de unos cuencos con agua sagrada y velas flotantes. Me arrodillo para ponerme a su misma altura. Una pestilencia me invade, traspasa las losetas. «¿Qué olor es ese?», digo. Siento náuseas. Recorro a gatas parte de la estancia.

—Está bien, pequeña: nos vamos.

48

Viernes, 2 de abril de 2010

Cierro los ojos, inspiro el aroma del café que preparo en cada despertar. Es festivo, estoy en casa y el incienso no me invade. Adquirí la máquina *espresso* en uno de tantos viajes que he realizado a Roma, en via Venti Settembre, a pocos metros de la iglesia de Santa María de la Victoria. Allí tiene su hogar la famosa obra de Bernini: el *Éxtasis de Santa Teresa*. Residencia Santa Teresa. Sor Brígida tenía razón: pareciese metafórico, casi poético, el que hoy sea la psicóloga de la residencia.

Con mi taza de café entre las manos, salgo al jardín de la casona. Brisa juega a revolcarse en el césped mojado por el relente de la madrugada.

Todavía dudo: antes de marcharnos del camposanto..., ¿devolví la llave al mismo sitio dónde la encontré? No consigo recordarlo, me podían las prisas.

Al día siguiente de nuestro periplo en el cementerio, mi perrita y yo asistimos a la fiesta que papá y mamá me organizaron en su chalet. Intenté eludir cualquier comentario sobre el deterioro de mi aspecto, aunque mi madre, como ya anticipé, reparó en mi pérdida de peso y en las ojeras que visten mis mejillas.

Para ser justa, mis padres nacieron en un país de discordia encarnizada, en una cuna de columnas corintias, sí, pero repleta de carencias afectivas. La ternura debe de suponerles una debilidad.

Me apabullaron el número de asistentes y la opulencia con la que engalanaron el jardín del palacete. Me vi rodeada de tíos, primos y de algún que otro sobrino por parte de primos de los que no sabía ni el nombre.

Mis amigos Loreto y Alejo, por fortuna, se personaron de los primeros.

—¿Por qué habéis tardado tanto?

—Cinco minutos de cortesía —respondió Alejo.

Con un movimiento de ojos señalé a mis primos.

—Han parecido cinco días.

Reímos.

Mi amigo se percató de las rosáceas en las palmas de mis manos y de mis dedos, entumecidos.

—¿Y eso? —preguntó—. ¿Estuviste cavando en la mina?

Loreto, con tono más serio, también se interesó:

—Lis, ¿cómo te has hecho eso?

No tuve más opción que confesarles que la noche anterior a mi cumpleaños, Brisa y yo habíamos estado en el antiguo cementerio. La morriña por los viejos tiempos sirvió de excusa. Omití, no obstante, aquella parte de la historia en la que fuimos a ver a Abadón por si este tuviese a bien revelarme cualquiera de sus secretos.

Mientras comíamos la tarta recibí un SMS con el que el inspector Palacios resolvió la felicitación. Yo le respondí con un escueto «Gracias. Brisa está muy bien. Cuídate».

Le echo de menos. ¡Qué fastidio!

Al concluir la celebración, mi loba y yo nos sentamos al abrigo del roble del palacete; allí cuelga todavía el columpio de madera que un día mi abuela Victoria mandó hacer para mí. Aunque tuvo otros dos nietos, la mujer no escondía su preferencia hacia mí, incluso por encima de sus propios hijos. Fui una niña afortunada, una a la que criaron unas abuelas atípicas para la época. Ellas eran mujeres de gran inteligencia y pragmatismo: aprendieron a leer y a escribir por sí mismas.

Papá se acercó a nosotras, diría que compungido. El petulante y renombrado abogado mostraba, por fin, un indicio de emocionalidad. A sabiendas de que podría desencadenar mi enfado, me comunicó que habían contactado con mi psiquiatra.

—Tu madre y yo estamos preocupados por tu bienestar.

«Llegan tarde los cuidados», pensé.

—Sor Brígida nos llamó —añadió.

Solté una risita.

—¿La fiesta en Santa Teresa era el preámbulo a mi despedida?

—Nos ha trasmitido su deseo de que puedas finalizar el curso en la residencia. —«¿Qué han hecho con la madre superiora que conocía?», me pregunté—. De todos modos, bonita, a tu madre y a mí nos gustaría que te replantearas el futuro.

—Sabía que esta conversación tendría trampa.

—Las puertas del bufete siempre estuvieron abiertas para ti. —Y añadió—: Podrías hacer peritajes.

Claro, las puertas del bufete: la Porta del Paradiso, de la redención.

49

En retribución a su buen hacer, la diócesis de Santander ha nombrado a Benjamín Flores sucesor del sacerdote de la iglesia de San Francisco.

En este Viernes Santo, el hijo de sor Catalina se prepara para oficiar la misa que lo consagrará como honroso miembro de la comunidad eclesiástica santanderina. Una gran afluencia de fieles rebosa las bancadas: el gallardo cura provoca un incuestionable fenómeno fan incluso entre aquellas más beatas. Muchas de las jovencitas de la residencia, acompañadas de las monjas y del capellán don Fausto, acuden al evento pese al avanzado horario en el cual se oficia la eucaristía. Era importante hacer acto de presencia en el encumbramiento de uno de los hijos predilectos de Santa Teresa, amor platónico de las internas.

Adara Heredia porta a los hombros su pañuelo morado, a juego con la mirada bucólica de su amiga, Inés Bernat. La muchacha de cabellos dorados observa al joven cura con resignación plena. La muleta, de la que hoy precisa, pareciese tener vida propia.

Natalia Catela se ausenta. A estas alturas del curso, el yugo de Dios no le hace ni cosquillas.

Consumada la eucaristía de la iglesia de San Francisco, los feligreses se encaminan dispuestos a iniciar la procesión del Vía Crucis de Penitencia.

Benjamín ha quedado en la sacristía. Allí recoge sus útiles y se desprende de las galas con las que se hubo vestido para oficiar el culto.

Alguien llama a la puerta de la sacristía.

—Inés —musita suave el joven cura—. ¿No marchas a ver la procesión?

—Supongo que antes quería felicitarle, padre.

—Benjamín, Inés, soy Benjamín —ruega el joven—. Te agradezco que hayás venido a darme apoyo en un día tan importante. Tu presencia..., vuestra presencia, me llena el alma.

La muchacha reprime una tristeza que se hace evidente a los ojos del cura.

—Tengo que irme, padre.

—Inés...

La jovencita parte de la sacristía. Entiende que la conversación ha finalizado, y la peculiar relación que mantenía con el sacerdote, también.

Benjamín anda tras ella.

—Inés, esperá.

Ella no se detiene. Él la toma de un brazo y la voltea. Sin más precaución, la besa. Cualquiera diría que el cura ha aparcado la razón. Quizá no. Quizá ahora, por el contrario, es cuando la roza. Su madre, sor Catalina, advirtió la falta de Inés Bernat y regresó a la parroquia.

La mujer encuentra a los dos jóvenes en pleno beso. Hace años que la monja pensó que el camino de Dios protegería a su hijo de los tormentos que provoca el mal querer. En este momento, sin embargo, lejos de provocar un escándalo que los separe, la hermana los contempla con admiración y cierta nostalgia.

50

Sábado, 3 de abril de 2010

Alejo me llama al móvil. Mi amigo suena distinto, intranquilo.

—¿Estás despierta?

—Voy por mi segundo café —respondo con una estúpida sonrisa.

—¿Y estás sentada?

—Me estás preocupando.

—Es Agustín, Lis.

Alejo inspira.

—Quería ser yo quien... —Y concluye—: Agustín ha muerto.

El cuco canta las ocho de la mañana.

—Pero ¿cómo? —pregunto—. O sea, ¡¿qué le ha pasado?!

—Van a hacerle la autopsia —responde—. El informe forense puede tardar unos días, pero estamos bastante seguros, muy seguros, de la causa de la muerte.

Pongo a trabajar mi maquinaria: aquellos golpetazos que el loco se dio contra la pared ¿pudieron provocarle un aneurisma? No, no fueron tan severos. De haber sido así, los médicos no se habrían arriesgado a devolverlo a Santa Teresa.

—¿Cómo ha muerto?

La taza me tiembla en la mano.
—Eso lo hablaremos en persona, Lis.
Se hace un silencio, efímero, que quiebro con una certeza.
—Se ha suicidado.
—Lo han encontrado en la capilla central de Santa Teresa.
Mis peores pronósticos se han cumplido.
—¿Cómo lo ha hecho? —pregunto.
Alejo resopla.
—Lis...
—Cuéntamelo, por favor.
—Ha cortado, bueno...
Escucho inspirar a mi amigo.
—Parece que usó un serrucho para cortar la pluma a la talla de Santa Teresa.
A Alejo le cuesta terminar el relato de los acontecimientos.
—Se ha clavado la punta de la pluma en la lengua, Lis. Una de las limpiadoras lo ha encontrado cuando Agustín agonizaba.
Los que conocíamos la espinosa trayectoria de Agustín Alonso sabíamos que su vida podía acabar en fatalidad: el loco no estaba hecho para este mundo. O quizá era este mundo el que no estaba hecho para él.
Aun así, la noticia de su muerte me sacude. El método utilizado para quitarse la vida está plagado de simbolismos más que descifrables. Se ha castigado por hablar. ¿Por hablar conmigo? ¿Por contarme algo que no debía? Temo que la respuesta a mis preguntas sea un rotundo sí. Necesito unos segundos para procesar los sentimientos que las malas nuevas me suscitan, unos sentimientos que no puedo permitirme.
Repaso cada una de las palabras que nos dijimos en aquella fatídica y última jornada en la que fui a visitarlo a su habitación.
—¿Las chicas? —pregunto.

—Han precintado la capilla; ninguna de las residentes ha visto el cadáver.

—¿Y han revisado las cámaras?

—Lis, en la habitación de Agustín había cajetillas de medicamentos: estaban vacías.

Alejo da a entender que el pobre desdichado se atiborró a psicofármacos antes de matarse.

—Joder —me quejo y pregunto—: ¿En esa maldita residencia han podido hacer algo peor? ¿Cómo leches tenía Agustín acceso a la medicación?

Mi amigo llama a la calma.

—Para, Lis. No sirve de nada.

Insisto:

—Entonces, qué, ¿alguien ha revisado las cámaras del vestíbulo?

—¡Para, hostia!

Quedo en mute ante el bufido de Alejo.

Agustín era el eje de mi investigación. «No puedo hacer esto sola —susurro—, no sin él». En esta madrugada la muerte lo ha encontrado, delirante, en un espectáculo sanguinolento.

Afloran de nuevo mis monstruos, que nunca descansan, y enseguida surgen los sentimientos de cargo de conciencia. «Por mi culpa, por mi culpa, por mi gran culpa».

Voy a vomitar.

Me muevo por la casona, atolondrada. Quisiera hacerme daño, castigarme, pegarle a algo, o a alguien. Brisa da espacio a mis desvaríos y renuncia a seguirme.

Entro en el baño contiguo a mi dormitorio, cojo una cuchilla de afeitar. Las manos me tiemblan. Se impone en mi mente la imagen de Brisa y abandono la cuchilla sobre el lavamanos. He perdido la cuenta de cuántos días llevo sin tomar la medicación.

Chillo.

Ando a pasos agigantados hasta la planta superior. Quiero huir de mí misma, pero me sigo deprisa.

Desde la biblioteca de la casona observo el huerto familiar en el patio trasero, ese en el que mi padre trabajó tanto tiempo, ahora putrefacto por mis descuidos. Eres tú quien está podrida, Lis.

Chillo, echo a caminar de nuevo. A mi paso cae la réplica en miniatura de una jábega malagueña; cae de la estantería de la pinacoteca sobre la alfombra de motivos florales que mi madre adquirió en Petra. Cojo la réplica con una mano y con la otra acaricio la textura de la alfombra. La barca pesquera es un recuerdo que compré en La Cala del Moral. Mi abuela paterna, Victoria, solía llevarme de niña a experimentar la sobriedad de la Semana Santa malagueña. Intento relajarme al pensar en los lugares a los que viajé junto a ella: bonita forma de agarrarse a la vida.

Rasco la alfombra, pero, lejos de tranquilizar mis pensares, mi mente se acelera, y aquella colorida de la habitación de Susana Sainz viene a mí. Pienso en los años que la muchacha de sonrisa angelical lleva encerrada en la residencia y en lo injusta que la genética ha sido con ella. Cómo algo tan nimio como la alteración de un solo gen puede forjar nuestro destino.

El encierro que sufre Susanita debe de suponer una cárcel psicológica semejante a aquella en la que vivía Agustín. Al muchacho, el consumo lo convirtió en un demente, le arrebató su pasado, presente y futuro. La adicción a las drogas se convirtió en su Santa Teresa, en su jaula de barrotes dorados. Igual celda en la que moran mis chicas y cualquiera que conviva con padecimientos emocionales a largo plazo.

Una bombilla se enciende entre las telarañas de mis ideas. Las familias de Susana, Nati y muchas otras chicas llegadas a la residencia componen una fotocopia perfecta: pudientes, compuestas por padres de una edad avanzada o con numerosos descendientes y, por supuesto, católicas apostólicas romanas.

Me levanto y bajo las escaleras a toda prisa.

Brisa me espera tumbada en el sofá. Me agacho hasta su altura para besarla en la cabecita.

—Siento mucho haberte asustado —le digo—. Te quiero.

Una ambulancia y un coche patrulla custodian la entrada a la residencia Santa Teresa.

El tándem que mi loba y yo componemos encara ahora la fachada con una predisposición bien distinta a la de aquel 2 de noviembre del año anterior. Si algo hemos aprendido los zarandeados por la vida es que los pesares se salvan con imaginación. Esa que nos guía, en tantas ocasiones, a hilvanar historias con un fino hilo de plata.

Muestro mis credenciales a los policías y, sin más mediación, Brisa y yo subimos las escalinatas y cruzamos frente a la capilla central, que han precintado. Los agentes esperan al juez de guardia para proceder al levantamiento del cadáver de Agustín.

—¿A dónde va, De la Serna? —pregunta el conserje.

—Buenos días. Voy a mi despacho —digo sin detenerme—. Acabo en un momento.

Le escucho rezongando a mi espalda.

—¡Usted sabe que no puede estar aquí fuera de su horario de trabajo!

Brisa accede delante de mí a la consulta, ha aprendido la ruta a la perfección. Cierro la puerta bajo llave. Siento que el san Judas Tadeo de mi llavero me observa, me juzga y ríe: se burla de mí.

Rebusco entre los historiales de las chicas que conforman la planta 1. Mi perrita se mantiene vigilante y firme de cara a la puerta. Doy con el fichero de la risueña Susana. Tal cual recordaba, uno de los pocos informes médicos que se facilitó a la residencia data de seis años después de su alumbramiento. En él no se esclarecen los antecedentes familiares, cosa que habría hecho cualquier especialista que se respetase, aún más si la muchacha cuenta con dos hermanos mayores a ella y sanos.

—Te tengo —digo por lo bajo.

Doy con el informe pedagógico redactado por el colegio en el que Susana pasó su adolescencia hasta llegar a los veintiún años en que ingresó en Santa Teresa. Enciendo el ordenador y tecleo el nombre de aquel colegio de educación especial.

Ace y punto de partido para Lis: la regencia del centro pertenece a la orden de las carmentalias. Clico en la web y después en el apartado de personal, aquel en que se recoge a los profesionales que ejercen allí. Descubro que la dirección corre a cargo de una tal doctora Inmaculada Vallejo.

—Vallejo —digo—. ¿De qué me suena ese apellido?

Busco entre mis correos electrónicos. Sé que he leído recientemente ese apellido.

—¡Mierda! —Ahí está—. ¿Cómo lo he pasado por alto?

Y aunque muchas veces no sepa si pienso con claridad o si solo intento que las cosas encajen para justificar mis disparates: aquí está.

—Doctor Eleuterio Vallejo, director del hospital Santa Agripina.

Aquel director que rehusó enviarme información sobre la historia clínica de Nati Catela, de mi chica pelirroja.

Más incógnitas o ¿más mentiras? El caos, como una maraña, se entreteje en esta hermandad.

Apago el ordenador, introduzco los informes en el historial de Susana y los echo a mi maletín.

—Vamos, pequeña —digo a mi loba.

Aprovechando el caos que acontece en la capilla, Brisa y yo escalamos hasta la tercera planta.

La habitación de Agustín también permanece precintada y cerrada a cal y canto, pero, aun bajo llave, estas viejas puertas se abren con facilidad al introducir una resonancia magnética en la ranura que se abre entre la puerta y el marco. Suena el clic que nos abre paso al dormitorio.

Se distinguen gotas de sangre desparramadas por la habitación y varios boquetes en la pared en la que Agustín se autolesionó.

Pongo el dormitorio patas arriba. Brisa descubre un líquido denso entre las sábanas. Lo huelo: ¡¿lejía?!

—Qué cojones.

El gruñir de mi perrita me advierte de que alguien se acerca. Es Sebastián, el conserje, quien pega a la puerta.

—De la Serna.

Quito la chincheta que sostenía la imagen del pequeño Agustín y de su padre.

El conserje insiste:

—De la Serna.

Escondo la imagen a mi espalda y abro la puerta.

—El demonio, De la Serna.

—Lo siento, Sebastián. Tenía que comprobar…

—Zagala, yo no voy a decir que la he visto, ni quiero saber qué anda *tramandu*, pero tiene que irse antes de que la tropa abandone el comedor.

—Sí, lo siento. Tenía que comprobar si aquel día en que Agustín… Bueno, creí haber dejado aquí unos archivos importantes.

Sebastián resopla.

—¿Y tenía que ser hoy? ¿Con el percal de abajo?

—Por el bien de las chicas trabajo hasta en fin de semana.

—Ya, zagala, ya —dice el conserje—. De buenos propósitos está el *infiernu* lleno.

—Por eso estoy yo aquí, en Santa Teresa.

51

Amanece en la residencia. Desde su habitación, don Fausto conversa al móvil con su compañero de profesión el capellán don Benedictino.

Los curas mantienen una relación estrecha desde diciembre, cuando Lis de la Serna visitó Alarcón. Por aquel entonces, don Benedictino contactó a su homónimo para informarle del singular encuentro con la psicóloga de la residencia que el capellán gestiona.

El cura conquense se ha convertido en el confesor de don Fausto, que hoy comparte esos secretos que le agotan.

—Recibí una llamada de la directora del hospital de Torrelavega —dice el capellán de Santa Teresa a don Benedictino.

—¿Y bien?

—En unas horas damos sepultura a Agustín Alonso.

—¿Cree que ha puesto en riesgo el proceso?

—No, en absoluto. Su fallecimiento era de esperar. Hace años que ya se trataba a Agustín de oligofrénico.

Don Benedictino medita y pregunta por Lis de la Serna. Fausto Aguilar se echa la mano a la cabeza.

—No pasa un día en que no lamente haberla implicado en las miserias de esta congregación.

—Su psicóloga supone una combinación indómita entre pulsiones y raciocinio —dice don Benedictino—. Es una joven obstinada. Ya ve que vino a Alarcón solo para conocer a familiares de Ana María Herraiz.

Don Fausto suspira.

—Me quedé estupefacto cuando usted me informó de que Lis estuvo allí —reconoce a Benedictino—. Y aún más cuando me contó que le había preguntado por una tal Marina Doña.

52

Miércoles, 7 de abril de 2010

El Ayuntamiento de la villa construyó el nuevo cementerio municipal próximo a la residencia Santa Teresa, área conocida por el paisanaje como el Paraje de Guerra. Qué curiosos sarcasmos tiene la vida.

Durante la guerra civil española Santa Teresa sirvió de hospicio para combatientes donde, más que a ser cuidados, los enfermos iban a morir. La residencia fue algo así como una morgue. A duras penas, y a pesar de los buenos cuidados y de la vigilancia continua de las monjas enfermeras, pocos de los pacientes conseguían sobrevivir a la masacre. Los que mejor suerte corrieron culminaban su estancia con uno o varios miembros amputados y un trastorno mental por estrés postraumático que los acompañaría el resto de sus lamentables existencias.

Agustín habría preferido ser sepultado en el antiguo camposanto de la villa, aquel que tantos crepúsculos visitó, y no en este emplazamiento contemporáneo que asombra por su extrema sencillez. Hasta para ser enterrado hay que tener suerte.

El forense ha tardado tres días en realizar la autopsia que esclareciese el fallecimiento del muchacho. Los resultados son los esperados: desangramiento por laceración de la lengua, intoxicación farmacológica y anoxia. No se han encontrado signos de violencia en el cadáver de Agustín.

¿Y la lejía? ¿Los restos de lejía entre las sábanas de su dormitorio?

Bajo un calabobos que entumece nuestros cuerpos, unas treinta personas despedimos al pobre loco del pueblo. El cura de la parroquia de San Cristóbal oficia el responso.

El sepulturero pega masilla para taponar el hueco en el que han introducido el féretro. Agustín tendrá unas reconfortantes vistas al mar Cantábrico.

Espero en la retaguardia a que sus más allegados le digan adiós.

Aitor Alonso, acompañado de otra calaña semejante, muestra sus respetos a su tía y al resto de la familia. La madre de Agustín mantiene la compostura. El tránsito al mundo de los muertos puede suponer un descanso para aquellos que viven en desorden y, también, para sus seres queridos.

Una vez que me acerco a su tumba, prometo al fallecido: «Voy a hacer que todos escuchen tu voz», y coloco en los pies un pequeño ramillete. A Agustín le habría encantado el misticismo de estas flores de sauco, de magia, anunciantes de los bondadosos espíritus de la naturaleza.

Una voz áspera me susurra al oído.

—No tienes vergüenza.

Es Aitor, que me acechaba enojado, bien metido en su papel de primo afectado por los acontecimientos.

—¿Y tú, Aitor, tú la tienes? —le reto—. Después de tantos años dándole veneno, ¿qué esperabas?

—Cierra esa boquita, *lumia* —responde agresivo.

—O qué.

Ya no está aquella chiquilla sumisa que fui en mi adolescencia. Y si algo de ella quedaba en lo más recóndito de mi persona, acaba de ser engullida por la adulta que ahora mira a los ojos del precipicio y se sabe capaz de alzar el vuelo.

—Eres una rapaza, un cáncer para los que se te acercan —dice Aitor—. No tuviste suficiente con Ezequiel, también has tenido que cargarte al *babión* de mi primo.

Cortocircuito. Los demonios que moran en mis entrañas, acallados, ahora despiertan en tropel.

Me lanzo hacia Aitor, pretendo arañarle hasta los andares. Él está a punto de cogerme del cuello, pero yo me adelanto y le propino un rodillazo en la entrepierna. El camello se dobla sin resuello, pero se recompone y me agarra, me estrangula. Siento cada uno de sus pulpejos asfixiarme. Dos de sus esbirros y mi amigo Alejo acuden a separarnos.

Don Fausto, la madre de Agustín y otros familiares y vecinos de Comillas presencian el bochornoso espectáculo, atónitos ante la falta de decoro de la psicóloga jefa de Santa Teresa. Pueblo pequeño, infierno grande.

53

Martes, 13 de abril de 2010

Derrengada en el sillón de mi consulta y asolada, jugueteo con la sexta taza de café que he bebido desde que salí de la cama.

En este martes Brisa no ha venido conmigo. El pasado domingo, mi bonachón vecino solicitó a mi perrita para que le ayudase en las tareas de pastoreo durante las siguientes semanas. Como era evidente, mis padres habían contactado con él tras llegar a sus oídos la trifulca en el cementerio. Ellos consideran que distanciar a mi loba de mí ayuda a reducir la cantidad de responsabilidades que desempeño. No parecen haberse enterado aún de que es Brisa quien carga conmigo y no yo con ella.

Soto de la Marina ya habla de mi regreso a las andadas. «Mucho ha tardado», escuchó Loreto chismorrear en la farmacia.

Procuro no atender a las llamadas de mis amistades, y en específico a las de Alejo. Me duelen esos mensajes suyos, tan preocupados. Transpiro culpabilidad por cada poro. Hemos pasado años distanciados y ahora no pierde de vista ninguno de mis movimientos. «Debo de ser otra clara candidata para el pabellón de agudos en el que trabaja mi amigo», me digo entre la desesperación y el cinismo.

Alguien está al otro lado de la puerta. Don Fausto pregunta por mí con cautela, no sea que, por un casual, también me tire encima de él y lo muerda.

—¿Lis? ¿Estás ahí?

Sabe que sí y, aunque no doy respuesta, el padre entra al despacho.

—¿Cómo te encuentras? —pregunta.

—No he estado mejor en toda mi vida.

Mis ojos son dos cuencas obscuras; algo en mí se ha extraviado. Musito las palabras que Ezequiel y Agustín pronunciaron un día:

—«Abadón rescata del infierno a aquellos condenados injustamente en vida».

Las repito en espiral. Sé que quieren decirme algo, sé que ellos querían haberme dicho algo.

—Lo siento, Lis, no te he oído bien —dice don Fausto.

Su cordialidad me asquea.

—Ha sido usted, ¿verdad? —Le observo y añado burlona—: ¿Me ha echado en el café la droga que le compra a Aitor?

La cara del capellán palidece.

—Acompáñame, Lis —dice. E insiste—: Ven, por favor.

Me tambaleo. Creo que no he probado bocado desde el sábado. No recuerdo haber comido.

Sor Brígida nos aguarda en el sillón de su despacho con las manos enlazadas en posición de plegaria.

—Siéntese, Lis —indica la madre superiora en una perfecta sobriedad, precursora de un varapalo que acontecerá después.

Hará un mes que la mujer dejó de referirse a mí por mi apellido. Debo de darle pena.

Don Fausto se sienta junto a mí y emite un quejido. Pone su mano encima de la rodilla para frenar el tembleque.

Las imperfecciones de la tez de sor Brígida se han acentuado. Sus labios exangües emiten una resolución:

—No hay forma sencilla de decirle esto, así que iremos al grano. Usted va a dejar de trabajar para nosotros hoy mismo, Lis. Hemos puesto en conocimiento de nuestros superiores su caso y, de resultas de ello, se ha consensuado que lo más beneficioso para todos…, para usted…, es que se tome un tiempo. Un respiro. Por supuesto, facilitaremos los trámites para que se le conceda una baja médica y su correspondiente finiquito.

Querría gritar enfurecida y, en cambio, no puedo evitar sonreír. Fijo mis pupilas en el capellán y replico:

—¿Y ya está?

Ninguno de los dos eclesiásticos responde.

—Es una verdadera lástima —digo, y niego con la cabeza.

—Lo sabemos, Lis —incide don Fausto.

—Digo que es una verdadera lástima que no os diese tiempo de despedir a la señora Herraiz…

La madre superiora no amaga el más mínimo aspaviento. Hace tiempo que di por sentado que conocía la suerte que corrió mi predecesora.

—Elija bien sus palabras, Lis —sisea.

—Al final —trago saliva antes de escupir el resto de la frase— la mujer tuvo que lanzarse por el balcón.

—Lis, por el amor de Dios, basta.

—¡No, madre! —replico—. No voy a callarme.

Don Fausto interviene:

—Hasta aquí.

—¿Por qué?

—¡Se acabó! —dice el cura, contundente.

—Recoja sus cosas, Lis —indica sor Brígida—. Deberá haberse marchado antes del almuerzo.

—¿Y las chicas? —pregunto—. ¿Qué les van a decir? Esta tarde tenemos sesión conjunta.

Por el matiz de irrevocabilidad en sus palabras, entiendo que no sirve de nada seguir discutiendo.

—Nosotros las pondremos al corriente de la razón de su... ausencia —dice la madre superiora.

Es el capellán quien añade:

—Lis, todos aquí estamos de acuerdo en que..., por tu salud..., debes dejarnos.

De un plumazo, acaban de arrebatarme las luchas que he lidiado, los éxitos conseguidos y las derrotas a las que he hecho frente. Han desmerecido cualquier esfuerzo por brindar cuidados a mis pacientes. Antes de salir del despacho, encaro por última vez al capellán y a sor Brígida. Deseo liberar el ruido que esconde mi silencio, pero no me encuentro en condiciones de librar esta batalla.

—Sor Clotilde y sor Catalina, ¿ellas saben lo que me están haciendo?

Ninguno responde. Mantengo el contacto visual con el capellán. De lo más hondo de mi ser emana un resoplido desdeñoso y abandono el lugar.

Inspiro el aroma del satirión real, de las linarias. Me hallo en un recoveco libre de tinieblas. Con los codos apoyados en el balcón del edén de la residencia, me despido de la pizca de integridad de la que me vanagloriaba desde noviembre. Anhedonia.

Susana tira de mi bata médica.

—¡Contesta, contesta!

—¿Qué haces aquí, Su? Las hermanas van a regañarte.

—Te vas. Sor Clotilde dice te vas.

Una lágrima de frustración me recorre las mejillas.

—Lo siento, Su.

La eterna niña de sonrisa angelical me ofrece un peluche. Es un antiguo ratón Topo Gigio ataviado con un simpático gorrito y una camisola de dormir.

—¿Me prometes que no te vas a meter en líos? —pido a Susanita.

—Prometo.

Nos damos un abrazo.

—Ahora vuelve con las monjas, por favor.

—Adiós.

En cuanto Susana se dispone a bajar la escalinata, mi petición la frena.

—Oye, Su, espera.

—Espero.

—Antes de que me vaya, ¿vas a contarme tu secreto?

Ella comprueba que nadie nos escucha, regresa y me ofrece su dedo meñique.

—¿Un juramento de hermanas? —pregunto.

—Hermanas, secreto.

Uno mi meñique con el suyo y se arrima a mí de nuevo.

—Oreja —dice.

Me agacho un pelín para que pueda al fin compartir conmigo el misterio que guarda en su cabecita.

—Marina es buena —susurra.

Los músculos de mi mandíbula se tensan. ¿Susana habla de Marina Doña? No, no puede ser. ¿O sí?

—No hay ninguna Marina en la residencia, Su.

—Marina es buena —replica la muchacha.

—¿Te refieres a Marina Doña? ¿Tú la conoces?

—Marina es buena.

—¿Quién es Marina, Su?

—Marina es Marina —responde como si fuera la cosa más lógica del mundo.

Nada me disgustaría más que se desregule como lo hizo aquel día Agustín. Respiro. Lucho febril contra aquellos demonios internos y mantengo la compostura.

—Vale, a ver. El secreto era que Marina es buena, ¿verdad?

—Sí.

Señalo al peluche que me ha regalado.

—¿Esto te lo ha dado ella? ¿Marina?

—No. Marina no. Marina es buena.

—¿No te lo ha dado Marina?

Ella se muestra algo irritada.

—¡Que no!

—Vale, vale, está bien. ¿Y dónde está Marina, Su? ¿Sabes dónde está?

La muchacha se encoge de hombros.

—¿Ahora? No sé.

Resoplo. Nuestros dedos continúan entrelazados. Susanita percibe mi agotamiento.

—¿Triste? —pregunta.

—Un poco, Su. Un poco.

Susana masculla unas palabras que no consigo escuchar.

—¿Qué has dicho, Su?

—Mujer máscara —musita Susana.

—¿Cómo?

—Mujer máscara da —dice mostrando el peluche—. Mujer máscara da para que Susana calle.

—¿Qué es eso que no puedes decir, Su?

Susana pone el dedo índice sobre sus grandes labios.

—Marina es buena.

—Y el peluche, Su. Los peluches de tu dormitorio, ¿te los ha dado Marina?

—Mujer máscara. Marina no. Marina es buena.

Estoy abatida, tanto que me cuesta diferenciar mis ideas de aquellos sinsentidos.

—Está bien, Su. Muchas gracias.

—¿Hermanas?

—Sí, Su —Le sonrío—. Siempre vamos a ser hermanas.

54

Jueves, 29 de abril de 2010

El pájaro no carece de alimento dentro de la jaula, pero sí de libertad, y canta hasta desgarrarse la garganta a la espera de una epifanía que le saque de su encierro.

A ningún aprendiz de psicólogo le advierten de la posibilidad de experimentar emociones intensas con respecto a sus pacientes: contratransferencia. Tampoco nos enseñan cómo solventarlas una vez que brotan sus raíces bajo la tierra de nuestros cerebros. Un trabajador de la salud mental deja de ser él mismo para ser en sus pacientes. De no ser así, no está haciendo su labor.

Palpo el colgante del colibrí que llevo al cuello, el que mis chicas de la 4 me regalaron; siento su ímpetu, su vitalidad juvenil.

Las mujeres nacimos de la parte más superflua del cuerpo del varón para, después, ser expulsadas del paraíso. Los conocimientos que a ellos les facilitaron no podían confiarse a nuestras sencillas mentes.

De la rabia que aquello despertó surgió Lilith, la insubordinación personificada. Y hoy sus hijas, descendientes de aquella ruptura de dogmatismos, batallamos por el derecho a decidir sobre nuestros destinos, sobre un futuro en el que contemplamos nuestra valía independientemente de si vivimos por nosotras mismas o albergamos vida en nuestro interior.

Hace dieciséis lunas que permanezco custodiada por mis padres en el chalet de Santander. Tacho el calendario como un reo más preso de su mente que de sus cadenas.

Tras mi despido y alertados por don Fausto, mis padres se presentaron en la casona de Soto sin avisar; nos obligaron a Brisa y a mí a cambiar nuestro lugar de residencia.

Mis padres tenían un miedo atroz a que resurgiesen aquellas ideaciones suicidas del pasado y me invitasen a saltar por el desfiladero. Patético y deleznable regreso a la infancia tutelada, castrada.

Mi madre me prepara el desayuno a las ocho de la mañana, posiciona por colores los psicofármacos que me han prescrito para ¿estabilizarme?

Una vez que mis padres parten hacia el bufete, me dirijo al retrete más cercano para escupir los medicamentos. No puedo permitirme entrar en un estado de aturdimiento, no tengo nada que corregir en mis ideas, nada que reparar: no estoy rota. Ahora no. Nunca estuve tan lúcida, y menos con respecto a la residencia Santa Teresa.

Me hallo afianzada en el suelo de la antigua habitación de mi padre. Flexiono las rodillas y dejo espacio para la cabecita de mi loba. Ella se acurruca entre mis piernas y mi cuerpo. Ojeo las estanterías del dormitorio: *La hoja roja,* de Miguel Delibes, publicado en 1959. Evocación de la muerte y la soledad. Entiéndase la segunda como otro tipo de fallecimiento.

Las orejitas mullidas de Brisa se ponen en alerta. El móvil suena. Es Francisco Palacios quien llama. ¿De verdad? Hacía casi un mes que solo nos intercambiábamos mensajes de WhatsApp para hablar de la perrita.

—No sabía si cogerías la llamada, Lis —dice al otro lado el inspector—. ¿Qué tal te encuentras?

—Cómo has sabido que estaba...

—Loreto me ha puesto al día. Conseguí su contacto en el periódico digital de *Las Crónicas.* Hablamos de vez en cuando. Hablamos de ti.

—Voy a matar a esa periodista.

Resoplo y después sonrío. Es la torpe manera con la que expreso gratitud.

—Te quiere, Lis —dice Palacios. Y, tímido, añade—: Te queremos.

Su declaración ha ido directa a abrir *el baúl de mis miedos*.

El inspector prosigue:

—Y, para ser sincero, nos alegramos de que hayas dejado Santa Teresa.

—Me han echado, Fran.

Palacios se toma unos segundos antes de continuar:

—Lis, he pensado mucho lo que voy a decirte.

—Dime.

—Querría... En fin, te propongo que Brisa y tú vengáis a Sotogrande. Al menos durante unos meses. Te va a venir bien un cambio, y ella era muy feliz aquí. Bueno, lo será en cualquier parte donde estés tú.

No sé qué responder ante esta proposición nada maquillada.

—Yo mismo puedo recogeros. Pediré unos días de asuntos propios —insiste el inspector—, unas vacaciones. Unas vacaciones de verdad.

—¿No te gustó Alarcón? —bromeo.

En ninguno de los escenarios posibles habría fantaseado con estas sugerencias. Acostumbrada al fracaso emocional, resulta engorroso que alguien sienta afecto por mí.

—Fran —le digo—, si vamos a empezar de cero, necesito que seamos sinceros.

Él calla, aguarda a lo que viene.

—¿Por qué te llamaron al orden? —pregunto—. ¿Por qué te impidieron investigar sobre la señora Herraiz y Marina Doña? ¿Qué las hace tan importantes? Sé que has ocultado datos para protegerme. Agustín…

El inspector me interrumpe:

—Ya sé lo que te dijo Agustín Alonso. Como te he dicho, Lis, tu amiga me ha puesto al corriente.

—Entonces te habrás dado cuenta de que no estoy loca.

—No, Lis, no lo estás, pero qué podemos hacer. Lo que suceda en Santa Teresa ya no te compete. Necesitas reposo, sanarte.

—No necesito reposo, no soy una enferma —replico asqueada.

55

—¡Otra vez esta bazofia!

Se escucha decir a una de las residentes de la cuarta planta que, tenedor en mano, refunfuña por los rebozados que les han servido para la cena.

Adara ha tomado la costumbre de gastar horas y horas enclaustrada en su habitación. Sus compañeras desconocen qué hace o con quién habla a través de su teléfono móvil o de los mismos chats en los que conoció a su abusador.

Inés lleva días sin probar bocado. Tras aquel beso, perdió la pista del joven cura Benjamín. El garbo que irradiaba se oculta de nuevo entre disgustos.

La llegada de Natalia, casi al terminar el horario de cenas, saca a sus amigas del aletargamiento.

Adara e Inés jamás vieron a la pelirroja con tal aspecto. Estaba desencajada.

—El doctor Zambrano —expresa la muchacha— ha vuelto a llamar a mis padres.

La pelirroja explica que la hermana Petra revisó su dormitorio esta misma tarde y encontró aquella cajita que le regaló su abuela: había vomitado el almuerzo.

—Sor, sor Petra me ha dicho que…

—Sor Petra ¿qué? —pregunta la gitana.

Natalia anticipaba que los futuros castigos serían de mayor gravedad, pero no esperaba este maltrato inaudito.

—Ha dicho que si tengo hambre me coma eso: el almuerzo.

—¡¿Qué?! —exclama Adara—. Pero ¿qué dices, paya?

En un chasquido, bandeja en mano, Inés salta de su asiento y se dirige a la cocina al son de trompetas de guerra. Sus compañeras nunca la vieron caminar con tamaña diligencia.

Adara y Natalia la siguen. Las chicas de la 4 atraen todas las miradas del comedor. Las internas de la 1 ríen y aplauden, divertidas el show, mientras muchas de la planta 2 cuchichean sobre sus taradas vecinas de residencia.

Las pacientes de Lis de la Serna entran en la cocina. Es la apocada rubia quien, para sorpresa de las comensales, encabeza la revuelta.

—¿Dónde está sor Brígida? Quiero poner una reclamación ante la madre superiora —exige Inés a sor Petra—. Esta comida es veneno y usted, usted también.

—¡Por Dios! Calme esos humos, Bernat —ordena la monja—. Este comportamiento es impropio de usted. Y, además, no es momento.

Inés responde altiva al desaire de la hermana:

—¿Y cuándo lo es, hermana Petra?

Otra de las monjas aprovecha la confrontación para desentenderse de los fogones y sale de la cocina en busca de refuerzos.

Sor Petra suelta un trapo en la encimera, en un inequívoco gesto de indignación, y se enfrenta a la joven.

—Ya nos hemos dado cuenta de que se ha vuelto usted un poquito pretenciosa, señorita Bernat.

Las mujeres como la agria monja tildan de pretenciosas a las chicas que tienen una opinión propia que comunicar. Oír y callar, eso es lo que querrían de ellas, es lo que se espera de ellas.

Natalia se niega a que la monja ridiculice a su compañera, por lo que da un paso al frente y se encara con sor Petra:

—Si Lis estuviera aquí, removería cielo y tierra para que la amonestaran.

La monja ríe y cargada de maldad sentencia:

—Esa desequilibrada fue la peor de todas. Maldigo el día en que regresó a esta casa. Todo el que se acerca a esa, a esa rapaza, acaba loco o... muerto.

Adara deja caer la bandeja metálica.

—Echasteis a la señorita Lis porque a ella no podíais dominarla, y ahora a nosotras, tampoco.

—Cállese usted también, Heredia —dice sor Petra—. Esto va a tener graves consecuencias.

—¿Consecuencias? —pregunta Natalia desafiante—. ¿Como tirarnos por la ventana, maldita vieja?

La monja, punitiva, señala a Natalia con el dedo y exclama:

—¡Pelirroja del demonio, en qué mal día te acogieron tus pobres padres!

La hermana Petra verbaliza la palabra crítica para Natalia Catela: *padres*. Acaba de comenzar el aquelarre.

Aquellas brujas a las que daba caza la Iglesia eran mujeres que afilaban las hojas de sus pensamientos más indisciplinados como método de defensa contra el absolutismo. Ahora, las muchachas son el nítido reflejo de aquellas insubordinadas. Natalia se dirige a las sartenes que aún arden al fuego y desperdiga el aceite por los fogones. Inés vuelca las bandejas de rebozados y Adara lanza por los aires los enseres de las estanterías. Las restantes chicas de la 4 se unen a sus compañeras: vacían las cajoneras y vuelcan las bandejas. Las cortinas del habitáculo se incendian: hoy alguien arderá en la hoguera, y no serán las pacientes de Lis de la Serna.

56

Viernes, 14 de mayo de 2010

Las hortensias prosperan en terrenos húmedos y sombríos. Los relatos norteños cuentan que las de tonalidad azulona son un puente a los laberintos de la mente, a la cavilación de la conciencia, al continuo asombro de hallazgos sobre nosotros mismos y nuestras propias circunstancias.

Las agujas señalan las 7.56 de la mañana. Me encuentro de pie frente a la pared de la buhardilla. La he empapelado de notas, imágenes y recortes.

Catarsis. Dos meses antes de fallecer, Ezequiel estaba irrefrenablemente grillado. Hizo una inmersión sin retorno a través de *Las maquinaciones de la noche* de Raymond de Becker. Teorías sobre el sentido onírico de los sueños y la finalidad del ser que desestabilizaron los fundamentos de su cordura.

La droga lo catapultó. Aquellas fabulaciones suyas se nutrieron de sus tinieblas, pero algo le animó a dar el último paso hacia su flagelación. En las semanas previas a su fallecimiento ya no solo hablaba de ángeles y espíritus malignos, sino que decía verlos con claridad.

Fueron muchas las madrugadas en las que me escapaba a hurtadillas de la casona para acompañarlo al encuentro del ángel exterminador en el cementerio municipal. Allí solíamos colarnos por uno de sus laterales semiderruidos. Otras veces, sus padres o la policía lo hallaban moribundo en el arcén de una carretera de labranza. A las personas con las que se drogaba se les hacía soporífero soportar sus elucubraciones: lo abandonaban a su suerte, que era ninguna.

Durante un almuerzo, mi madre criticaba las conductas de aquellos que aparecían en las noticias locales.

—No sé a dónde vamos a llegar con tanto desalmado campando a sus anchas —dijo con desdén—. Qué humillación para esos padres.

Papá, sin apartar la vista del periódico, añadió:

—El vicio los ha corrompido.

—Bueno —interrumpí—, este vandalismo va a llevaros un montón de clientes al bufete, ¿no? Eso es lo que importa. De hecho, es lo único que os importa.

Mi madre, con la frialdad de la que siempre hizo gala, supo muy bien leer mis intenciones.

—Olvídate de Otero, Lis. Ese tipo de personas solo tienen dos futuros posibles: la cárcel o la caja de pino.

Me alejé de casa tras un portazo de resentimiento. Como un ruido ambiental escuchaba a mamá, que seguía parloteando: una pronta muerte sería misericordiosa para esos jóvenes sin futuro.

Hoy, frente al galimatías que he colocado en la buhardilla del palacete, pienso en que nadie está exento de la enfermedad, del amor o de un revés. Yo viví esas tres experiencias a la vez.

—Algo se me escapa —digo en un murmullo.

La fotografía del pequeño Agustín y de su padre componen el epicentro de este caos. La felicidad que expresaba aquel niño me atrapa. ¿Cuándo dejó de sentirla?

La voz de mi padre es ahora la que me demanda desde la planta baja. Requiere que la princesa del castillo baje desde la torre más alta de la fortaleza para medicarse.

En la cocina, Brisa aguarda su cuenco de comida mientras papá supervisa mi proceso: voy ingiriendo las pastillas. Así, pienso, deben de sentirse las pacientes de Santa Teresa.

Caigo en que, desde mi despido, ningún alma caritativa de Santa Teresa ha mostrado interés por mí. Mentiría si dijera que algunos no me han defraudado, pero ¿qué esperabas, Lis?

—Sé lo que haces ahí arriba —dice mi padre.

—Solo me entretengo hasta cumplir sentencia.

Él señala mis pintas.

—¿Quieres que el inspector te vea así?

—Por favor, ¿de verdad? ¿Mamá te ha dicho que me digas eso? Además, no pienso ir a ningún lado. Prometí a Agustín que...

—He visto tu croquis, Lis. Lo he leído.

—¿Y qué vas a hacer?, ¿vas a aumentarme la dosis de medicación?

—He defendido casos que contaban con menos evidencias —reconoce—. Creo que Agustín Alonso no iba desencaminado, y tú tampoco.

Las palabras de mi padre se convierten en una bella melodía para mis oídos.

Él se gira hacia la encimera, coge un libro deshilachado y lo deposita encima de la mesa de la cocina. *Anales santanderinos: curiosas noticias relativas a la comunidad de Cantabria.*

—Lee, en la página 37.

Obedezco. Paso las páginas, casi cuarteadas por el polvo, el moho y otras exquisiteces que proporciona la vejez. El libro está compuesto por páginas blancas, no más tintadas que por fechas y eventos descritos con la máxima brevedad. Llego a la página indicada por mi padre, y, en efecto, leo:

—10 de febrero de 1953. Fenece en Comillas el laureado capellán D. Juan Tejeiro Ribadeo.

—Ahora, la página 55.

—¿Qué es esto?

Mi padre insiste con la cabeza.

—7 de mayo de 1964 —digo—. Fenecen en Comillas las hermanas carmentalias Dña. Hermenegilda Guzmán y Dña. Carmen Reinoso.

—La página 182.

—Papá.

—La página 182, Lis.

Busco la página y leo:

—15 de abril de 1990. Fenece en Comillas el jardinero de la honrosa residencia para jóvenes féminas Santa Teresa, el buen Rui Alonso Pérez.

Empiezo a comprender.

—¿Por qué no registraron las causas de las muertes?

Mi padre se sienta a mi lado.

—Al autor del libro se lo impedirían. Estas muertes, bonita, este tipo de muertes llevan dándose en Comillas desde que recuerdo.

—¿Y la policía?

Papá ríe.

—La policía nunca ha hecho nada y no lo va a hacer ahora.

Clavo la mirada en mi padre y hago la pregunta más lógica:

—¿Cómo falleció el padre de Agustín?

Mi padre se tambalea en la silla.

—Al padre de Agustín, al buen jardinero, lo encontraron ahorcado en Santa Teresa. Se colgó del hueco de las escaleras.

Siento un escalofrío. Mis padres lo sabían, sabían que Santa Teresa era un infierno en llamas al que relegan a las almas impías para purgar sus pecados. Un infierno en el que algunas de esas almas quedaban atrapadas. Un resquemor me sube por la garganta: el veneno letal de una serpiente enfurecida. Dejo caer mis huesos en el reposaespaldas.

La expresión de mi padre le delata.

—Siempre fuiste mejor que nosotros, Lis —dice—, por eso te exigimos tanto.

Podría reparar durante horas en esta confesión cargada de culpabilidad, reprochar cada fecha en la que utilizó sus elevados estándares para aplastar a aquella niña a la que, siendo yo muy pequeña, ya lloré en duelo. Pero no, hoy no. Debo contemporizar, apurar los tiempos.

—No sé qué está pasando en Santa Teresa, papá —le digo—, pero voy a averiguarlo.

Él se arrima a mí. Sus ojos, al fin, se encuentran con los míos y me da unos toquecitos con el dedo índice en la frente.

—Entonces ve y haz lo que sabes hacer.

La madre de Agustín ha aceptado mi petición de visitar su casa familiar en Trasvía. Ya siendo una niña me tuvo en estima debido al trato agradable que yo brindaba a su único retoño.

Aparco el coche frente a la humilde casa de Agustín. El motor de mi vetusto Mercedes provoca un estruendo y la madre de mi amigo abre la puerta. He conducido hasta aquí para respetar el juramento que hice a la tumba de su hijo: voy a dar voz a sus ideas y a identificar a aquellos que se la arrebataron.

Solicito a la mujer que nos permita, a Brisa y a mí, pasar a la habitación de su hijo, la que supongo su guarida, su búnker, la que supongo podrá ofrecer alguna respuesta a tantas incógnitas.

Tal vez sean solo mis deseos los que hablen, mis deseos por hallar una explicación a tanto desorden. Pero si la psicología no me falla hoy, juraría que todo hombre desamparado sueña con regresar a los brazos cálidos de una infancia menos temible que la adultez.

La mujer acepta; acaso mi descontrol en el cementerio no ha sido suficiente para que esta madre ponga en duda mi racionalidad. Algo me dice que ella también habría golpeado a su sobrino y a los vándalos que adentraron a Agustín en el consumo.

—Está tal y como él la dejó —dice al acceder al dormitorio de Agustín—. Venía de vez en cuando; no sé qué hacía. Le gustaba coleccionar cosas.

Hay papeles desperdigados en la solería de gres, las paredes del dormitorio están empapeladas de dibujos sobrecogedores, de recortes de periódico, de hojas de libreta con escritos que a simple vista no consigo identificar.

—Alejo me recomendó deshacerme de esto —añade—, dice que me ayudará a pasar el duelo.

—Pero no le ha hecho caso.

Afligida, apunta a los tabiques recubiertos de noticias, de impresos y bocetos, diseño fruto de los desvaríos del loco.

—Es todo lo que me queda de mi hijo, Lis. Esta era su vida. —La mujer inspira—. Siempre creyó en los cuentos populares, en sus héroes…

—Y en sus monstruos —recalco.

La mujer afirma con la cabeza, tiene la mirada atribulada.

—Hace meses que Agustín me confió su cámara de fotos —comento—, quiso que imprimiese las imágenes; dijo que a mí me creerían. Fotografió el cementerio antiguo y los alrededores de la residencia.

La madre de Agustín tuerce la boca. Diría que busca en sus memorias aquellas veces en que su hijo nombró a esa supuesta reencarnación de Lucifer.

—No sé qué obsesión se traían, pero hace más de quince años los zagales ya confabulaban con encontrar algo en Santa Teresa.

—¿Cómo que confabulaban?

—Agustín y..., bueno, el zagal de ojos claros de los Otero.

—Ezequiel —respondo firme.

—De últimas, mi hijo decía que quería encontrar a la mujer demonio que vivía en la residencia.

La madre de Agustín, pensativa, me hace un gesto con la mano.

—Ven, quiero enseñarte una cosa.

Yo la sigo por el estrecho pasillo mientras Brisa se queda en el dormitorio de Agustín, donde olfatea cada arista.

La mujer me conduce a un cuartillo de trastos. Allí coge un florero hecho de flores de crochet y lo vuelca. De su interior salen unos tíquets de autobús de Trasvía al camping de Oyambre.

—Agustín se los dejaba en los vaqueros —dice—. En la primavera del año pasado se trastocó. Se trastocó del todo.

No digo nada, atiendo a la mujer.

—Yo creía que mi hijo iba a vender allí su marihuana. Al camping vienen muchos hippies de esos, pero eso no era lo que iba a hacer. ¿A que no, Lis?

Mi loba y yo nos hemos quedado a solas para escudriñar en la vivienda. La madre de Agustín, antes de abandonar la casa, nos ha invitado a remover hasta los cimientos si fuese preciso.

En las cajoneras de la cómoda, el loco guardaba azucarillos con mensajes filosóficos, trols con pelitos rosas puntiagudos y fotografías instantáneas de su niñez. El muchacho era un coleccionista de estrellas fugaces. En el tablón de anuncios colgado en la pared, superpuesto a un póster de *Critters*, hay un recorte de periódico de *Las Crónicas* con la noticia del suicidio de Ezequiel.

Enciendo el ordenador de Agustín. Su madre ha dicho que no le pidió otra cosa en esta vida más que aquel cacharro en el que invirtió una fortuna.

En la pantalla de inicio no se aprecia ni una triste carpeta, ni encuentro más aplicación que el buscaminas. El historial de búsqueda de internet fue eliminado, al igual que el listado de correos electrónicos.

—Desde luego, Agus, eras muy meticuloso —digo.

Regreso a las paredes del dormitorio. Más y más recortes sobre ovnis, golpes al negocio de la droga o titulares que recogen el incendio de Santander. Una delirante colección de noticias.

A modo de cabecero, Agustín colgó una baldosa cual estantería en la que adivino un ejemplar del Libro de Ezequiel. Lo cojo y abro por donde indica el marcapáginas. Con un subrayador amarillo se destaca el salmo 1,4: la visión de Ezequiel.

«Los ángeles me han encomendado una misión», dijo Agustín ante la monumental fachada del camposanto aquella noche otoñal en que Loreto y yo lo encontramos. Esas palabras un día también fueron pronunciadas por Ezequiel.

—Piensa, Lis. Haz lo que sabes hacer —digo en voz baja.

Agustín Alonso no dejaría a simple vista ninguna información transcendente: la casa en la que vivió su niñez era su fortín, sí, pero incluso en ella debía de sentirse vigilado, escuchado...

Me sirvo de una camiseta cualquiera del hombre.

—Brisa, ¡vamos!

Salimos de la casa y le doy a mi perrita la ropa de Agustín para que la huela.

—Busca, pequeña.

Brisa se desplaza por la parcela. Deja atrás un cobertizo situado a pocos metros de la vivienda. Bordea unas zarzas hasta tumbarse al lado de un círculo de piedras que no levanta ni un palmo de la tierra. Ella ladra. Asomo al círculo: se trata de un pozo de agua con un diámetro muy estrecho, por el que no cabría una persona.

—¿Es aquí?

A mi pregunta, mi loba tuerce el cuello. *Es aquí.*

Vuelvo al cobertizo con la intención de coger cualquier herramienta que facilite tocar el fondo del pozo. Agarro un azadón con el que regreso al punto del que mi perrita no se ha despegado. Algo impregnado del olor de Agustín debe de hallarse dentro.

Antes de tumbarme en el suelo, busco complicidad en los ojos avellanados de mi loba: no sabemos lo que podremos encontrar en las entrañas del agujero. Introduzco el azadón alongando mi cuerpo. La herramienta choca contra una masa mucho más blanda al tacto que un pedrusco. La hoja del azadón hace sus veces de cuchara con la que extraer el objeto. Acopio todas mis fuerzas y tiro hacia arriba hasta que sale a la luz una mochila de al menos un par de kilos, embarrada.

La cremallera se ha quedado atascada por la propia plasta que la cubre. Consigo abrirla a tirones.

En su interior hay una bolsa de basura, también mojada.

Rompo las diferentes bolsas que hacían sus veces de capas de cebolla hasta dar con periódicos, fotografías y una pila de cartas enrolladas con un lazo. Noticias que van desde la posguerra hasta la fecha presente: historia viva de nuestro país. Los artículos hablan del Patronato de la Mujer y sobre los reformatorios que abogaban por el cuidado de las jóvenes niñas y mujeres. Centros de tortura encubiertos.

Más noticias refieren a la usurpación de neonatos en distintos hospitales españoles de índole religiosa.

Examino las cartas dirigidas a mi difunto amigo: observo remitentes de numerosas ubicaciones de España. Mujeres, madres, de Tarrasa, Bilbao, Madrid, Cádiz... relatan los suplicios con los que conviven desde que les sustrajeron a sus bebés en los propios hospitales en los que dieron a luz. Allí las trataron de histéricas una vez que defendieron a ultranza sus derechos y lanzaron acusaciones formales hacia los que les arrebataron a sus neonatos.

Aquellas mujeres vilipendiadas denunciaban en sus cartas la omisión por parte de la ley y la ausencia de crédito de que fueron objeto por parte de centros médicos y maternidades.

Muchas contaron cómo las sedaban con Bentotal para evitar que se revolvieran tras alumbrar a sus hijos y al percatarse de que los bebés no estaban en los quirófanos. Eran los mismos profesionales que las atendían en el parto quienes les aseguraban que sus pequeños habían nacido muertos. Algunos médicos y matronas, incluso, apelaban a la salud mental de las madres como macabra excusa para negarles ver a los cadáveres.

La legislación de la época amparaba a los hospitales: eran los centros médicos los que debían encargarse de los trámites del entierro. Hasta bien avanzada la democracia, los neonatos nacidos muertos o deformes ni siquiera eran consideramos humanos. A muchos les daban sepultura a extramuros de los cementerios o en fosas comunes, otros tantos desaparecían sin dejar rastro.

El punto clave del asunto es que muchísimos de aquellos bebés no nacían sin vida, sino que eran raptados para ser vendidos a familias pudientes.

—La ojáncana —murmuro espantada.

La ojáncana de la que tanto hablaba Agustín, la mujer demonio que se llevaba con vida a aquellos bebés; los sanitarios y eclesiásticos de los hospitales que hacían pasar por muertos a aquellos recién nacidos. Ojáncanas amparadas por la Iglesia y por el Estado. Víboras alimentadas por los frutos del mal.

Echo una ojeada superficial a las cartas. Diría que en torno a unas diez o quince mencionan al hospital madrileño en el que nació la pelirroja Nati. Mis manos rezuman sudor.

«No paréis en el hospital Santa Agripina —escribió una mujer en una de las cartas—, allí desaparecen los bebés».

Al toparme con las informaciones que Agustín recabó en vida, he encontrado cartas firmadas por el Centro Nacional de Desaparecidos y la Guardia Civil en las que le agradecían su colaboración con la ciudadanía y también los valiosos datos que el hombre les había facilitado. Aquel a quien llamaban el loco del *pueblu* quizá fue el más cuerdo del terruño.

57

A consecuencia de la rebelión de las chicas de salud mental, las monjas encargadas de la planta 1 han tenido trabajo extra con sus protegidas. Las pacíficas tardes del té en la habitación de Susana Sainz dejaron de ser calmas en cuanto las muchachas comenzaron a imitar a sus compañeras de la planta 4.

La enfermera Idoia Zapico y las auxiliares revisan con ahínco la correcta toma de medicación.

Los padres y tutores de varias internas han presentado quejas formales a la dirección. Se muestran descontentos por los alborotos producidos desde diciembre, los consideran impropios para un ambiente estudiantil.

El capellán y la madre superiora se reúnen en el despacho de sor Brígida. Ambos están extenuados.

—La archidiócesis de Madrid nos ha dado un ultimátum, Fausto —anuncia ella con gravedad—. Nuestros superiores están consternados. Si no ponemos remedio, nos van a cesar, y con razón.

El cura aplaca esa rodilla inquieta suya en una mueca de disgusto y añade:

—Serán benevolentes. No somos responsables del caos que se ha organizado en este curso.

—De todo no, es cierto. Pero huelga decir que nuestra implicación directa en ciertas decisiones es innegable. Como poco, han supuesto una insensatez. ¿No lo cree usted?

—Seleccionar a Lis fue un error que lamento cada día.

—No me refería a ella, Fausto —responde la madre superiora.

El hombre fija sus pupilas en su colega de batallas; comprende que sor Brígida vale su peso, y su puesto, por lo que ha callado. Pero algo en ella ha cambiado. Ese riesgo a la excomunión ya no la detiene.

—Le aconsejo que no se inmiscuya, madre.

—Tarde. Regento esta sagrada casa desde hace muchos años y he aprendido a tocar en las puertas correctas.

—Entonces sabe que muchas llevan a habitaciones sombrías.

—Precisamente por eso debemos dejar de guardar silencio.

—Madre…

Sor Brígida se acomoda las arrugas de la frente con la mano.

—La prensa está haciendo muchas preguntas en Madrid, algunas muy incómodas y acertadas.

—Sí, estoy al tanto —dice don Fausto.

—La decisión está tomada: voy a dejar de bailar el agua a *ese* segmento de nuestra congregación. A *esa* cúpula que blanquea los actos de algunos. Creo que ha hecho lo correcto: colaborar con la justicia es una cuestión de integridad.

—Brígida, yo…

La madre superiora interrumpe al capellán.

—Ana María Herraiz no merecía ese final. No lo merecía… Yo sé que usted hace tiempo que dejó de hacerlo, Fausto. Que dejó de bailar al son que le toquen.

—Y, sin embargo, madre, aun no sé qué pasa entre estos muros.

—Rezo porque pronto se esclarezca este sindiós.

58

Viernes, 14 de mayo de 2010

Cincuenta y nueve kilómetros separan Trasvía de mi casona en Soto de la Marina. Cincuenta y nueve kilómetros en los que elucubro sobre las pistas halladas en el pozo.

Llegadas a la casona, subo al despacho de mi padre y escaneo algunas de las cartas que Brisa ha encontrado: esas que señalan al hospital Santa Agripina y aquellas correspondientes a la Benemérita.

Envío la información a Francisco Palacios, que me llama a los pocos minutos de recibir el correo que le he mandado.

—Lis, ¿qué es todo esto?

—¿Lo has leído?

—Sí. Tiene pinta de que Agustín andaba metido en algo.

—Algo en lo que están implicados la residencia Santa Teresa y el hospital Santa Agripina.

Medito y apunto:

—Esto explicaría la llamada que recibiste de aquel comisario general.

Desalojo la mesa del salón y activo el modo avión de mi teléfono. He desvalijado la bodega de mi padre. *Hoy no voy a regresar a Santander.* Necesito estar sola, organizar mis ideas, entender cuál es el cordel del que Agustín y Ezequiel tiraron y por qué, para qué.

—Mierda —digo.

Decenas de mujeres mandaron a Agustín las actas de defunción de sus bebés que les entregaron en las maternidades donde parieron. En ellas, los responsables señalaron el fallecimiento de los neonatos con una cruz, una muy característica en forma de aspa.

—La *crux decussata* de San Andrés.

La cabeza me da un vuelco: Ezequiel se suicidó en San Andrés.

Abrumada por el reciente descubrimiento, reviso cada carta en busca de más pistas. La cuantía de datos es tan elevada que analizarlos me llevará días, quizá semanas.

—Pero qué cojones… —murmuro.

Entre tanto vestigio, encuentro una pintura firmada por Ezequiel. En ella se vislumbra una puerta de madera revestida de acebos en flor, idéntica a la de aquel sueño que repito desde que estuve interna en la residencia. La aldaba sí parece distinta: no hay rastro de la mujer demonio. A los pies de la puerta, Ezequiel dejó escrito un epígrafe en latín: *«Ecce signum salutis, salus in periculis»*.

—«He aquí el signo de salvación, la seguridad en el peligro».

Es el emblema plasmado en la fachada de azulejos blancos y azules de la principal iglesia de cierta orden en Oporto; el emblema de las carmentalias.

59

«Araos y el valle que se olvidaba forman el pueblo de Ruiseñada», cantan en la cooperativa. La festividad por el santo labrador llega a su máximo apogeo mañana, sábado 15 de mayo, con una misa al alba oficiada en el entorno de la cooperativa local. La verbena de esta noche será la última a la que asistirán las universitarias de la residencia, los exámenes finales se acercan.

Santa Teresa fleta un autobús a las veinte horas. Ciertas monjas y parte del equipo de enfermería acudirán para custodiar a las jóvenes: nadie en la residencia puede permitirse mayores desvergüenzas.

El doctor Zambrano aporrea la puerta del despacho de la madre superiora. Hará unos minutos que don Fausto le comunicó lo que él y sor Brígida han consensuado: retirar los castigos impuestos a las chicas de la 4. Permiten, por tanto, el que asistan a la verbena de esta noche, previa al día de San Isidro Labrador.

El psiquiatra ni da las buenas tardes.

—¿Cuándo se ha llegado a este acuerdo? —pregunta firme.

Si por él fuera, aquellas chicas habrían quedado expulsadas *ipso facto.*

—Comprenda, Zambrano —dice sor Brígida—, que, como apoderados de esta entidad, el capellán don Fausto y yo no tenemos obligación de conciliar nuestros dictámenes con el resto del personal. —Y, muy segura de sí misma, añade—: Por muy doctor en psiquiatría y por muy hijo de su padre que usted sea.

—Me están desacreditando.

A sor Brígida se le escapa una risa seca:

—Eso lo hace usted solito, Zambrano.

El psiquiatra no se achanta:

—¿Desea más quejas a su gestión, madre?

—Aquellas que procedan de usted me son irrelevantes —responde ella—. ¿No cree que ya se le ha perdonado demasiado, Humberto?

El doctor pretende salir del despacho de la madre superiora, pero una pregunta de sor Brígida lo paraliza:

—Dígame, ¿qué hacía usted en la consulta de la señorita De la Serna aquel día en que su perra lo acorraló?

—Oh, pues verá, madre, quería tener la deferencia de compartir pareceres acerca de nuestras pacientes.

—Parece extraño que buscase a la psicóloga para compartir «pareceres» —dice la mujer—. La única atención que le ofreció alguna vez a De la Serna fue debido a su aspecto, ¿o me equivoco, Humberto?

En un gesto admonitorio, el doctor Zambrano se retuerce y endurece su replica:

—La omisión ante un delito también es un pecado, reverenda madre.

Ambos se sostienen la mirada; parecen dos animales salvajes que a punto están de saltar uno sobre el otro, pero es ella quien primero asesta el zarpazo:

—Márchese, Humberto —dice con la voz fría—. Debería darle vergüenza.

El doctor Zambrano abandona el despacho, airado.

Sor Brígida coloca las manos a modo de rezo y aprieta los ojos.

60

En la mañana, el inspector Francisco Palacios manifestó a Lis de la Serna que se personaría en el hospital Santa Agripina. Y, acto seguido, el inspector conducirá hasta Cantabria. Palacios no admite postergar ni un día más la mudanza de su amada psicóloga a la Costa de la Luz.

Desde el instante en que colgó la llamada mantenida con Lis, alertó a los informáticos de su comisaría con la finalidad de recabar la máxima información posible sobre el hospital mencionado.

—Os debo una —dijo Palacios a sus compañeros—. Una grande.

El hospital Santa Agripina, de arquitectura neomudéjar, se ubica en un enclave privilegiado del Madrid de los Austrias, en el centro del triángulo formado por los Jardines de Sabatini, el Teatro Real y el Arzobispado. «Exponer la basura es la mejor forma de ocultarla», se dice el inspector al bajar del coche.

Palacios accede al hospital. La administrativa de Santa Agripina le saluda:

—Buenas tardes.

Antes de que el inspector responda, la mujer torna su cuerpo hacia el reloj de pared a su espalda.

—Las visitas a la maternidad terminan en unos minutos. Dígame los apellidos de la persona...

—A quien he venido a visitar es al doctor Vallejo —dice Palacios.

La secretaria consulta el ordenador.

—Tiene la agenda cerrada —musita ella. Y luego le pregunta al inspector—: ¿El director Vallejo espera su visita?

Palacios muestra su placa.

—Desde luego que no.

Una llamada de la administrativa al teléfono del director y este hace pasar al inspector a su ostentoso despacho en el ático del edificio.

Palacios descubre la puerta entreabierta.

El director Eleuterio Vallejo le espera sin desprenderse de su cómodo y robusto sillón. Con un gesto, el anciano médico invita a Palacios a sentarse e inicia la conversación, que pretende ser tan huraña como concisa.

—A qué se debe el honor, señor...

—Palacios, inspector Palacios.

—Bien, y dígame, inspector. ¿Qué le trae por aquí? —pregunta el director.

—La fama del hospital que usted dirige, doctor.

El doctor Vallejo capea contra viento y marea desde mucho antes de que el inspector Palacios fuese ni siquiera pensado por sus padres.

—Buena fama, espero.

—Eso dígamelo usted, doctor. Me gustaría echar un vistazo a los historiales clínicos de ciertos pacientes. En concreto, de unas mujeres que dieron a luz en la maternidad entre los años ochenta y noventa.

Tras el director y justo en el centro del despacho, se alza una robusta cruz de madera que parece adornar su cabeza.

—Comprenda que no podemos ofrecerle esa información, inspector: la privacidad de nuestros pacientes es inquebrantable. A no ser que disponga de una orden judicial, no puedo ayudarle.

—¿Considera, entonces, que la necesito?

—Qué sería de nosotros, joven, si no cumpliésemos las normas.

—Las normas no deberían incluir la ocultación de delitos.

El semblante del director Vallejo se endurece.

—¿Disculpe?

—Digo que las normas...

—Ya le he oído, inspector —replica el viejo—. Hacer esas acusaciones es sumamente atrevido. Y sepa que está en mi casa porque yo se lo he permitido, inspector.

—¿Permitido?

El médico se apoya en la mesa para ponerse en pie.

—Me temo que no tengo tiempo para estas boberías. La próxima vez pida una cita, como hacen todos.

También Palacios se levanta; en su rostro se dibuja una cierta sonrisa.

—Pediré esa cita, doctor —dice—. Nos veremos pronto.

Palacios sale del despacho del director. Emprende camino, ascensor abajo, hacia la entrada del hospital.

Nada más llegar al fastuoso acceso al hospital y justo antes de que el inspector abandone el edificio, le aborda una mujer de mediana edad, vestida con uniforme asistencial. Palacios se gira hacia su llamada.

—¿Eres policía? —pregunta la enfermera.

El inspector asiente.

—Se lo he dicho a las compañeras —dice la mujer. Y añade—: Tienes pinta de madero.

—¿Puedo ayudarla?

—¿Sabes que el nombre de Agripina significa «aquel nacido de parto difícil»?

El inspector hace un gesto de incredulidad.

—Ya han venido otros por aquí y se han ido con las manos vacías, pero eso no va a pasar más. —La enfermera ríe—. Estamos muy hartas de tanta desfachatez y tanta impunidad y tanta mierda.

—¿Podría explicarse mejor?

—Hablo de los de arriba, *nano* —dice la mujer.

Y hace entrega al inspector de un papelito doblado.

—Búscala. Búscala si quieres encontrar respuestas.

Desde el sistema de manos libres de su vehículo, Palacios intenta contactar con Lis de la Serna sin éxito. El inspector desiste: el teléfono de la psicóloga permanece en modo avión hará unas siete horas.

Palacios busca en el GPS una ubicación en el barrio de Salamanca. Entre cláxones y atascos, se dirige a la residencia de la tercera edad que la enfermera del hospital Santa Agripina le ha soplado.

Da su número de placa desde el telefonillo de entrada. En una residencia de ancianos es poco habitual la presencia de la policía, y, sin embargo, no es la primera persona de los cuerpos del Estado a la que recibe la interna sor Dolores Sariego.

El recepcionista de guardia en el hospedaje guía a Palacios hasta la sala de la televisión, donde los ancianos descansan tras haber tomado la cena temprana. El empleado se arrima a la clériga, que se halla sentada en una silla de ruedas.

Tras dar su consentimiento, se trasladan a un lugar más tranquilo en el que poder charlar con el inspector.

—Avíseme cuando hayan terminado —dice el recepcionista a la anciana.

Palacios se sienta frente a la nonagenaria, que toquetea la piel que descuelga de su nuez. Él le explica el motivo de su visita.

—Gracias por recibirme, sor Dolores.

Parece que, lejos de perturbarla, la visita del policía la llena de una cierta paz. Da la impresión de que llevara mucho tiempo esperando su llegada.

—Hace mucho que tenía que haber hablado, inspector. La enfermera del Santa Agripina ha hecho bien en darle mi nombre.

—Por qué ahora, hermana.

Los párpados caídos de la anciana se alzan con dificultad, pero sus palabras expresan contundencia.

—Créame, joven, las cosas no se viven igual cuando se es una vieja de noventa y dos años. A estas edades conviene ir cerrando capítulos, sí.

—Entiendo.

Palacios la deja hablar; no pierde detalle de lo que ella está a punto de contarle.

—Era el año… ¿83? —se pregunta—. Sí, el año 83, cuando una menor se tiró por las escaleras del pabellón rosa del Santa Agripina. A que no le suena la noticia.

—No me acuerdo, la verdad.

—No se acuerda porque ningún periódico cubrió el suceso. Nadie reconoció que tenían encerrada en el hospital a aquella pobre infeliz hasta que pariese.

La declaración de la monja impresiona al inspector.

—¿Encerrada? —pregunta Palacios—. ¿La habían secuestrado?

—Aquí nadie sabe nada —murmura la anciana—, nunca saben nada, nunca ven nada. —Y pregunta—: ¿La han encontrado?

Palacios niega con la cabeza. La nonagenaria suspira, decepcionada, pero ya se ha embalado y prosigue:

—Una chiquita se reunió conmigo hará cosa de un año; compañera suya. Marina se llamaba.

—¿Marina? ¿Compañera mía?, ¿policía? ¿Recuerda su apellido?

—No, no me lo dijo.

El inspector Palacios construye su teoría. «Debe de haber una investigación en curso —se dice—, una con muchos implicados».

—Hermana, siento tener que preguntarle, pero necesito que me cuente desde el principio.

—Ya veo. —La monja estudia a Palacios de arriba abajo—. Es escurridiza.

—¿Se refiere a Marina?

—No, joven, a la persona que busca, a Luisa López. Luisa López de Mendoza y Luna.

La anciana pide al inspector que se acerque a ella y comienza a susurrar:

—Fui monja enfermera en la Casa de Dementes de Santa Isabel, en la calle Luna de Leganés, ¿no se lo han contado? Allí atendimos a cientos de almas trastornadas. Si el infierno existe, joven, le aseguro que aquel lugar era una parte de él.

Sor Dolores Sariego contempla la noche estrellada de Madrid, el otro mundo que se adivina a través de la ventana de la residencia de mayores.

—Luisa López era casi una niña cuando su propio padre la internó en aquel psiquiátrico.

—¿Por qué encerraron a esa chica?

—Su marido la desechó como a un trapo usado, mi Luisa era estéril —dice la monja—. La trató de enajenada. Así la Conferencia Episcopal aceptaría el divorcio. La muchacha pertenece a una familia de título nobiliario: la familia López de Mendoza. Ellos también la repudiaron por la vergüenza. ¿Una estéril? Ja. Como mujer, la valía de Luisa se puso en tela de juicio.

A Palacios le sorprende que alguien pudiera hacerle eso a su propia hija.

—Ay, inspector —responde la monja—, a mediados de los cincuenta se hacían verdaderas barbaries. Se perseguía y criminalizaba a las parejas sin hijos, entre otras muchas cosas.

—¿Y por qué cree usted que buscamos a esa tal Luisa López, hermana?

—Porque fui yo, señor inspector —dice la mujer, apenada—, mis decisiones y yo, las que alimentaron al monstruo que aquella chiquita llevaba dentro.

La anciana relata cómo presenció día tras día cómo achicharraban el cerebro de aquella chica con terapias electroconvulsivas que no servían más que para lobotomizarla. Explica, además, cómo fue ella misma quien introdujo a Luisa en la hermandad de las carmentalias.

—Recomendé a la congregación que, por el maltrato que se le había infligido, enviaran a la moza fuera de España, lejos de su familia. En Portugal realizó los dos años de discreción que se nos exigen a las monjas.

Un halo de culpabilidad tiñe las palabras de la nonagenaria.

—La belleza de Luisa sobresalía por encima de la de las demás. La gente le preguntaba por qué había tomado los votos. Dios mediante, la trasladaron a un convento en Coímbra. Tenía una educación exquisita.

La garganta de sor Dolores carraspea. Las carcomas se han comido muchas de sus memorias.

—En una desafortunada visita de oración, Luisa López asistió junto con sus hermanas a la iglesia de las carmentalias de Oporto. ¿La ha visitado usted, joven?

—No he tenido el placer —responde Palacios.

—A unos metros de distancia, en la rua das Carmelitas, puede encontrar una de las librerías más hermosas que unos ojos han visto.

Sor Dolores se detiene antes de revelar aquello que potenció la enajenación de la bella monja.

—Allí fue donde aquel maldito día mi Luisa la conoció. Allí, en un libreto del archivo municipal.

—¿A quién conoció Luisa, sor Dolores?

La anciana, afligida, fija su mirada en el inspector.

—La jovencita que yo conocía precisaba dar un sentido a las calamidades que sufrió. Y lo encontró, ya lo creo —dice—, sí que lo encontró, al saber de Luiza de Jesús, la infanticida más famosa de la historia de Europa.

El inspector atiende absorto a la historia de Luiza de Jesús. La asesina de Coímbra fue una mujer demente que, sobre finales del siglo XVIII, y con no más de veintidós años, robó y asesinó al menos a treinta y tres bebés.

—Luiza se ganó la confianza de las monjas de tal manera que, incluso, le permitían adoptar en nombre de terceros.

Así, cuenta la nonagenaria, sacaba a los recién nacidos de las casas de expósitos regentadas por la Iglesia y los llevaba al bosque, donde los estrangulaba.

—Según el entendimiento de mi Luisa, inspector —añade la monja—, aquella asesina era piadosa con los bebés. Algo oscuro despertó por dentro, ya le digo que el demonio siempre acecha. Algo se le despertó y creyó que debía cumplir con su cometido divino: paliar la agonía de aquellos desdichados angelitos alumbrados por furcias.

Palacios contempla durante unos momentos a la monja, no dice nada. Está cavilando.

—Una última pregunta, hermana: ¿recuerda el nombre de esa librería en Oporto?

Francisco Palacios contacta de urgencia con la Unidad Central Operativa de Desaparecidos de Madrid. La situación requiere, una vez más, la ruptura de sus juramentos.

Tras la conversación con la nonagenaria, ha comprendido por qué uno de los comisarios generales le impidió investigar sobre Ana María Herraiz y Marina Doña.

—Soy el inspector Palacios, de la comisaría de La Línea —dice con aplomo—. Páseme con el máximo responsable, ¡ya!

61

Viernes, 14 de mayo de 2010

Los cielos han creado una bonita línea de precipitación más propia del invierno que del mes de mayo. Ojeo por el retrovisor central los asientos traseros del Mercedes: Brisa se ha quedado en casa. La empresa que hoy me ocupa me hace necesitarla más que nunca, pero un cierto reflejo protector me impide ponerla en peligro. «No, no más».

Aparco el coche a un lado de la carretera rural de Trasvía. Bajo y ando camuflada entre la densidad de la arboleda. Circunvalo Santa Teresa para pasar desapercibida; ya me galardonaron con el título honorífico de ser *non grata*.

Si mis chicas de la 4 dieron con aquel montículo al salir por el alambrado derecho, al realizar el camino a la inversa debería encontrar la ubicación que describieron.

Hundo hasta media pierna en el fango, a duras penas avanzo unos metros. Frente a mí se adivina un camino de adoquines romanos. Este debe de ser el camino empedrado del que las chicas hablaban.

Sigo el trayecto de piedra apartando matojos a mi paso. Un rayo alumbra el sendero, los cielos crujen. Levanto la barbilla y atisbo el montículo de hiedras y acebo. Las enredaderas forman una capa tosca entre la que me abro camino.

—Tiene que ser aquí.

Una puerta de rejas separa el bosque colindante a Santa Teresa de aquello que guarde esta construcción en su interior.

¿Qué traería a Ezequiel a estos lares? ¿Y a Agustín?

Durante muchos años me pregunté por qué en mis sueños reproducía, como una gramola, aquella pesadilla de la aldaba diabólica. Sé que pronto voy a conocer la respuesta. Un presentimiento aciago, igual a aquel que sentí en la noche en que Ezequiel se lanzó al mar, me invade ahora.

Introduzco las manos entre las enredaderas que ocultan los hierros de la puerta, está encajada. La presiono con la rodilla y, de costado, dejo caer el cuerpo sobre ella para abrirla. Al pasar junto a las enredaderas, las espinas me raspan las mejillas.

En el interior del montículo intuyo un pasadizo también de cemento, rudimentario. A modo de linterna, enciendo el móvil, que cuenta con un escaso 12 por ciento de batería.

Avanzo por la galería, empapada; la lluvia ha calado mi sensatez.

—¿De dónde viene ese olor? —murmuro.

Al volante de su coche y en avanzadilla, Idoia Zapico regresa a la residencia. Tras la cena le toca ayudar a las auxiliares en el reparto de medicamentos para aquellas residentes que no han asistido a la verbena. Al pasar, a la enfermera jefa le parece distinguir el vehículo de Lis de la Serna, pero no está segura.

Ya resguardada por los muros de Santa Teresa, la enfermera se dirige al comedor, en el que las auxiliares y algunas monjas riñen con ciertas internas de la 1. Susana se muestra contestataria; el fragor de la tormenta le asusta.

Zapico pregunta a una de las auxiliares:
—¿Está aquí la loquera?
—¿De la Serna? No, no la he visto.
—Me pareció ver su coche en los acantilados.
—Pues a la residencia no ha venido.
Algo advierte la auxiliar en el rostro de la enfermera, que ha parado de mascar chicle por un segundo, pero ese mohín dura apenas un instante. No puede saberse lo que le pasa por la cabeza a Idoia Zapico.

Atiendo al suelo. Ratas de campo se dirigen enérgicas a uno de los tres túneles que se presentan ante mí. Decido seguirlas; parecen trasladarse embrujadas por la pestilencia.

Compruebo la batería del móvil: 8 por ciento. Ha pasado en torno a un cuarto de hora desde que miré el teléfono por última vez.

No aguanto más el hedor. Sigo, avanzo unos metros. Bichos y ratones cruzan por mis botas. Me detengo y alumbro aquello que se sitúa ante mí: el espeluznante altar no tendría cabida ni en el Tártaro.

El fresco acristalado de santa Agripina reposa en el centro de la grotesca capilla. Permanezco paralizada ante las decenas de peluches de distintas épocas que rodean el sagrario; unos tarros de vidrio encierran bebés mantenidos en formol. Algunos de los bebés tienen el abdomen abierto en canal, sus tripas emanan de él, incluso puedo apreciar un ápice de sus minúsculos corazones. Otros presentan deformidades físicas y neurológicas evidentes. Son pocos los cuerpos en los que no se aprecian malformaciones.

Me vuelvo hacia una de las paredes para vomitar la copa de vino que bebí en la casona.

Me acerco al altar para leer la inscripción que reza en una baldosa de mármol.

—*Ecce signum salutis, salus in periculis.*

Quien haya conformado este espanto está vinculado a las carmentalias.

Aprieto los dientes: unos pasos caminan hacia mí.

—¿No son preciosos, querida? —musita una mujer.

Apunto con la Blackberry al lugar del que procede la voz femenina. La escasa luminosidad deja relucir un cuerpo voluptuoso, ataviado por un chubasquero negro, los zapatos ortopédicos de una monja. Su rostro se mantiene oculto tras una tétrica máscara. La careta tiene una cruz pintada en la frente y varios cuernos terminados en bolas amarillas que imitan a dos sonajeros. El demonio del que hablaba Susanita.

—Va a ser cierto eso que dice el doctor Zambrano, ¿verdad? —dice la mujer—, que todos volvemos a aquellos lugares donde fuimos felices... o infelices.

«¿He estado antes aquí? Sí, he estado en este infierno», afirmo para mis adentros.

La máscara vuelca la mirada hacia los fetos.

—¿No es verdad que al tomar los votos prometemos obrar siempre por la vida? Yo les di una familia, querida, Dios lo sabe.

Solo hay una religiosa que se dirige a mí de esa manera.

Luisa López se rasguñaba la barriga frente al espejito del lavabo de su habitación. El alboroto en los pasillos, propio del manicomio de Leganés, camuflaba aquellos gritos con los que la bella joven se maldecía.

—Estás podrida —decía ante el espejo—. «Mujer no entera».

Esa había sido la etiqueta con la que sellaron la condena de Luisa.

Los largos cabellos negros que brotaban de su crisma enmascaraban el rostro que detestaba con tanta vehemencia.

La jovencita siseaba una y otra vez esa oración; aquella misma con la que tantas veces su madre justificó el que su marido la repudiase.

—Un matrimonio sin hijos es como un jardín sin flor —decía su madre.

Poco más tendría que sufrir Luisa, en unos días iba a cumplirse el traslado que la monja sor Dolores Sariego le prometió. No quedaba mucho para ser admitida por las carmentalias. La congregación que le otorgaría aquel permiso que un día su familia le arrebató: el permiso de ser amada, el permiso de amarse y ser amada.

El monstruo se destapa el rostro: sor Clotilde mantiene una amplia sonrisa.

—Hermana, ¿qué ha hecho? —murmuro aterida.

—Cuidarlos, querida, ser una madre para ellos, tal y como me dijiste hace tiempo.

Recuerdo la feroz aldaba de mis sueños. Siento náuseas.

—¿Estuve aquí durante mi ingreso? —pregunto.

La hermana Clotilde describe una de mis dramáticas experiencias.

—Aquella noche de 1998 te encontré moribunda. Tu compañera de ducha y yo te sacamos de la habitación. Estabas tan enajenada... Te llevé al jardín a dar un paseo bajo las estrellas. Eras una plumita, no fue difícil traerte.

—¡¿Me trajo a morir aquí?!

—A descansar, querida. Como lo hacen estos querubines, que bien hallaron la paz. Te traje aquí para que pudiera reposar tu alma.

La monja me sonríe, ida. No llego a discernir si es falta de cordura o una visceral convicción lo que expresa. Sor Clotilde continúa su retahíla:

—*Él* habría querido que tu alma reposara.

—¿Él?

—Ezequiel, querida —responde sor Clotilde—. Nuestro piadoso Señor lo condujo a mi lado en su momento para que yo pudiese mostrarle el camino.

Mi mundo acaba de incendiarse.

—¡¿Qué le hizo?! —pregunto con rabia.

—Decirle la verdad, querida: su madre fue una zorra de Satanás—. Otra de esas mujeres impías que no merecían la bendición divina de la fertilidad.

A pesar del impacto que acabo de recibir, mi mente hilvana datos a una velocidad pasmosa; es fácil sumar dos y dos; es fácil asociar a Ezequiel con uno de esos niños a los que la Iglesia robó. A eso se refería mi rubio cuando hablaba de aquellos condenados a los que el ángel caído rescataría del infierno.

—Pero —añade la monja— tú no sufras más por él: sus pecados le fueron perdonados, sus genes rojos fueron extirpados.

Derramo todas las lágrimas acumuladas tras más de trece años de duelo.

—Tú le pudriste la cabeza. Tú hiciste que se suicidara.

—Yo solo lo liberé, querida. Yo solo le dije la verdad.

La locura ha devorado a la mujer que conocí, o tal vez se ha alimentado de ella para expandirse por sus venas. Jamás habría pensado que ella, mi querida hermana Clotilde, era la ojáncana a la que Agustín intentó fotografiar. ¿Cuántos años lleva destrozando vidas? La trastornada, orgullosa, aprecia su obra, su arte: los bebés que no llegaron a sus nuevas familias, que no sobrevivieron a las prematuras mudanzas desde el hospital Santa Agripina hasta los hogares de las personas que pagaron por ellos.

—¿Qué es este espanto que ha montado aquí, hermana? —digo apretando los dientes.

—¿No te gusta? —responde ella con desconcierto. Señala los neonatos custodiados en tarros de formol, esos a los que considera su linaje—. Me extraña que no te guste, querida: esto es arte. Y me he esforzado mucho para hacerles cómoda esta habitacioncita. ¿No ves qué buena compañía les hacen los peluches?

Musito ahora las palabras que mi padre verbalizó en esta atípica mañana.

—Haz lo que sabes hacer.

Examino el escenario en que me hallo atrapada. A la derecha del altar, en la pared, hay una rendija por la que se cuela la luz. El pecado original y la gracia redentora. Sin esperar ni un segundo, me dirijo hacia la rendija.

Sor Clotilde avanza hacia mí zarandeando las caderas.

—¿Adónde vas, querida?

Intento extraer la chapa para huir. Calculo que una mujer de sus hechuras no podrá colarse por aquí. Araño los extremos del material, me dejo las uñas y la piel en la tentativa.

—No te vayas, Lis; quédate aquí y descansa.

Saco la llave del coche y con ella hago palanca hasta que se desprende la chapa. Un banco de madera tapona la salida, lo golpeo con fuerzas y consigo apartarlo.

—Si quieres un peluche, puedo traerte el que hace años tenía preparado para ti.

Me introduzco por el agujero de la pared. Pero, a pesar de mi escuchimizada figura, me es difícil avanzar.

Sor Clotilde alarga los brazos por la abertura y me agarra de un pie.

—No te vayas, querida. Tú y yo nos parecemos tanto...

—¡Suélteme!

La monja continúa inmersa en su verborrea:

—Somos dos palomas, dos palomas estériles.

—¡Que me suelte!

Me libro de su garra y salgo a rastras del boquete. Me retuerzo para escapar de este infierno como una pobre alma atrapada en *La caída de los condenados*, de Dirk Bouts. Devuelvo el banco a su lugar y con sus patas de madera aplasto la mano de la monja, que grita y se aparta. El demonio retrocede a su cueva.

Languidecida, reconozco el suelo. Estoy en uno de los pasillos que emergen del pequeño cenotafio en el antiguo camposanto, en uno de aquellos que creía sin destino a ninguna parte.

¿Qué acaba de pasar? Aturdida, vuelvo a expulsar una bocanada de vino. Sudores fríos me recorren el cuello y me bajan por la espalda. Atrás dejo el cenotafio y cierro la verja, como si de alguna manera al cerrarla lo que he experimentado jamás hubiese sucedido. Levanto la mirada: ahí está. Una vez más me hallo al amparo de Abadón.

—Mira, *chuli* —dice Aitor Alonso—, deberíamos avisar al matasanos. Se os ha escapado este despojo del manicomio.

El narco me apunta con una pistola desde no más de diez metros. Tras él adivino la silueta de una mujer.

—¿Para qué has vuelto, De la Serna? —pregunta Idoia Zapico, la enfermera de Santa Teresa—. Tú, mira que eres sabionda, tenías que seguir metiendo las narices, ¿eh?

Finiquitada la batería del teléfono, en soledad, alzo los ojos al cielo, sin más abrigo que el que yo misma pueda proporcionarme.

—Para que la mate, *chuli*. Esta rapiega lleva toda su vida buscando espicharla.

Dejo escapar una risita ante la tragicomedia en la que concluirán mis días. Durante años estuve más que preparada para transmutar la piel a ceniza, pero desde que Brisa llegó no deseo abandonar este mundo, ese al que he conseguido guardar apego. Me aferro a mi loba, a mis chicas de Santa Teresa, a Fran…; quiero aferrarme a la idea de un hogar al que regresar, a la idea de una razón por la que respirar, a una misión.

—Despídete, *lumia* —dice Aitor y se señala la comisura de los labios con la pistola—. Sonríe. Sonríe más. Te vas a reunir con el pirado de tu novio.

Caigo y me doy de bruces contra el suelo.

¿Estoy viva?

Juraría que dos truenos han estallado al mismo tiempo. Un pitido fino me resuena en los tímpanos. De mi pierna izquierda emerge un hilo de sangre. Huele a pólvora.

Una cara amable, que me es familiar, se sitúa frente a la mía. La respiración de Adara me acaricia el rostro.

—¿Está bien, señorita? —pregunta la gitana.

Mis labios no responden a lo que mi cabeza quiere gritar. ¿De verdad es Adara?

—Tranquila, señorita —dice—, ya he avisado. Ya vienen.

Sí, es Adara. «Brisa va a estar bien», me digo.

Y entonces permito que los ojos se me cierren.

62

Una jauría de coches policiales subió por las colinas de acceso al seminario pontificio en la noche del 14 de mayo. Las sirenas inundaban la noche tras haber sido advertidos de lo que acontecía en el cementerio de la villa.

El doctor Humberto Zambrano tenía la insoportable certeza de que lo buscaban a él y de por qué lo hacían: la violación sistemática contra los derechos humanos.

Los cristales del seminario se tupieron de luces azules. Estaban cerca.

—Y ahora qué, padre, ahora dónde está tu Dios —dijo el psiquiatra.

Zambrano se dirigió a la mesita junto a su cama y, de lo más profundo del cajón, sacó la pastilla que custodiaba para una ocasión especial.

Cuando la policía accedió a la habitación encontraron al psiquiatra en la solería, ahogado en su propia saliva. Zambrano sostenía entre las manos una cruz de san Andrés y el aliento le apestaba a cianuro.

A la mañana siguiente al fallecimiento del psiquiatra, las sirenas de la UCO irrumpieron en el calmo municipio de

Buitrago de Lozoya. El escarabajo aguamarina de la monja sor Clotilde fue avistado por uno de los vecinos de la localidad. El hombre, al ver el telediario matutino, puso en conocimiento de los servicios de seguridad del Estado que la depravada monja había regresado a casa.

«Niña chiquitita de pecho y cuna, ¿dónde estará tu madre, que no te arrulla? En la puerta de los cielos venden zapatos para los angelitos que están descalzos».

La hermana canturreaba alegre, delirante, una canción de cuna ante la imagen del Jesucristo crucificado de la iglesia de Santa María del Castillo, en la que contrajo matrimonio por los santos sacramentos y, sin entonces saberlo, certificó el castigo que le había sido impuesto desde la cuna.

La infame sor Clotilde, autoproclamada elegida divina, robaba a los neonatos recién paridos por sus madres. En pleno delirio creyó que confeccionaba la obra de su Señor al entregar a los pequeños a una familia casta, pura. La monja alababa de tal forma a un Dios hombre que poco o nada habría conocido de gestaciones ni embarazos. Ella coexistía con sus pensares en un duelo jamás sanado. Aquella incapacidad para gestar una vida la arrastró a una mortuoria melancolía. La hermosa e inteligente joven que un día hubo sido enfermó por la presión que el entorno efectuó contra ella, día tras día, como la gota que erosiona la piedra.

Muchas de las jovencitas que históricamente fueron internas en Santa Teresa fueron hijas biológicas de aquellas mujeres consideradas impúdicas por la Iglesia y el Estado. Jovencitas hijas adoptivas de familias consideradas tan religiosas como honrosas y que un día precisaron de ayuda externa para aplacar los genes que sus bastardas llevaban dentro. En un pasado reciente, fue transcendental impedir la propagación del llamado gen rojo. Por lo que se tomaron las medidas oportunas para frenar esa considerada plaga por algunos.

Durante el franquismo, y hasta el año 1984, la residencia Santa Teresa fue una de las instituciones adheridas al Patronato de la Mujer: centros que se congratulaban por su dureza en el tratamiento hacia las niñas y las mujeres allí internas contra su voluntad.

Bajo el maternal regazo de las carmentalias, tantas y tantas féminas fueron maltratadas sistemáticamente, violentadas, acalladas en pro de la dignificación de sus reputaciones.

Otras de las muchachas ingresadas en la residencia no mantenían asociación ninguna con la orden ni con aquellas desapariciones forzadas. Solo tuvieron la desdicha de ser internas en aquella «casa de títeres».

63

Lunes, 17 de mayo de 2010

Pasados dos días de lo ocurrido en el cementerio, y aún con cierto entumecimiento, me detengo ante la puerta del montículo que da acceso a los pasadizos.

El búnker fue uno de los construidos en la Guerra Civil por aquellos combatientes que lucharon por el anhelo de la democracia. Los túneles se dirigían entonces al hospital que hoy es la residencia Santa Teresa y al antiguo camposanto, entre otros puntos de la villa.

—Es terca, señorita —me dice la agente.

—Terca, sí. Pero no fui yo quien quemó la cocina de Santa Teresa.

Reímos.

La zíngara me pregunta por la pierna.

—¿Cómo lo lleva?

—A decir verdad, me consuela saber que a Aitor le quedarán más secuelas de tu balazo —digo burlona.

Ella sonríe y responde:

—Ya puede llamarme Marina.

—Marina, Marina y malagueña —digo—. ¿Qué pasó con la gitanilla que bailaba en Sacromonte?

—La gitanilla sí que taconeaba, sí, pero en La Cala del Moral, señorita.

—Mi abuela Victoria nació allí, en Málaga.

La agente de la UCO, Marina Doña, a quien yo conocía como Adara, salvó mi vida en la noche del 14 de mayo al disparar su pistola en el omóplato derecho de Aitor. Solo así pudo desplazar la trayectoria de esa bala de 9 x 19 mm Parabellum dirigida a mi corazón y que me hirió el muslo izquierdo: una cicatriz bordada a mi cuerpo.

—¿Sabe una cosa? —comenta ella—. Desde el primer día me caló. El tarot, la pañoleta morada y esa esclavita de oro que encontró la señora Herraiz son las pocas pertenencias que llevo conmigo. Lo poco que guardo de mi madre y de mi pueblo.

Atiendo a su testimonio.

—Lo que le conté de mi infancia, señorita, todo eso…

—Lo siento.

—Bueno, usted me ha enseñado que no elegimos a la familia, pero sí a los amigos.

Marina cuenta que Idoia Zapico y Aitor Alonso fueron detenidos por su implicación en el fallecimiento de la señora Herraiz. Serán juzgados como colaboradores necesarios de sor Clotilde y del doctor Zambrano: les ayudaron a deshacerse de la psicóloga. «Después de un montón de años al servicio de la congregación —dice Marina—, tu antecesora fue sospechando de las atrocidades que cometían algunos de sus compañeros». Ana María Herraiz era un cabo suelto con el que la enfermera y el narco acabaron por dinero.

—¿También drogaban a Herraiz?

—Eso parece —responde Marina—. En su autopsia encontraron restos de clordiazepóxido y quetiapina en grandes dosis.

Deduzco entonces que la enfermera y el psiquiatra fueron los encargados de introducir la medicación hipnótica y los relajantes en la cafetera de mi despacho.

Me sincero ante la gitana, comparto que, en mi caso, el intenso consumo de psicofármacos a los que estoy expuesta desde la adolescencia debió de servir de colchón que aplacase los efectos de aquella porquería.

—Ese veneno que le dieron no fue suficiente para acabar con usted, señorita.

Adara, la agente Marina Doña, reconoce que llegó a preocuparse seriamente por mi salud cuando sufrí aquella hemorragia que me dejó KO por unos días. Entonces dio aviso a su coronel, pero estaban tan cerca de comprender qué sucedía en Santa Teresa que proseguir con la investigación merecía el riesgo.

Pienso que aquellos fármacos sí pudieron trastocar la conducta de Ana María Herraiz y la de Agustín Alonso. Pienso que, en el caso de mi amigo, aquel envenenamiento pudo abrir en él una compuerta a la noche más profunda de su insania: una terrible concatenación.

—Mi padre halló un libro descatalogado en su bufete: *Anales de Comillas* —comparto con la agente Marina—. En él se recogen noticias irreverentes del pueblo.

Ella pone sus oídos en mi análisis de la situación:

—Sospecho que el padre de Agustín y otros trabajadores de la residencia también sufrieron delirios a consecuencia de una intoxicación recurrente o, incluso, una sepsis.

—Ese libro nos será útil para trazar una línea temporal, señorita.

Traspasamos la verja de hierro, penetramos en la oscuridad. La zíngara me da paso al túnel con destino al funesto altar.

La científica escudriña cada una de las pruebas halladas en el antiguo búnker. Toman fotos; averiguan huellas dactilares y restos orgánicos; recogen en un memorándum cada frasco, cada descripción, cada peluche; desenmarañan así el maquiavélico plan urdido por aquella mujer de carrillos rosados a la que yo quise un día.

Pregunto a Marina por Agustín.

—Era yo —responde la agente— quien mantenía conversaciones con el pobre hombre, claro. Usábamos la cabina telefónica del camping de Oyambre. La información que Agustín Alonso recabó y nos envió a la UCO fue crucial en la investigación.

—En las cartas se refería a algo así como una web desde la que contactaba con las madres.

—Lo sabemos: un chat de Yahoo. Por esa vía conocimos a Agustín Alonso. El pobre hombre tenía una gran inventiva: pedía a las afectadas que le enviaran cartas, era más seguro.

La agente gitana suspira y prosigue. Confiesa que aquello que en un principio la trajo a Comillas giraba en torno a la familia del doctor Zambrano.

Fue Agustín el que acercó a la UCO a la mujer demonio: otra línea de investigación se trazó ante los cuerpos de seguridad.

Sor Clotilde estaba en busca y captura desde los años ochenta. Llegaron a darla por perdida, a abandonar la esperanza de hacer justicia. La malvada mujer cambió drásticamente su aspecto y también su nombre previo a su llegada a Santa Teresa. Aquella bella y alienada joven convertida a monja eligió ser renombrada como Clotilde: la ilustre guerrera. Una identidad digna de la fiel luchadora por una causa perturbadora e inhumana.

La UCO jamás pensó que daría con la culpable de tantas usurpaciones de bebés en este emplazamiento del país.

Suspiro.

—Hubo... alguien —añado— que fue como un hermano pequeño para Agustín. Estoy segura de que ese fue el motor que le llevó a movilizarse como lo hizo; sobre todo después de su suicidio.

—Ezequiel Otero.

Noqueada, giro hacia la zíngara y ella se anticipa a mi pregunta.

—El capellán me comentó lo de su novio, señorita. Lo siento.

—Entonces ¿es seguro? ¿Ezequiel fue un niño robado?

Marina responde con entereza:

—Según los diarios de sor Clotilde, sí.

—¿Y don Fausto lo sabía?

—Al cura lo teníamos aleccionado. Antes de que yo me infiltrase en Santa Teresa, le pedimos que buscase cualquier cosa que pudiera delatar a sor Clotilde, cualquier pista que encontrara nos valía. Don Fausto nos mandó fotocopias de unos cuadernos que la monja ocultaba en un boquete en una pared de su habitación, detrás del retablo de una cruz.

Solo entonces comprendo por qué el párroco me escogió para suplir a Herraiz: la fe que siempre tuvo en mí se sustentaba en el amor que yo sentía por Ezequiel.

—Durante mi estancia como interna hablé con don Fausto de mi relación con Ezequiel Otero y de aquella pesadilla de la aldaba diabólica. Una pesadilla que ha resultado ser un terrible recuerdo.

—Vamos a interrogar a la familia de Ezequiel Otero —añade la agente—, pero estamos casi seguros de que su novio fue uno de tantos a los que la congregación trajo a Comillas desde Madrid. A lo mejor fue el primero.

Siento cómo se me retuerce en el estómago aquel nudo que se me enredó el día de su suicidio.

Según los escritos de Clotilde, ella misma vendió a decenas de niños por toda España. Su colección de bebés en formol era el resultado de aquellos neonatos nacidos con deformidades, inservibles para la venta por sus aspectos hoscos; ni siquiera eran considerados humanos, así que no les darían una sepultura digna.

El flash de una de las cámaras de Criminalística choca contra uno de los frascos y nos deslumbra. Captura el corazón de uno de los neonatos nacidos con deformidades.

—Entiendo que sor Clotilde no es más que la punta de un iceberg gigantesco —digo a la zíngara.

—Y el problema no es el iceberg, señorita, sino quienes lo sustentan. La UCO, el CNI, llevan décadas trabajando en investigaciones como esta.

El robo de bebés, me cuenta estremecida, compone una trama a nivel mundial auspiciada por la Iglesia.

—Hay variables que no alcanzamos a comprender.

—Mentes perturbadas —añado—. Instituciones perturbadas.

—Y protegidas por razones que aún desconocemos.

En nuestro país se fusilaba a los escritores que se atrevían a transcribir las memorias autobiográficas de las mujeres y los familiares desconsolados que buscaban explicación a la desaparición de sus recién nacidos. Tiempo después, y ya en democracia, se continuó con la censura de muchas de las noticias al respecto. Desde las mismísimas redacciones se impedía a los periodistas que publicasen sobre el rapto de niños, incluso se amenazaba a los reporteros que hacían preguntas incómodas. Eran pocos los valientes que se ofrecían a dar voz a las madres afectadas.

—¿El doctor Zambrano? —pregunto.

—Menudo pájaro, de casta le viene al galgo: pertenecía a una larga estirpe de médicos corruptos. Su padre, el doctor Rueda, ha sido uno de los primeros sanitarios señalado en España por el robo de bebés.

—Un cabeza de turco. ¿Y ese apellido, Rueda?

—Humberto Zambrano fue reubicado en Santa Teresa tras optar por los apellidos de su madre. La Iglesia iba realojando a estos cabrones a lo largo y ancho del país, cada vez que saltaba el escándalo en algún sitio.

Resoplo.

—Qué curioso —digo.

—¿El qué?

—Zambrano se cobijó en las faldas de su madre cuando destruyó la vida a otras.

Marina le encuentra su gracia.

—El Código Penal —añade ella— ha amparado a estos médicos y religiosos hasta hace poco. Fíjese que, a día de hoy, ningún papa ha pedido perdón por cosas como esta.

—Y no creo que ninguno lo haga. Cuántas Clotildes habrá por ahí; cuántos doctores Zambrano; personas en buena estima y relevancia para las altas esferas de la congregación que los abraza. Si ellos caen, a saber la cantidad de hospicios, sanatorios y hospitales que caerían con ellos.

Vamos deshaciendo el camino del túnel hacia fuera, en pos de la claridad.

—Me pregunto hasta qué punto sabía de todo esto la madre superiora.

La agente lo tiene claro:

—Otra que tal baila... Desde que aceptó su cargo, allá por mil novecientos ochenta y tantos, la madre superiora fue puesta al corriente de los chanchullos de la familia Zambrano.

Me es inevitable retorcer el labio.

—Sor Brígida lleva años asediada por las presiones de la archidiócesis.

—Un sistema de jerarquías. Para ellos es imprescindible que la venerable y honrosa residencia Santa Teresa sea un hospicio...

—Respetado —finaliza Marina—. Y más que respetado, que también, inalcanzable para los medios. No conviene airear los trapos sucios.

Modernos programas de televisión dieron voz a las madres de aquellos bebés sustraídos. Algunas de las mujeres consiguieron que exhumaran los cadáveres de sus hijos, pero tristemente no encontraron más que decepciones: piedras, ropajes e incluso miembros adultos amputados en los ataúdes.

En algún lugar leí que nadie tiene la familia que se merece: qué razón.

De uno de los bolsillos de mis vaqueros saco algo que pertenece a la agente. Sin mediar palabras, hago entrega a Marina de la esclavita de oro que un día debió de perder en la sala de archivos de la residencia.

64

Bien podría calificarse de particular la cruzada que Ezequiel Otero inició años antes de su fallecimiento.

—Alguien como tú no puede ser de esta familia, Ezequiel —le dijo aquella a la que él consideraba su hermana en medio de una discusión. Las palabras estaban llenas de inquina—. No eres de esta familia.

Ezequiel sintió tal hastío que pensó que él mismo se partía en mil pedazos.

«No eres de esta familia», se repetía el muchacho.

El atormentado Ezequiel puso patas arriba su casa. Rebuscó y revolvió por todas partes hasta que dio con la carta, una firmada por su supuesta madre biológica.

Si contaba todavía con una cierta estabilidad mental, aquel escrito terminó por fracturarla.

Poco podía imaginar Ezequiel que la carta era idéntica a la que, tiempo más tarde, escribirían a Natalia Catela y a otros cientos, miles, de bebés que hicieron desaparecer a lo largo y ancho de toda España.

El muchacho, desconsolado, pidió ayuda a su amigo Agustín. Cuántas noches no pasarían el loco y él recabando información sobre hospitales y hospicios de España en los que se daba en adopción a bebés. Pronto se dieron cuenta de que el melón que abrían estaba más que corrompido: «Agus, muchas de estas adopciones son ilegales». Gracias a programas de radio casi clandestinos dieron con ciertas mujeres que señalaban a la orden de las carmentalias como una congregación fraudulenta.

Ezequiel Otero, que ya hacía encargos para Aitor Alonso, solicitó al narco ser él quien llevase la droga al capellán don Fausto.

—Quiero llevarle el material al cura.

—¿Por qué te interesa tanto ese *vieju*, *ho*? —respondió Aitor.

—Cosas mías.

Fue más o menos entonces, y aprovechando que realizaba una de las entregas al sacerdote, cuando Ezequiel Otero escudriñó los caminos entre la residencia Santa Teresa y el bosque de pinos. Aquella fatídica noche de mayo del 96, el rubio dio con el búnker recubierto de abetos en flor del que le había hablado el loco. Agustín estaba convencido: «Los eclesiásticos de Santa Teresa utilizan los túneles para perpetrar sus maldades».

Aquella noche Ezequiel Otero abrió la puerta de hierro y se introdujo en la lobreguez del búnker. Allí, al final del pasadizo, apenas hizo falta un empujón, un empujoncito solamente, unas palabras de la perversa monja sor Clotilde, para conducirle hacia el precipicio del que más tarde se lanzó.

No hay mente humana que supere el desarraigo; este siempre se cobra un precio. Quien no tiene familia, pareciese no tener patria.

Pese a que imperaban todavía las doctrinas impuestas por los tecnócratas de Franco, los vientos de la democracia alertaron al ya ginecólogo jefe, el doctor Eleuterio Vallejo, y, de la manera más repentina, sor Clotilde sería trasladada desde el hospital madrileño a la residencia Santa Teresa.

«España volverá a ser grande, querida. Pero por si acaso —dijo el doctor Vallejo—. Solo por si acaso, hermana; va a ir a un sitio más discretito, donde permanezca segura. Vale usted un potosí».

El doctor Vallejo se había asegurado de elegir con sumo cuidado el nuevo destino a su mejor matrona, aquella monja tan fiel a la causa y principal responsable de la gestión del pabellón rosa del hospital Santa Agripina.

Los profesores de instituto que componían el matrimonio Otero Martínez se citaron con la madre superiora de la residencia Santa Teresa. La monja les prometió que, en unos meses, recibirían el paquete por el que habían abonado una cuantiosa cantidad.

Corría entonces la primavera de 1977, cuando la futura madre de Ezequiel lucía una falsa barriga de almohadones. El reloj daba las seis de la tarde cuando un Rolls-Royce Silver Wraith y un Volkswagen aguamarina hicieron aparición por el camino rural por el que se accede a la residencia cántabra. El chófer del Rolls-Royce bajó del opulento vehículo para abrir la puerta al doctor Vallejo y a la hermana sor Luisa López, después sor Clotilde. Ella portaba en sus brazos a un lactante de poco más de unos días de vida.

—Te hemos buscado una buena madre —dijo sor Clotilde al pequeño de ojos de cielo—. No llores, querido: vas a ser muy feliz.

65

Miércoles, 14 de julio de 2010

En la sala sesenta y siete del Museo del Prado, acompaño a Nati Catela al encuentro de una mujer.

Mi chica pelirroja, aquella que tiene tatuada una cerradura en el pecho, se dispone a abrir la puerta de su alma y a tirar la llave a las profundidades de un mar al que no desea volver.

La detengo ante una de las pinturas negras.

—¿Qué te parece?

—¿Puedo decirte la verdad?

—Eso siempre —respondo.

—No entiendo por qué me has traído aquí. ¿Por el aire acondicionado?

Río. Su descaro puede resultar recalcitrante, pero, llevado con elegancia, le será de utilidad como táctica adaptativa ante las adversidades y también, por qué no, para ser monologuista.

—Como ves, esta sala está dedicada a Francisco de Goya —le cuento—. El artista que, a pesar de la devastación que le produjo luchar contra una enfermedad durante más de treinta años, acabó sus días siendo fiel a sus ideas.

Nati se mantiene en silencio. Lo que me permite continuar con mi reflexión:

—Ese hombre rompió los esquemas, se la jugó: pintó a aquellas mujeres consideradas brujas o prostitutas por sus orígenes mundanos. Mujeres víctimas de violencias y vejaciones. Mujeres de la calle, dañadas por la crueldad de la vida.

—¿Quieres decirme que *ella* es así?

—Así, sí: una mujer fuerte, bella e inteligente. Igual que tú.

La pelirroja sonríe.

—¿Ves ese cuadro? —le digo.

—*Saturno devorando a su hijo.*

Observo los ojos de Nati.

—Empápate de él y hazte un favor: aprovecha cada instante, alimenta a la *loba* y no te conformes con sobrevivir.

—«Solo con temer la mediocridad ya se está a salvo de caer en sus garras» —dice ella recordando aquellas palabras que un día compartí en La Campana.

Suena mi móvil: un mensaje de la agente Marina Doña, mi flor gitana. «Ania va para allá», escribe.

—Ya está aquí —informo a mi chica pelirroja.

La beso en la frente y añado:

—Todo va a ir bien.

Nati asiente, e inquieta, se gira. Inundada en tormentas se topa, al fin, con la mujer que un día la alumbró.

Hace años que la inmigrante polaca Ania Walczac huyó de su tierra en busca de una vida mejor; acababa de rebasar la minoría de edad cuando le arrebataron a su preciosa bebé en el hospital Santa Agripina.

—Nunca dejó de buscarte —digo a Natalia.

Mi chica toca sus rizos al comprobar cómo su madre biológica, Ania Walczac, tiene el mismo pelo color rojo hoguera que ella.

Ambas se alejan de la sala. Saturno y yo nos quedamos solos al amparo de las tenues bombillas de LED.

Mis ojos desafían al dios del tiempo. Al igual que un día lo hizo su vástago, Zeus. Y es que el destino, en forma de hijo, devolvió a Saturno aquel dolor que él hubo infligido a su progenie.

Tras haber sido criado por la cabra Amaltea, Zeus regresó a los pagos de su infancia para enfrentarse a su cruento padre, aquel devorador que quiso arrebatarle el alma y la identidad.

El señor del Olimpo obligó al avaricioso Saturno a vomitar a cada uno de los cinco vástagos a los que hubo devorado. Pero no fue aquella revancha lo que reafirmó la grandeza de Zeus, sino la querencia que albergaba hacia sus hermanos asesinados: su humanidad.

66

Martes, 3 de mayo de 2011, Roma

Don Fausto Aguilar inhala Roma y exhala aflicciones. La hondura de su mirada es proporcional a la de su disposición por perseguir sus sueños.

Tras lo ocurrido en Santa Teresa, y a sus setenta y un años, decidió delegar las responsabilidades de su cargo. Otros eclesiásticos se encargan ahora de la gestión de la residencia, otros de ideas renovadas y libres de culpa.

El capellán disfruta del bucólico atardecer en Villa Borghese frente a la *Edicola della Musa*, escultura que porta una mascareta en su mano izquierda. Fausto Aguilar se pregunta cuántos disfraces ha vestido él mismo y con cuán pocos ha salido indemne de las vicisitudes a las que lo ha expuesto la vida.

Suspira. Alza sus ojos al cielo.

La vespertina bóveda rosada que lo cobija le indica que ha llegado la hora de ponerse en marcha hacia via della Stamperia.

Desintoxicarse de la oxicodona le supuso un infierno mayor al de aquel pavor suyo, el pavor desmedido al sufrimiento, a la enfermedad. Mayor calvario que aquel que le llevó a consumir la droga. Ahora, y ya en manos de especialistas, se ayuda de un bastón al que todavía tiene que acostumbrarse.

—Tenía razón mi padre —se dice con sorna—: a todos los viejos les da por algo.

Asomada a la ventana me empapo de la majestuosa Fontana di Trevi. Monumento que vela, en su costado izquierdo, a la modesta *Fontanella degli Innamorati*, protagonista de una de las más bellas leyendas de la ciudad. De la discreta fuente nacen dos antorchas de las que emana el fuego eviterno. La historia cuenta que aquellas dos almas que beban a la par de sus caños sellarán un pacto de amor fidedigno, esquivo a las fronteras de la muerte.

Tomo aire hasta hincharme los pulmones. Exploro estas nuevas sensaciones: no hay rastro de arcadas.

«Ojalá ellas pudieran ver esto», pienso.

He conseguido sobrevivir a mí misma, cosa que mis abuelas no lograron. Al fallecer dejaron una lista de interminable burocracia y de recuerdos enquistados. Ambas pasaron de ser niñas entusiastas a jóvenes casadas que tenían como principal y única finalidad la procreación: asegurar descendientes a los apellidos familiares.

En fin.

Me crie crédula en aquella idea de que mis abuelas eran enfermas mentales, pese a que no fueran más que mujeres cansadas de mostrar sumisión a la sombra de sus maridos.

Me crie segura de repudiar el ser madre, debía evitarse el imitar la genética tóxica que aplasta a las mujeres de las familias De la Serna y Muguiro.

Me crie furtiva de ser quien soy y de ser lo que soy: indomable.

Brisa ladra y así me aparta de mis añoranzas. Ha advertido a nuestro querido capellán, que se aproxima también absorto por el lirismo de la ubicación.

Bajo las escaleras para salir a su encuentro; a los pies del número 82 de la calle, actual Galleria d'Arte dei Lupi. Las lobas solo son fieles a su reina, que no es otra que su propia naturaleza salvaje.

Don Fausto y yo nos admiramos a una cierta distancia, hasta dar los pasos que nos funden en un cálido abrazo.

Dentro de la galería le guío por las distintas estancias. El capellán recorre el lugar con mirada cándida. Brisa nos sigue el paso.

—Mis padres decidieron traspasar el bufete. Yo pensaba que jamás se jubilarían —explico a don Fausto—. Donaron parte de los beneficios a este sueño.

—Ya era hora de que lo cumplieras.

—Mi propia *galleria d'arte* —digo en un suspiro.

El capellán señala mi pierna izquierda.

—Un sueño tan perseguido como sangrado.

—Digamos que ha sido un itinerario interesante, sí.

El hombre ríe y, con satisfacción, le devuelvo la sonrisa. Inspiro: la galería huele a limpio. Los techos altos no se me vienen encima.

Detengo a don Fausto frente a unas peculiares acuarelas.

—¿Le suenan? —pregunto risueña.

El capellán admira la sala en la que hoy se exponen aquellas pinturas que trazaron mis chicas de la planta 4.

—*Impregná* —digo al padre—. Es el título con el que Adara, bueno, la agente Marina Doña bautizó a la mujer enmarañada de negruras. Me consta que esas tinieblas se han esclarecido.

—Pero su arte perdura.

—Y lo hará más allá de los daños, y de los años.

Pienso ahora en que el arte, así como los traumas, posee un legado de permanencia. Entiéndase por trauma cualquier acontecimiento que nos arrebata la esperanza; entiéndase por arte todo aquello que nos la devuelve.

—Por lo que sé —añade don Fausto—, las pinturas de las muchachas no son lo único que has conservado del curso anterior.

—Tiene razón, padre. Brisa no es la única que me ha acompañado hasta aquí.

El hombre avanza por la sala.

—Así que en la embajada española en Italia —apunta.

—Sí, Palacios es un policía muy cualificado.

—No esperaba menos de la pareja de la señorita De la Serna.

Ladeo la cabeza.

—Si le soy sincera, padre, desconozco cuándo decidimos ser pareja.

—Con semejante ajetreo es comprensible que hayas dejado de anotar fechas y horas en tu libreta.

Sonreímos cómplices, inmersos en la sensación plena de haber recuperado al aliado.

—Gracias, Lis.

El capellán señala a mano abierta la galería.

—Por enseñarme tanto —expresa el viejo capellán—. Y, por supuesto, por esto.

Bonita metáfora del hombre que acepta aquella divinidad que los dioses tienen a bien ofrecerle.

—Venga conmigo, padre.

Subimos las escaleras que conectan la planta baja con la primera. Brisa nos adelanta. Don Fausto se agarra a mi brazo, aún debe adaptarse al bastón.

—Esta pieza no está a la venta —digo al cura.

En sigilo contemplamos la infernal máscara del Chocalheiro de Bemposta. Símbolo de la serpiente de la fertilidad, del saber y la inmortalidad. Aquel reptil que muda su piel, que resucita. Los dos reconocemos la careta con la que la hermana Clotilde culminaba sus maquinaciones. Muchos fueron los destinos que arrebató a madres y neonatos para nutrir a los demonios que la habitaban.

Don Fausto cruza sus manos trémulas. No es su cuerpo el que reposa sobre la empuñadura del bastón, es su espíritu.

—Ella —dice el capellán— nos recuerda la oscuridad que somos.

—Y la luz que se cuela por nuestras grietas.

Agradecimientos

Escribir esta novela ha supuesto un viaje hacia las profundidades de la mente humana y hacia la oscuridad que un día habitó en mí, una negrura de la que hoy solo guardo un eco, una voz trémula a la que escuché atenta para trazar estas líneas.

Gracias a Alicia González Sterling, mi agente y amiga, por dar espacio a este verso suelto. Este es el inicio de un maravilloso camino juntas que habría sido imposible transitar si no me hubieses cogido de la mano.

Gracias a Jose Gil Romero, maestro, por enseñarme a poner orden en el caos, por tu paciencia infinita para conmigo y, también, por tus acertadas anotaciones. Todas son una invitación a crecer y a creer.

Gracias a la familia de Penguin Random House y, muy en concreto, de Plaza & Janés. Ni en el mejor de los escenarios pude imaginar que un día mis proyectos se verían resguardados por el cálido abrigo de Gonzalo, de Alberto, de Aurora, de Yolanda y de otras tantas personas a las que debo mucho. Vuestra profesionalidad y buen hacer son el abrazo que mis ideas esperaron con ansias durante toda una vida. Gracias, mil gracias, por abrirme las puertas de vuestra casa, que hoy también hago mi hogar.

Gracias a mis padres, aquellos que desde que fui niña llenaron mis estanterías de libros y mi cabeza de pájaros, aves salvajes que decidí alimentar hasta que, por sí mismas, alzaron el vuelo.

Gracias a Mario por mirarme y verme. Por significar el pilar que ha sostenido mis proyectos.

Gracias a mis abuelas. Vuestra estela siempre alumbra el trayecto y mis pensares.

Gracias a Roma, a quien dedico esta historia, por enseñarme lo que es el amor incondicional. Tu sola existencia me acerca a la vida.

Gracias al sufrimiento que tantas y tantas personas han depositado en mí durante estos nueve años y medio como profesional de la psicología, por permitirme dar forma a ese dolor humano, moldearlo, para convertirlo en arte.

Y gracias, gracias infinitas, a aquellos lectores que han decidido apoyar este viaje. A tantos insubordinados, insurgentes e indomables. También sois mi familia.